QJKJQ　佐藤究

QJKJQ　目次

装画

『カルメル修道会に入ろうとしたある少女の夢』(パパのお告げ)

『　〃　』(さあ!　踊りましょう、闇の女を…)

装幀

川名 潤 (prigraphics)

QJKJQ

プロローグ

【分類：Ｃａ→Ａｂ資料／映像】
観測カメラＡ-01
２０[redacted]年[redacted]月[redacted]日

黒のヘッドギア。

黒のアサルトスーツ。

黒のタクティカルベスト。

——銃——

完全武装の六人が、物干し竿と花壇のある庭を抜けて、民家に侵入する。小ぎれいな平屋の一戸建て。闇に溶ける六人の着衣に、身分や所属を示す徽章《きしょう》はない。カメラは最後尾につづく。

姿勢を低くして進む背中の映像が、ときおり激しくぶれる。

玄関。廊下。壁。テーブル。

やがて黒一色が連なった肩ごしに、高輝度のフラッシュライトで照らしだされた対象の男が映りこむ——強い光に目を背け、手にナイフ、全身血まみれで、立ちつくしている——

シャツの赤。

ネクタイの赤。

ズボンの赤。

床に倒れた女。

誰も発砲はしない。ライトの一斉照射で相手の視力を奪い、六人がかりで制圧しようとする。男はでたらめに暴れ回る。

六人のうち一人の履くブーツが、磨かれたフローリングにあふれている血ですべり、彼はわずかにバランスを崩す。そのとき男の持つナイフが、彼のベストに突き立てられる。心臓の真上だが、刃は通らない。ベストの内側の耐刃《たいじん》プレートがはじき返す。

目だし帽とゴーグルと暗視装置で覆われた顔が、胸の刺された箇所を一瞬見る。

それから彼は、男を足払いで倒す。床の血の上。男に馬乗りになり、その右目に、タクティカルグローブをはめた親指を、強く押し当てる。

画面に普通のスーツを着た別の人物が現われ、この人物は、男の目に指を押し当てた張本人を、激しく叱責する。二人の姿が画面の端に移動し、消える。

倒された男は手足を拘束されている。抱え上げられ、運びだされる。画面は拡大され、ざらついた粒子とともに、男の眼球の動き、表情筋の緊張などのディテールを、順番に伝える。

屋外に出たとき、空が数秒映る。夜明けが迫っているが、まだ暗い。

【分類：Ca→Ab資料／文書】
監視対象へのインタビュー
20[redacted]年[redacted]月[redacted]日

――どんな――気分です？

気分？　気分だと？

――今、感じていることは？

（鼻で笑う）警察を呼べよ。まともな連中を。

――あなたにとっての、まとも、とは？

おまえらは何だ？

——あなたにとって、家庭生活とは何でしたか？

（沈黙する）

——あなたにとって、奥さんと娘さんは、どんな存在でしたか？

（うなずく）復讐したいんだろ、俺に。でも誰の関係者なんだ？　まったく、心当たりが多すぎるね。（ため息をつく）あの特殊部隊みたいな連中を、どうやって用意した？

——一昨日《おととい》、教会に行かれましたね。あれは、どういった心境から。

あのときから、つけていたのか。最初はいつからだ？　まさか、ずっと見ていたのか？　ずっと見ていたのなら、どうして止めなかった？（拘束を解こうとして暴れる）

——質問を、くり返します。教会にはどういう心境で。

別に理由などない。獲物を見つけるついでに行ったのさ。それに飲み物もくばっていたし。あれは、いいところだよ。教会ってのは。なあ、あんた。派手に痛めつける気なら、さっさとやれ。

——ええ、わかっています。

【分類：Ca→Ab資料／映像】

観測カメラD−05
20[redacted]年[redacted]月[redacted]日

男は車から降ろされて、新たな家のなかへ連れこまれる。真新しい鉄筋コンクリートの住宅。外壁のタイルが映っている。

手足を拘束されて、三階へ。

そのまま、パイプベッドへ。

手持ちカメラが追いかける。

室内には大型の医療装置。椅子。閉め切ったカーテン。

血のついた服の布地が切られ、脱がされて、下着一枚になる。

さまざまな人間が、めまぐるしく部屋を出入りしては、男の体を持ち上げ、運び、ベッドに寝かせては、また持ち上げ、くり返すうちに、映像は急に中断される――――

――切り替わった画面で、男は、拘束されたまま、椅子に座っている。

目隠しをされている。

手持ちカメラを持つ人物が、カメラごと男に近寄り、耳元で何かささやく。すると男は、電流を流されたように、もがきだす。

男の右耳に砂時計がくくりつけられる。こぼれ落ちる砂の音を男は拒めずにいる。落ちていく砂は、経過する時となって、耳から絶えず入りこんでくる。一秒。また一秒。

男は口を大きく開き、悲鳴を上げようとするが、喉から出るのは、「cut」と「god」の発音のあいだにある、不明瞭な、かすれた吐息だ。

ドアチャイムが鳴る。

部屋にいた人物は、カメラを床に置く。その場からはなれていく足音。

カメラと男が、部屋に残される。

二分がすぎる。気を失いかけた男は、頭を持ち上げる。そばに誰かがいるのに気づいている。

男は、ほとんど聞き取れない声を振りしぼっている。

三分がすぎる。男の頭が急に下を向く。おだやかな、かすれた声で、男は言っている。

喉《のど》が渇《かわ》いているんだ。せめて、水をくれ。

I　キルハウス

1　亜李亜

夏が来るので、髪を短く切った。暑苦しいし、それに母親がうるさく言うからだ。

髪を切りなさい。

わたしは美容室には行かない。行ったこともない。他人に刃物をにぎらせて、じっと目を閉じているなんて。

だから、いつも自分ではさみを手にする。鏡の前に座る。はじめればすぐ終わるのに、はじめるまで時間がかかる。

わたしは鏡の前で待つ。自分の手を動かしたくなるまで。鏡の顔を眺めて。目をのぞきこんで。わたしが映っている。身動きしない。息もしない。本当に生きているの？

鏡。

鏡の顔。

——さて、と。そろそろ切ってみよう。髪は切っても血が出ないから、とっても便利。

市野亜李亜——それがわたしの名前だ。イチノ・アリア。

鏡の前に座って、はさみのしゃきしゃきという音を聞きながら、少しずつ髪を短くしている。髪の色は黒。服もたいてい黒。高校の制服でないときは。

黒ずくめも逆に目立つから、ほかの色も取り入れる。今日はH&Mの薄手のロングベスト（これは黒）に、古着の水色の文字入りTシャツを合わせた。それから裾を折り返した灰色のスウェットショートパンツ。アクセサリーはなしで、腕時計はジーｰショック。靴は緑のニューバランスのスニーカー。サンダルとかヒールはだめだ。動きやすいのが、いちばん。

髪を切って、表を出歩く。線路沿いに隣り駅の柳沢《やぎさわ》まで足を伸ばして、なじみのショップの品揃えを眺める。ウミガメの剝製《はくせい》——首なし——からゼンマイ仕掛けのゾンビのおもちゃ、山のような古本、中古CDが、アンティークの名のもとに小さな宇宙を作っている。このごちゃごちゃした感じ、きれいにディスプレイすれば〈ヴィレッジヴァンガード〉みたいになって、若い子のお客も増えるのに。いや、やっぱり無理かも。

ｂｙｇｏｎｅｓ——〈バイゴンズ〉は右足が義足のおじさんが一人でやっているお店で、といっても、フリーマーケットで地べたに広げたがらくたを、雑に倉庫に放りこんだくらいの雰囲気。おまけに喫煙可で、おじさんと常連客の煙草《たばこ》のにおいがすっかり染みついちゃってる。

わたしがここに通うのは、監視カメラがひとつもないからだ。別に万引きが目的じゃない。欲しい物があれば、きちんとお金を払いたい。商品に関しては。ただ映りたくないだけ。わたしは監視カメラに見られるのが嫌いで、できるだけ、あのレンズをさけて生活している。

正体不明のアンティークがひしめく〈バイゴンズ〉に入ったきっかけは、表の店頭ワゴンに積まれた中古CDと古本の山だ。ふと立ち止まって眺めたら、ジャンルが極端にかたよっている。CDはメタルかハードロックばかり、本は音楽関連と文芸詩集のみ。西武新宿線沿いというより、まるで中央線沿いのマニアックなレコード屋だ。すてきなのは、マンソンのCDが揃《そろ》っていたこと。

通いはじめたときのわたしは、〈マリリン・マンソン〉のアルバム、本、缶バッジなどをとにかく集めまくっていた。有名なアメリカのバンドだけれど、ブームのピークは十年以上も前で、わたしの同級生にファンの子は一人もいない。

『ザ・ゴールデン・エイジ・オブ・グロテスク』――あのアルバムがいちばん好き。『ゴエグロ』って呼んでる。わたしが小学校にすら上がっていない、二〇〇三年発売の作品だ。

彼らの曲も楽しいけど、それ以上に気分を盛り上げてくれるのがメンバーの名前だ――さあ、ここでクイズです。リーダーでヴォーカル、マリリン・マンソン君の名前の由来は？　ピンポォン。女優のマリリン・モンローと、女優のシャロン・テートを殺害したカルト教団の教祖チャールズ・マンソンとの組み合わせです。……正解。

では、脱退、復帰と忙しいベーシストのトゥイギー・ラミレス君は？　ピンポォン。伝説的モデルのツイッギーと、連続殺人犯リチャード・ラミレスの組み合わせ。……正解。

では、かつて在籍したメンバーのマドンナ・ゲイシー……ピンポォン。歌手マドンナと、ピエロの恰好をして誘った男の子を殺して埋めたジョン・ゲイシーの名前です。

……正解。では……ほかに在籍したメンバーの名前に入れられた実在の犯罪者たちは？

わたしはすらすらと答える。

連続殺人犯デイヴィッド・バーコウィッツ。……正解。

ヘンリー・リー・ルーカス。……正解。

テッド・バンディ。……正解。

アルバート・フィッシュ。……正解。

エド・ゲイン。……正解。

リチャード・スペック。……正解。

——ピンポン、ピンポン、ピンポォォン。

アメリカ犯罪史上に輝く殺人犯の名前を、こんなにも学べるバンドはほかにない。偉大な人殺したち《キラーズ》。こうして彼らの名が残った時代は、今思えば古き良き時代だった。銃乱射をひたすらくり返す現在だと、犯人の誰一人として記憶に残らない。四年前にグロックを撃ちまくって自殺した彼の名前、憶えてる？　ほらね。

今じゃ殺人犯のブランドはがた落ち。キラーズはゲーマーズとテロリストに取って替わられる。ゲームと現実の区別がつかなくなった人たちと、神さまと自分の区別がつかなくなった人たちに。

——そんな愛するマンソングッズもほとんど集めてしまった。

それから〈バイゴンズ〉のほかの品物をじっくり眺めるようになったわたしは、お店の奥にある〈鹿の角〉に、なぜかものすごく心惹かれたんだ。粉になった漢方薬とかじゃなくて、鹿の頭に生える角そのもの。呪いがかかった木の枝のように曲がりくねって、先は鋭くて。薄暗がりから、おいでおいで、と手招きしている。

義足のおじさんに訊《き》く。――これ本物ですか。

本物だね。古いけどね。

どういう人が買うんですか。

そりゃあね、鹿の角を買う人が買うのさ。

わたしは角をつかみ、撫《な》で回し、感触をたしかめる。とがった先が相手の皮膚《ひふ》を突き破り、血を浴び、誇らしげに掲《かか》げられるのを思い描いて胸が高鳴る。興奮が見えないヘッドホンに形を変えて耳をふさぎ、脳内に『ゴエグロ』が甘い響きで流れだす。

義足のおじさんは言う。指輪。ペンダント。あとはナイフを作るなんて人もいるね。鹿角《スタッグ》を削る工具が必要なんだがな。

ナイフ。わたしは思わずうっとりする。なんて、すてきな――

それで去年の春、わたしは鹿の角を買った。五千円からはじめて、同じ年のクリスマスには、二万円の角を、一万六千円にまけてもらって手に入れる。女子高生には大変な金額だ。それでもお小遣いを貯めてたどりつく。工具は学校の美術室から無期限でレンタルする。誰の許可も得てないけれど、いいでしょ。それからは自分の部屋で工作漬けの日々。わたしは鹿の角で作る。

そして今日もわたしは〈バイゴンズ〉をのぞく。でも、鹿の角はいらない。もう作ったから。今にも崩れそうな古本タワーのなかから、詩人ランボオの『地獄の季節』の古本を抜いてめくる。心を打つ題名だ。ちょっとした運命の出会いかも。予感は的中する。前の持ち主が鉛筆でページの終わりに書いた年が、わたしの生まれ年だ。

一〇〇円で義足のおじさんから『地獄の季節』を買い、表の自販機で缶コーヒーを買う。天気予報だと、西東京市は夕方から雨だ。

雨の降ったあとよりも、降る前にやりたい。わたしはそう思う。それならタイヤ痕《あと》も足跡も、すっかり雨が洗い流してくれる。

カラオケとカフェのある通りから離れて、淋しい路地をわざと退屈そうに歩く。ぶらぶらと、しつこく往復する。ここにも監視カメラは未設置だ。先月閉店したラーメン屋さんのシャッターに、手馴れたスプレーの落書きが踊っている。落書き好きの男の子たちは、いつもわたしを助けてくれる。彼らは町をよく観察していて、つまり、彼らの落書きポイントには監視カメラがないんだ。

ああ――もう。つまんなすぎて死にそう。そんな視線をあちこちに投げつづけるうち、ついに一台の車が減速して、左ハンドルをにぎる若い男がわたしを見つめてくれる。

さりげなく小さく手を振ってみる。ごく自然に。おおげさは警戒される。

若い男が笑う。いくつ？

十七歳、とわたしは答える。この夏でね。

ナンバーといっしょに車種も憶えておくのは、大事なことだ。あとで問題が持ち上がったときに、選択できる行動に差がつくはず。ポルシェ・カイエン。RV。左ハンドル仕様。ハイブリッド。誘われて、乗りながら、わたしはすばやく頭に入れる。

若い男は、自分はハウスダスト調査員だ、と言う。嘘には思えない。こういう状況で、職業を正直に告げるのってめずらしい。ふつうは言わない。背伸びして経営者と言ったり、逆に本当の仕事をひた隠しにしたがるものだ。

埃《ほこり》――それにダニと毎日戦っているおかげで、男の車はタクシー並みに清潔だ。きれいでないと気が済まないんだ、と男は話す。

潔癖症なの？　とわたしは訊く。

でもないかな。自然のごちゃごちゃは好きだけどね。森とか林とか。

余裕のあるふりをして答える男の喉が、興奮にうずくのをわたしは見ている。

さてと、きみはお腹空いてない？

まだ。

じゃあどうしようか。

ドライブ行きたい。

ポルシェ・カイエンは公園を通りすぎて、柳沢の北にある林へわたしを連れていく。帰り道を憶える必要もある。何しろ帰りは一人だから。わたしは女子高生らしく、卒業後の進路や初恋の話をしながら、助手席に映る窓の景色に注意を向ける。ポイントごとにイメージをくっつけて記憶していく。

三叉路《さんさろ》には、「中央にピエロが立って手を振っている」イメージ。だから右でも左でもなく、真んなかの道を行く。

右折して林へ入る細い分かれ道には、道路脇の草むらに古タイヤが捨てられている。「農作業のおばあちゃんが捨てられたタイヤに腰かけて、ピエロにもらった大きなボールを抱え、ボールには右と書いてある」イメージ。

行きと帰りは逆だから、帰りは反対に進めばいい。

〈シモニデスの記憶法〉は、中古で買った映画雑誌に書いてあった。頭のなかに地図を作ってしまう古代ギリシャの詩人、シモニデスの記憶力は、とにかくずば抜けていた。ある集会が火事に見舞われて参加者が焼け死ぬ。みんな黒焦げで身元がわからない。それを特定したのは、火から逃がれていたシモニデスの証言だ。どこに誰が座っていたか、イメージの結びつけを使って頭に入れていた。もはや記憶魔――いつでも何でも憶えられる。何もかもがすっぽりと収まる。彼の〈記憶の宮殿〉に。

雨が降る前に間に合った。よかった。湿っぽい風に葉がゆれる暗い木陰で、ポルシェ・カイエンは停まる。

シートベルトを外したハウスダスト調査員の腕が伸びてくる。一度目のキスをわたしは嫌がらない。キスぐらい。舌も。

相手は興奮して油断する。ぬるい唾液《だえき》を感じながら、わたしは自分のベストの内ポケットに手を入れる。そこから道具をそっと取りだす。

向こうは何も気づいていない。目を向けたとしても、これが刃物だとは夢にも思わない。刃はつや消しの水色に塗ってある。明るいパステルカラーで、そこに黒線が何本も定規で引いてある。女の子なら誰でも持ち歩く櫛《くし》に見える。

グリップの端もするどく尖《とが》っていて、皮膚なんて簡単に突き破れる。この道具を作るのに苦労したよ。失敗をかさねながら削《けず》りだし、時間をかけて色をつけたの。わたしが手がけた、この世で一点の純正品だ。鹿の角を削って作ったペーパーナイフ、鹿角《スタッグ》ナイフと呼んでいるの。

少しだけ体をはなしたハウスダスト調査員が、シャツのボタンを外し、ズボンのベルトに手をかけて、四度目のキスを迫ってくる。わたしはやんわり恥じらうように押し返す。すると、さらに興奮してむしゃぶりついてくる。わたしがやるのは、缶詰を開けるように、スタッグナイフで男の胸を切り開くだけ。

ペーパーナイフで人は殺せない？　素材がスタッグなら問題なし。もともと鹿の角は、獣を突き刺すようにできているんだから。

胸の奥に詰まっていた何百匹ものミミズが、踊りながら飛びだしたように見える。それから花火大会になる。赤い炎がフロントガラスに当たってびちゃびちゃと音を立てる。下へ垂れる。ハンドルの上に溜まっていく。

ハウスダスト調査員は胸を押さえて、恐怖にのけぞっている。肘《ひじ》がウインカーのレバーを押し下げる。暗い林がオレンジ色に点滅する。

血は温かい。汚くもあるし、きれいにも見える。そして、おおげさだ。わたしは車を降りて、運転席で男が苦しむのを眺める。喉と肺のあいだからでたらめに吹きだす血、窓を染めるヘモグロビン、血色素。車内を正面から眺めたり、横から眺めたり。しばらくして、ショーは終わる。ドアを開けて、スタッグナイフと同じサイズの果物ナイフを男の手ににぎらせる。ありきたりの自殺に見せかけて。この偽装は通用するだろうか？　心配ない。これでいい。ウインカーはどうしよう。考えた末に放っておく。もがき苦しんだリアリティがあっていいんじゃない？

指紋をつけないようドアを閉め、記憶法で頭に書きこんだ道順をたどって帰る。余計な証拠はあとで雨が洗い流してくれる。暗がりのなかで、スウエットショートパンツから伸びる足についた血に気づく。太腿《ふともも》から膝にかけて、三つに枝分かれしている。ハンカチでふき取る。スウェットショートパンツは返り血のための衣装だ。低予算ホラー映画のヒロインが、たいていタンクトップにショートパンツなのは、理にかなっている。セックスアピールもあるけれど、体を覆う生地が少なければ後始末が楽だからだ。ドレスやワンピースに血を浴びたら、カット後のお手入れは簡単にはいかない。

深夜一二時すぎ、やっと家に帰り着いて、オープンキッチンで立ったままコーヒーを飲む。しばらくたって、まだ起きていた母が寝室のある三階から下りてくる。

めんどうだけど、わたしは母のカップを用意して、紅茶をいれてあげる。ダージリンの葉をお湯に浸す。母は紅茶にうるさい。前もってカップも温めなくちゃ満足しない。

口数の少ない母だ。会話はほとんどない。それでも二人でダイニングテーブルをはさんで飲み物を味わううち、わたしがどこに行っていたのかと訊《き》いてくる。わたしは正直に話す。だって家族だから。母親はとても怒る。どうしようもないと首を振る。困り果てた暗い目でわたしをにらむ。

「どうして外でやってきたの？　亜李亜、家にちゃんと部屋があるでしょ？」

2　杞夕花

お母さん。

市野杞夕花。キユカ。クラスの担任はめずらしがって母の名前の読み方をたずねてくる。本人は絶対に学校に来ない。無口で、ふつうの人づき合いはない人。母が学校にやってくる姿はまったく想像できない。

背が高い。四十二歳で二十代のスタイルを保っている。秘訣はフィットネスジムでのウェイトトレーニングだ。わたしも通いたいくらい。でもジムのある場所を母は教えてくれない。近所でないのはたしかだけれど——

キャメル色が好み。服やハンドバッグを選ぶ基準色にしている。母は色だけじゃなくてラクダそれ自体も好きだ。母はこう言う。あのこぶに興奮するわ。

時計にも宝石にも興味のない母は、三角形のアクセサリーだけにはこだわりがあって、身につけるイヤリングやペンダントはすべてトライアングルにする。その趣味が絵まで広がり、近頃は〈富岳《ふがく》三十六景〉にはまっている。富士山の浮世絵、ね。

声が色っぽくて、それでいて口数が少ないから、たまにしゃべるのを聞くと、すごく意味のあることを言っているように聞こえる。男の人にとって、女の声は強い影響力がある、と母を見ていればわかる。それに薄化粧でもきれいだから、若い男の遊び友だちには困らない。

母についてきた若い男は、ダイニングテーブルで紅茶を飲むひとときをすごす。もう二度と表に出られないとも知らずに。

母がお客に出すのは決まってダージリンだ。うちで市野杞夕花さんに九十五度のダージリンをすすめられたら、どんな手を使っても外に出るべきだよ。

お茶のあと、リラックスした若い男は三階へ誘われる。父の書斎、夫婦の寝室と同じ階にある八畳の一室。そこがうちの専用の部屋になっている。内装はシンプルで、ほとんど何もないにひとしい。黒い革の一人掛けソファがひとつ。それに高さ一・五メートルの縦長の鏡台。たったそれだけ。

ソファはずっとそこにあったもので、鏡台は母の部屋からわたしが運びこんだ。なぜそうしたのかと言うと、もう少し部屋をにぎやかにしたかったから。

その部屋で、男の人をシャフトでぶん殴るのが、母のやり方だ。

フィットネスで持ち上げるバーベル用の軸——一六〇センチのシャフトは重さが九キロもあって、母はそれを杖のように突いて立つ。鋼鉄の棒で急に後ろから殴られて、冷静に反撃できる人なんていない。がくんと膝が曲がり、前のめりに倒れて——

そのときには頭皮がめくれて、頭蓋骨《ずがいこつ》も陥没《かんぼつ》して、体が言うことを聞かない。開いた穴から生存維持に必要なものがどくどくあふれだす。血だとか脳漿《のうしょう》だとか。

あとは弱りきった虫のように、ウッドカーペットを這《は》ってばたばた手足を動かすだけだ。助けは来ないし、だいいち助からない。虫になった男は、けいれんを起こして、何とか逃がしてもらおうと懸命な顔つきで母を見上げる。その姿はどことなく赤ちゃんに見える。母は冷たく男を見下ろして、シャフトを顔面に突き刺す。硬い音と湿った音が混ざって、血が致命的な分量で飛び散る。

最初に母が人を殺しているのを、この目で見たのは、わたしが七歳のときだった。ああ——あれからもう十年がたつんだ。時の流れを実感するね。

わたしがドアの隙間からのぞいているのを承知で、母はシャフトを振りかざしていた。魔法の杖を操る女神のように、堂々とした姿で。さっきまで元気だった若い男は、彫刻家に削られる石材のようだった。じわじわちょっとずつ、苦しみと恐怖のなかで命を削られていく。

ときおり母は、音楽をかけながら殺す。好きなのはアレサ・フランクリン。ずっとずっと昔のソウル歌手。でなければ黒人のブルースをかける。これも古い歌。どちらかが三階の部屋から漏れてくるときは、ああやってるんだな、とわかる。

奇妙なのは、殺されかかっている男たちだ。後頭部に致命傷を負って死につつあるのに、別の場所、たとえば眉間《みけん》やこめかみなどをシャフトの先で叩かれると、そこに新たなこぶができる。わたしには、それが気になってしかたなかった。死にかけているのに新しいこぶだなんて。人間の体って本当に不思議だ。

瀕死《ひんし》の犠牲者のあちこちにこぶを作って母は遊んでいた。血の垂れるシャフトを床に突いて、うれしそうににやつく。母はこぶを見ると興奮する。まるでラクダの背中だから。

3　浄武

わたしはガレージと庭つきの一戸建てに暮らしている。外壁はテラコッタ風のタイル張り、二階にベランダがあって三階にバルコニー、地下の物置までふくめると四階建てになる。

ガレージのシャッターは自動で開く。家の前の道は広くて、そこから大通りに出ると、さらに道幅は広がる。車にとってはめぐまれた環境でも、娯楽《ごらく》にあふれた町とは言えない。――あ、でもスケートリンクはあるよ――

ようするに郊外だ。みんながどこかへ遊びに出かけて、遊びから帰ってくる町。住人以外は車で通りすぎる町。その町を西武新宿線の線路が東西に横断して走っている。

四十二歳の母と、五十二歳の父、二十一歳の兄、それにわたしの四人家族。

四つ上のお兄ちゃん。

市野浄武。ジョウブはずっと家にいる。二階東側の部屋が、兄の世界のほぼすべてだ。もちろんネット環境は不可欠で、その回路だけで外と関わっている。とりあえず今風のタイプではある。

はじめて姿を見たのは、わたしが十一歳のときだった。一階のダイニングにいて、母も父も目の前にいるのに、誰かが階段を下りてくる足音が聞こえて、びっくりした。

現れた兄は、外出をいっさい拒否して、夜明けから日没まで部屋にいるような人には、とても見えなかった。身なりは清潔で、背が高くて、わたしより活動的にすら映った。一八〇センチ近い長身、母と同じようにすらりとして、ただし母よりも肌が浅黒く、鼻も高くて目つきも鋭い。

とにかく革製品が好きだ。夏でも黒い革ジャンを着ている。アンダーシャツも黒で、ふつうならウエストに通すベルトを、いつも首に巻きつけている。ベルトは鉛色《なまり》の鋲《びょう》で飾られて、獰猛《どうもう》な感じだ。何でベルト首に下げているの、と訊いてみたくなる。けれども兄の自由だ。それが好きなら、それでいいじゃん。

母よりも無口で、何を考えているのかさっぱり読めない。短く刈りこんだ黒髪にとがった耳。じっと外を眺めているときの横顔なんかは、妹のわたしでも思わず見とれる。〈マンソン〉のトゥイギー・ラミレス似だ。化粧すればもっと近づくのに。

兄は、どんな音楽を聞くのだろう。音楽の話をしたことがないし、する機会もない。それよりも。

——インターネットを使って知り合った女の子を、兄がどうやって自分からこの家までやってこさせるのか？　それがわたしにはよくわからない。わたしの考えはこうだ。嘘の撮影を餌《えさ》にして、モデルになりたい女の子をおびき寄せている、とか。正解かどうかは別にして、どんな方法でも、ネットには危険がたくさんある。やり取りの記録が残ることや、犠牲者本人を表に歩かせてこの家が特定される恐れも——不安要素は挙げればきりがない。だから兄には、それらをまとめてクリアする嗅覚《きゅうかく》が生まれつき備わっているんだろう。

とにかく家に誘われた女の子が、ドアチャイムを鳴らす。すると兄はいつもの革ジャンを着て、静かにドアを開ける。そして三階の〈専用部屋〉へ連れこむ。

兄がすごいのは、女の子の喉を咬《か》みちぎるあごの強さだ。

咬みちぎるといっても、人の歯の鋭さは獣にくらべればたいしたことない。だから兄はマウスピースを使っている。上あご用のマウスピースを。たぶん鋼《はがね》で作られていて、とがった二本の牙はハロウィンの仮装グッズみたいだ。けれども、そこに思いきりあごの力がくわえられたら、女の子の喉なんてひとたまりもないよ。

わたしが十一歳の夏だ――三階の〈専用部屋〉のドアノブに黄色い靴ひもがかかっていたけれど、母は家にいないと知っていたわたしは、すぐに靴ひもを片づけようとした。母が忘れていったと思って。

ドアノブに黄色い靴ひもがかかっているのが、〈使用中〉のサインだ。その日まで、部屋を使うのは母しかいなかった。

靴ひもを取ってドアを少し開けて、すると、兄がいるのに気づいた。わたしは好奇心を抑え切れずにじっとのぞく。そのときまでは、兄がやるのをまだ見たことがない。

兄と女の子は抱き合って、兄の背中には水色のネイルの指が回っている。ふいに女の子がうめく。男のような低い声。すぐに兄が頭を持ち上げ、体をはなしたとき、女の子の喉に大きな穴が空いているのがわかった。白い骨さえのぞいて見えた。兄の歯は彼女の首の骨まで砕《くだ》いていた。

立ち上がった兄のあごから血が滴《したた》り落ち、舌の上にしばらく溜まっていたせいで、ものすごい量だった。

兄は試合後のボクサーのようにマウスピースを外して、口に残る血をウッドカーペットに吐き捨てる。母親に引けを取らない殺しぶり。

でも、楽しみはまだ終わらない。兄は巨鳥のくちばしのようなつるはしと、シャベルを用意している。まるで道路工事の人だ。

瞳孔《どうこう》を開いてけいれんする女の子の脇にかがみ、Tシャツを両手で裂く。ブラジャーをはいで、胸につるはしを突き立てる。そこにシャベルを突っこむ。取りだした血塗《ちまみ》れのかたまりは、医者でなくとも心臓だとわかる。まだひくついている。兄はそれをおもむろに床の上の天秤に載せる。

わたしははじめ、昔の電話機か何かだと思った。古いダイヤル式の。しばらくたってから、左右にお皿の吊り下がった天秤だと気づく。

まず兄は、左のお皿に温かい心臓を載せて、右のお皿に分銅を並べるかわりにマウスピースを置く。マウスピースがいくら重いとはいえ、十代の女の子の心臓にはかなわない。

天秤はあっという間に左に傾き、兄は納得いかない表情で首を同じ側に傾《かし》げる。床に這いつくばって鼻先を心臓に近づける。そして、くんくん嗅《か》ぎはじめる。

ここまでの奇妙な行動がワンセットだ。本人にしかわからない快感。それらがとても人間とは思えない行動だから、世間はわたしたちを鬼と呼ぶんだろう。それにさらなる形容をくわえて、猟奇殺人鬼、と。

兄は喜びが収まらないといった様子で、頭を左右に振る。

市野浄武——うちのお兄ちゃん。

4　桐清

東京二十三区の西側だから、西東京市。

わかりやすい名前の市にある、東伏見《ひがしふしみ》がわたしの住所。最寄り駅は西武新宿線、東伏見駅。

黄色い普通電車を選んで乗って、月金で高校に通う。友だちはいない。スマホはたいてい切ってある。その呼び名さえ口にしたくない。用がないかぎりスマホを切った十七歳の女子は、同級生からみれば頭のスイッチを切っているのと同じだ。わかってる。目立つ危険もある。それでもオフ。

この機械はわたしにとって、いやらしい証拠製造機でしかない。通話記録、メールのやりとり、電波発信位置も調べられれば、LINEのコメントとインスタグラムの写真で過去をさかのぼれて、つまり使えば使うほど、足跡を嗅ぎつけられやすくなる。これって警察が配った機械なのでは？

みんな自分で自分を監視していることに気づかない。その点では、わたしと兄は真逆の発想だ。ネットを使う自分の姿は思い浮かばない。

けれどもスマホでの情報交換を拒めば、いじめの的になりやすいのもたしかだ。わたしの通う女子高も例外じゃない。

——物を盗まれ、机に落書きされ、陰口を言われても、わたしは涼しい顔でいる。反応がないと向こうも退屈して、それ以上はエスカレートしない。彼女たち相手に怒ったり、なげき悲しんだりしたところで無駄だ。だってわたしは、その気になれば殺せるんだから。それも完璧なやり方で。

といっても、同級生に手だしはしない。子供を泣かせてもつまらない。足もつく。同級生殺害の検挙は早いし、それだけの危険を負ってわざわざ狙う価値はない。

学校で狙うべきなのは、狩りの獲物でなく成績だ。中の上くらいの順位を行き来している。集中して勉強すればもっと上だって狙える。父に「進路をどうする」と訊かれて、できれば大学に行きたいと答えた。心理学をやりたい。人間の心を勉強しながら、人殺しもつづけたいの。

「ふうん」と父は言う。「お母さんやお兄ちゃんはどう言っている」

わたしは首を振る。わかんない。全然話さないから。

家族。

みんないったい何を考えているのか。右目と左目ほどに近くて、同じものごとをとらえているようでいて、だけど絶対にひとつに溶け合わない。それが家族だ。

なかでもいちばんわかりづらいのは、やっぱり父だ。

お父さん。

市野桐清——キリキヨは、住宅販売員の仕事で家計を支えている。年齢は今年で五十二歳。十二月二十五日、クリスマス生まれ。バースデイケーキとクリスマスケーキが毎年いっしょ。わたしは去年の誕生日、ラピス・ラズリをあげた。小さなるり色のかけらは、十二月の誕生石だ。

父はお礼を言い、「この石はのりづけ《コラージュ》だな」とつけ加えた。のりづけ《コラージュ》？――ってことは本物じゃない？　そう思ってがっくりきたわたしを、父は笑ってなだめた。ラピスはラテン語で「石」、ラズリはペルシャ語で「青」、コラージュ《のりづけ》というのは、そういう意味だ、と。

「いい色合いだ」と父は言う。「本物だよ」

父の背は低くて一六〇センチ。母の背丈には届かず、兄にはまったく及ばない。トムフォードの黒縁の眼鏡をかけている。白髪はないけれど髪は薄く、生えぎわが後退して、そこにもうひとつ顔を書きこめそうなほどのおでこが広がっている。

三階にある夫婦の寝室のクローゼットには、高級スーツがたくさんかけてある。父にかくれんぼにつき合ってもらったとき、そこに隠れて服の匂いを嗅ぐのが好きだった。うちでは母も兄もまるで遊んでくれない。わたしは外遊びが苦手で、休みとなれば父が友だちだった。たいていはトランプのポーカーをやって、それから、かくれんぼ。

鬼になってくれた父は、スリッパを脱ぎ、素足で歩く。ゆっくりとわたしを捜し回る。書斎のドアをわざと音を立てて閉め、廊下を近づいてくる。クローゼットのなかで、どきどきしながら鼻をこすりつけたあの服が高価だと知ったのは、ずっとあとになってからだ。ダンヒル、グッチ、アルマーニ、どれもオーダーメイド品で二十着はある。

でも父は、そういうスーツを着ない。ふだんはやや大きめのスーツを選び、どこか情けなく見せている。その方が仕事に都合がいいのかもしれない。リビングのローテーブルに〈洋服の青山〉のポイントカードが置いてあったりする。父が着るのはお手頃な服だ。

高級品を眠らせているのは車もいっしょで、家にある二台のうち、アルファロメオのスパイダーという車が、ガレージの右側で埃の積もった遺跡になっている。赤い十字架と緑のヘビの描かれたエンブレムのイタリア車は、エンジンさえかけられたことがない。

その横の三菱《みつびし》ミラージュが、父の愛車だ。紫色、正しく言うとカシスパープル。厚紙で作った住宅模型に、専門書や書類を詰めたバッグを抱えて、お手頃スーツを着た父は、その国産車に乗りこみ、土日も仕事に出かけていく。

父にこれといった趣味はない。音楽も聴かず、映画も見ない。テレビもつけないでいる。

三階の書斎にたくさん本がある。ほとんど建築関係で、ようするに仕事用だ。父を追いかけて書斎をのぞかなくなった今も、机の後ろに構えるガラス作りの本棚を見れば、わたしの目はきっと釘づけになる。オランダ人デザイナーが手がけた本棚は、ホテルのロビーを飾ってもいいくらい立派で、波打つ強化ガラスの棚が部屋の端から端までつづき、上へ行ったり下に行ったりしながら、ぎっしり詰まった図版や写真入りの洋書を収めている。ときおり一、二冊が一階のリビングに置いてある。ぱらぱらとめくって、わたしは建築家の名前を憶える。ル・コルビジェ、フランク・ロイド・ライト、タダオ・アンドー。

テレビもネットも見ない父が、本以外の情報源として必ず目を通すものがある。

『日本住宅売買新報《にっぽんじゅうたくばいばいしんぽう》』。

不動産の業界紙で、毎週木曜日発行、早朝に郵便受けに届く。

「バイバイ来ていたか？」——木曜の朝、よく投げかけられる言葉だ。

まじめで、よくはたらくやさしいお父さん。とても人を殺すようには見えない。

父が人を殺すのを見たのは、たった一度きり。

わたしが幼すぎて、いくつだったのか、はっきりしないほど昔だ。母や兄の殺しを見るよりも前で、いちばん古い殺人の記憶。それでも父のスタイルは強く印象に残った。印象なんて甘い言葉は不向きかも。衝撃と表現するべきかも。もっと言えば、絶後の畏怖と呼ぶべきなのかもしれない。

絶後の畏怖――高二世界史の資料集に載っていたこの言葉は、ダムナティオ・メモリアエを指して言われたものだ。授業を半分眠りながら聞いていたわたしは、そのページを開き、目を醒ます。

古代ローマの世界。

元老院に逆らった者――最上位には皇帝も――には、究極の刑罰として、ダムナティオ・メモリアエが下される。

記憶の破壊、という意味だ。その人物が生きた記録や痕跡の、ありとあらゆるものが「なかったこと」にされてしまう。たとえば硬貨に顔が刻まれる栄光を得た皇帝であれば、出回る硬貨から顔を削り取られる。

罪をつぐなう罰を受けて記憶されるのではなく、完全に消えることで罰せられる。なかったことに。古代ローマ人が絶後の畏怖を抱き、その身を凍りつかせた究極の刑罰だ。現代にもそんな罰はない。

ダムナティオ・メモリアエは、自分が今ここにこうやって生きてきた道のりのせいで、逆に自分のすべてが世界から抹消《まっしょう》されてしまうということだ。未来が過去を呑《の》みこみ、しかもその原因を作ったのは過去だ。ウロボロスのヘビのたとえ話のように、生きる自分と、死ぬ自分が、おたがいのしっぽを呑みこみ合う。

雑貨屋で買った『地獄の季節』の古本、あれを書いたランボオも天才と言われながら、『地獄の季節』を最後に詩を書かなくなった。ねえランボオ、あなたは自分自身でダムナティオ・メモリアエを望んだの？

――古代ローマの刑罰を引き合いに出したのは、わたしの父がそれくらい怖いからだ。まともな人間が目をそむけるべきなのは、父の殺し方。それを見るな。そして聞くな。

父は犠牲者の血を抜く。自由をうばった相手の腕に針を射し、透明なチューブをつなぐ。ポンプは電動だ。恐ろしいことに透明なチューブの先は、犠牲者の口に突っこまれている。そこから自分の血を強制的に飲ませられる。

生きるために体内を流れている血が、外側から内側へ入ってきて、そのせいで自分がこの世から消える。血でつなげられるウロボロスのヘビだ。これほどの殺し方って、ほかにある？

自分の血を飲むはめになるのは、どんな気持ちなのか。そうやって死に近づくのは。シャフトとかマウスピースの方がよっぽどやさしい。ただし猟奇性、残虐さといった見方から判定すれば、たぶん父のスタイルがいちばん優雅《エレガント》なんだ。なぜって、人間性を全否定しているから。

うちの地下の物置に、父が殺した男の死体がある。家族の記念碑。シンボル。あれから十数年がたって、すっかりミイラになっている。見るたびにわたしの心を打つ。

何年生だったか、小学生のわたしは父にこんなことを聞いた。「誰かに告げ口するって言いだしたら、どうするつもりだったの」

最初に見た人殺しが父だ。犠牲者の遺体もある。娘が秘密を守る保証はどこにあったのか。

ダイニングテーブルで、ふだん通り『日本住宅売買新報』を読む父は、顔を上げてわたしを見る。やがて眼鏡の黒い縁に触れて、紙面に目を戻す。それから平然とこう答える。

「そのときは、亜李亜を殺したさ」

5　朝食

その犬がだいたい朝の五時に鳴きだす。

おかげで最近アラームの必要がない。今年の春に、うちの西向かいに引っ越してきた住人に飼われている。犬小屋を前足で引っかきながら「げふあっ」と鳴く。なかなかにすごい。喉の奥からしぼりだすような、どこか哀しい声。変な鳴き声の犬はどの町にもいるとしても、この声はそういない。

犬を見たことはないけれど、引っ越してきた住人には会っている。白髪でスタジアムジャンパーを着たお洒落《しゃれ》なおじいちゃんが、車椅子のおばあちゃんを押していた。すれちがうとき、おたがいに軽く頭を下げ合った。二人と暮らす犬も、かなり歳を取っているはずだ。たぶん、病気だろうし。

ある日、のら猫が犬の庭に侵入したことがあった。夜明けの庭先で争う声が窓ごしに聞こえる。猫が「ふぎゃっ」とわめく。犬が「げふあっ」と応じる。猫が大声で「わあぎゃあっ」、負けずに犬、「げふあっ」。

寝返りを打つわたしは、今朝も「げふあっ」で目を醒《さ》ます。そこでやっと、すでに鳴っていた時計のアラームが耳に入ってくる。

ベランダから景色の見える二階西側の部屋を出て、階段まで南向きに延びる廊下を歩く。廊下をはさんだ東側が兄の部屋。ドアは隙間なくぴったり閉じられている。また一日中出てこないつもりだろう。

オープンキッチンの食器棚からマグカップを取って、自分でコーヒーをいれるのがわたしの日課だ。朝食はいらない。

ダイニングテーブルの席は、各自の場所がきめられている。わたしは南側。父は向かいの北側。兄がもし座るとすれば東側、母は西側。ここで火事に遭って判別不能な状態の焼死体が残っても、〈シモニデスの記憶法〉で人物を特定できる。ただし全員が死なないかぎり。

兄の席の後ろにテラスと庭がある。年中空席だから、大きな窓をわたしはいつも眺めている。一人きりでこのテーブルにいると、家の食卓というよりは、どこかの別荘を連想する。生活感が少ない。そうだ。うちでは誰も料理をしないせいだろう。

今日は木曜日だ。

午前六時になって、父——市野桐清が三階から下りてくる。ネクタイを手にぶらさげて、大きめのスーツを着て、身支度をほとんど済ませている。冷蔵庫から牛乳パックを取りだして、父はわたしにたずねる。「バイバイ届いているか」

返事のかわりに、わたしはテーブルに置いた新聞を軽く叩く。

父はコンビニのサラダの容器を開けて、先に牛乳を飲む。「今朝も吠えたのか、隣りの犬は」

「また聞こえなかった？」わたしは首を傾げる。「昨日より声がひどくなってたよ。病院に連れていってあげればいいのに」

「いったいどんな犬なんだ」

「さあ」とわたしは言う。「まだ見てない」

『日本住宅売買新報』を広げながら、父はレタスを食べる。

やがて母、市野杞夕花がやってくる。ふだんは七時半をすぎて下りてくるのに、不思議とこの日は早起きだ。まだ六時半なのにテーブルに着いている。化粧はしていない。そして人には切れとうるさい髪を自分は長く伸ばして、頭の上でまとめている。

母は水を飲む。冷凍のシーフードドリアを食べる。母は朝が弱い。ふらついている。

冷凍ドリアを電子レンジで解凍するのは、わたしの役目だ。けれども母はほとんど食べずに残す。いつも迷惑だ。残りを誰も引き受けないから、結局捨ててしまう。

会話もなく三人で朝をすごしていると、階段を小刻みに駆け下りる足音が聞こえる。コーヒーに口をつけたわたしは、吹きだしそうになる。

「嘘」わたしは父と母の顔を交互に見る。「お兄ちゃんが下りてくるの？」

首にぶら下げたベルトをゆらしながら、愛用の革ジャンを着た兄、市野浄武が一階に現れる。

低血圧の母はうなだれて、父は目線を上げてちらとわたしを見る。

「何か食べる？」とわたしは兄に訊く。

兄は椅子に座って、聞こえないほどの声で返事をする。ひさしぶりに見た兄だ。首のベルトのバックルがぎらぎら光っている。

わたしは食器棚からお皿をつかみ取る。テーブルに置いて、ベジタブルチップスの袋を逆さにする。カボチャとニンジンとインゲン豆、色とりどりのチップスがにぎやかにお皿を満たす。グラスの水を舌で舐《な》めるように飲み、兄はベジタブルチップスをかじる。

目を疑う眺めだ。兄が部屋の外で食事をするのはとてもめずらしい。めずらしいどころか、見たこともない。

そして。

家族全員がそろうなんて。

こんな時間に？　腕時計を見る。まだ七時前。本当なの？　二時間遅れているんじゃない？　スマホの電源を入れ、それでも信じられずに立ち上がってリビングに行き、テレビの時刻表示を見比べる。「めざましテレビ」——「ZIP！」——「あさチャン！」——

6：39

まちがいない。朝の七時前、家族がそろっているんだ。

父と母と兄の顔を同時に眺めるのは、ものすごく不思議だ。この夏には、変わったことが起きそう。いや、もう起きている。

業界紙から目をはなさずに、父はプラスチックのフォークでトマトを口に運ぶ。兄がベジタブルチップスを咬み砕く。解凍したドリアを、ぼんやりスプーンでかき回す母は、自分の指のネイルアートを見たりしている。細い手首からは、シャフトを振るう力強さは想像できない。

わたしは静かにコーヒーを飲むだけ。

ダイニングテーブルでみんな朝食をとっている。うちでは誰も肉を食べない。ベジタリアンとは少しちがう。健康のためじゃなく、血に満たされているせいだ。だから血の滴るステーキに魅力を感じない。

それでも、わたしのいる食卓の眺めは、西東京市でいちばん危ない光景なんだ。野菜やシーフードしか食べていなくても、庭先に放し飼いで肉をかじっているライオンみたいなものだよ。

母が最初に部屋へ戻る。つぎに兄。父がつづく。みんなクール。記念写真を撮りたいほどのわたしとちがって、感慨にふける様子もなし。

最後までテーブルに残ったのはわたしだ。とっくにコーヒーは冷めてしまっても、うっとりした気分で、じっと座っている。

しみじみと咬みしめる。めったにない朝を。

父がネクタイを締めてまた下りてくる。それからガレージの自動のシャッターが開く音がして、カシスパープルの三菱ミラージュが走り去る。

わたしはまともじゃない。周囲から孤立して、犯罪者で、猟奇趣味で、死刑宣告を受けるのにふさわしい。それが現実だ。けれどもこうして家があって、理解ある恐ろしい家族がいて、絶望せずに生きていける。テーブルの食べ残しを片づけ、マグカップを洗い、高校に行く支度をする。バッグにスタッグナイフを入れるのも忘れずに。

6　影、犬の

刺激がない。高校も、西武新宿線も、自分の町も。

いっそ死んでしまいたいくらい退屈。もし人殺しをやっていなかったら、どうやって生き延びていたんだろう？　快楽殺人のスペシャリストの家族が生き方を教えてくれなかったら？

今日は教室ではひと言も話さなかった。昼休みは何も食べる気がせず、図書室で本を借りた。全時限を終えてやっと下校。ため息といっしょに車両のドアが東伏見駅で開く。夏だ。日は長い。公園を散歩しようか、ファミレスの〈アイダホ〉で何か食べようかと考える。迷いながら改札を出て、結局は公園にする。制服で出歩くのは目立つから嫌いだ。でも今日はオーケー。誰かを狙うわけじゃないし。

コンビニでビタミン入りソーダと大麦パンを買う。打ち上げ花火と同じエコーを残して車が走り抜ける〈西東京東伏見トンネル〉脇の、なだらかな傾斜《けいしゃ》を上って、眺めのいい丘へ。芝生の緑がまぶしい。セミの鳴き声に囲まれて、大人も子供も明るい夕方の光を浴びている。

ベンチに腰を下ろす。ビタミン入りソーダと大麦パンを口にしながら、人々を観察する。帽子の広い鍔《つば》で顔を隠した若い母親たち。彼女の小さな息子。小さな娘。お年寄りたち。犬。みんなでおしゃべりしたり、雲の形を見たり、遠ざかる飛行機を眺めたり。

東向かいのベンチに、わたしはちょっとした刺激を見つける。またあのＯＬがいるじゃない、とこっそりつぶやく。本当にＯＬかどうかは不明だ。けれどもわたしは、仕事以上の彼女の秘密を知っている。

——鳩《はと》を殺している。ベンチを囲む鳩に餌《えさ》をあげるふりをして。

鳩の暗い羽毛と同系色のネイビージャケットを着て、白のインナー、黒のパンツ、がっくりするようなベージュ色のローヒールを履いている。年齢は三十代くらいだ。毛先がもうちょっとで鎖骨にかかりそうなセミロングの黒髪にはブラッシングがしっかり行き届いて、そよ風に踊る。

彼女が犯行に及ぶのは、薄暗くなってから。

灰色のハンドバッグに入れた袋から、ポップコーンをばらまいて、群がる鳩を目立たないように一羽だけ殺す。彼女が去ったあと、死骸が残っている。いつも遠くから見ているから、方法まではわからない。それでも彼女のしわざだ。公園の利用者は誰も気づかないでいる。いかに他人を観察していないかの証拠だね。

鳩殺し。動物虐待は殺人に向かう危険なサインだと、今では誰でも知るようになった。だからニュースで話題になる。ただし全員に当てはまりはしない。あのOLのしわざはまだニュースになっていないけれど、彼女もいつかやるだろうか？　答えはノーだ。何となくにおいでわかる。彼女はやらない。やったこともない。

いいんじゃない？　鳩殺しで気が晴れるのであれば。カラスを殺して害獣駆除《くじょ》に役立てばもっとよかった。

ああ——何て平和な明るい夕方なの？　この世には何の危険もないかのようにみんなくつろいでいる。わたしという獣がそばにいるのに。鳩の不自然死にすら気づかないから当然か。

図書室で借りた本を開く。心理学の先生の書いた『時速九〇〇kmであくびをするぼくら』。A

5判、二〇〇ページ。

新幹線の車内でぐっすり眠る人たちのことがまず書いてあって、よく考えてみたら、時速三〇〇キロメートルで移動しているのを知りながら、お弁当食べてお茶飲んで、ぐっすり寝てしまうのは異常なのかもしれない、と先生は訴えている。彼らは同じ速さで走るレーシングカーに乗せられたら、きっと眠れない。乗り心地はちがうけど、スピードは同じか、それ以下なのにだ。ましてや、時速九〇〇キロメートルで飛ぶ旅客機で、みんなが眠れる時代が来るなんて、二〇世紀以前には考えられなかった。これが本書のテーマ。

人間はそれだけ、現状に慣れる生き物だ。〈慣性の法則〉という言葉はホモ・サピエンスのためにある。前の一秒が安全ならつぎの一秒も安全だ、と思いこむ。毎秒毎分毎時間。それがわたしたちの毎日。昨日が安全だからといって、今日もそうとはかぎらないのに。でも根拠なしに信じる。いちかばちか賭けているのかといったら、そうでもない。ギャンブルでさえない。ただ慣れる。

ビタミン入りジュースを飲み、ページをめくる。ものごとを考えるのは好き。風に転がった風船を追いかけて、小さな女の子が芝生をこっちへ駆けてくる。女の子と思ったら、そばまで来ると男の子だった。

『時速九〇〇km——』の先生は、幼児誘拐殺人にも触れる。わたしは熱心に読む。アメリカ合衆国の犯罪研究者によれば、幼児誘拐犯は、たいてい犠牲者宅の近所で暮らしている。二区画とか三区画先で。どこか遠い町から犯人がふらりと現れ、知らない町の子供をさらって殺すケースは少ない。日本も似たようなものだ。そして犠牲者は幼児だけではない。どの国のどの町でも、じつは人々の生活に殺人は溶けこんでいる。すっかり慣れきった、日常という風景画にそっと描きこんである。

　本を閉じる。芝生で二匹の犬がじゃれ合っている。小さい犬と大きい犬。鼻息を荒くして、しっぽを振って、どちらも健康そのものだ。

　小さいのはたぶんヨークシャーテリア。大きいのはまちがいなしにドーベルマン。こわもての大型犬だけれど、しつけが行き届いていて、小型犬に襲いかかるような真似はしない。

　自分も犬がほしい。でも、うちではだめだ。この犬《こ》たちは吠える。番犬仕事を望むふつうの家とは真逆の理由で、うちでは同居は不可能だ。

　嵐に巻きこまれたように元気なヨークシャーテリアに、りりしいドーベルマンは押され気味。走り回るうち、とうとう息が切れて、棒立ちになる。

　西日が射している。四つ脚の影が芝生に長く長く伸びて映される。長い足と、短い胴《どう》と、小さな頭のとんでもないアンバランス。

　――ドーベルマン――？――

　その影が、舌を垂らして、だらしなく横たわる。死んだように動かなくなる。死んだように。

　そのとき。

　わたしは、誰かに胃をわしづかまれて、思いきりねじり上げられた感じに襲われる。猛烈な吐き気だ。ベンチの上で体をよじり、うめく。わたしは吐く。

　自分のうめき声は頭のなかで「げふあっ」と聞こえる。逆流する胃の中身。二度吐く。三度目。四度目。つぎは殴られたような頭痛の出番だ。目を開けていられない。食中毒？　ビタミン入りジュースと大麦パンで？　頭が痛い。吐き気が収まらない。芝生で二匹の犬がまた遊びはじめる。家に帰らなくちゃ。わたしはベンチの縁を強くつかんで懸命に立つ。

7　その道具は

這うような思いをして家の前に来ると、ガレージの三菱ミラージュが目に入る。アルファロメオの横のカシスパープルの車、父の帰宅がわたしより早いのはめずらしくない。住宅販売員にはいろんなタイムスケジュールがあるみたいだ。
それでも、ふいにこんな思いが頭をかすめる。もしかして、今日はうちでやる気なのかしら？　だったら具合の悪い娘はじゃまになりはしない？　でも今は、そんなことに構っていられない。とにかく休みたい。わたしはふらつきながら、ふるえる手で鍵を開け、もつれる足を踏みだして、一階のリビングのソファに倒れこむ。そして眠る、そのまま——

19：47

目を開けて、壁掛けのデジタル時計を見る。ほとんど気絶に近い状態で、二時間は眠っていた。ソファに肘を突く。頭がまだ痛い。リビングに並ぶ鉢植えのベンジャミンの葉のあいだから、ダイニングテーブルに座っている父が見える。朝と同じ姿勢で『日本住宅売買新報』を読んでいる。

わたしは腿《もも》までめくれた制服のスカートに気づく。下着の見えそうなきわどさだ。はっとして、父を見る。娘の露《あら》わな足には目もくれず、むずかしい顔つきで業界紙と向き合っている。わたしはそっとスカートを直す。ロリコン趣味という点では、父にはその要素がない。制服、少女、アイドル、どれにもまったく関心なし。そう思ってから、わたしは思わず吹きだしかける。ロリコンが何だっていうの？　お父さんは、もっと強烈な趣味をお持ちだ。

二階でうがいをして、朝まで眠ることにする。バッグを持って階段を上りかけて、父に声をかけられる。「大丈夫なのか」

「ちょっと頭が痛い。でも休めば」わたしは階段を一段上る。「お母さんは？」

「三階にいるんだろう」

「お兄ちゃんも上？」わたしは二段目につま先を乗せる。

答えずに、父は新聞をめくる。こっちも本気で訊いたわけじゃない。わざわざ質問するのも無意味。兄が部屋にいるかどうかなんて。

手すりにすがって二階まで上がって、自分の部屋の前にたどりつく。

おかしい。何かが。

ずれている。

わたしの部屋？

ドアを開けてなかをのぞく。黒のブラインドで光をさえぎった、流行《はや》りのすぎた中古グッズに囲まれる部屋。

プラスチックハンガーにかけた〈マリリン・マンソン〉のバンドTシャツの古着。衣装ラックに貼ったCD付録シール。「マトリックス」公開時のポスター。主人公ネオのアップのほかに、ラバースーツを着たヒロイン、トリニティーの別ヴァージョン。古本。鹿角を削る作業台。ヴァイス。リューター。電気ドリル。ディズニー度ゼロ、女の子らしいぬいぐるみはひとつもない。自分の部屋を出て、ドアを閉じる。異変はなかった。痛むこめかみをさすり、おかしいところを考えてみる。何がおかしいの？

　そして気づく。わたしの部屋じゃない。廊下の向かって右側。視界の隅に映ったドア。わたしを引き止める違和感の正体は、兄の部屋のドアだ。少しだけ開いているんだ。

　兄にはルールがある。自分の殻《から》は固く閉じていなくてはならない。それは生死に関わる宇宙ステーションの密閉と同じだ。ようするに兄は、ドアを数センチでも開けっ放しにしたりしない。

　わたしは廊下を歩く。スリッパ履きのすり足で、そっと近づく。兄の部屋のドアは、ほんのわずかしか開いていない。一センチにも満たないほどだ。自分でもよく気づいたなと思う。いつから開いていたのか。ナイフで裂いたような隙間に何となく不安になる。

　隙間をたどり、視線は自然と床に落ちて、それがこぼれだしているのを見つける。わたしの目は見誤らない。それが本物かどうかなんて、ひと目でわかる。映画の小道具との区別だってつく。わたしたち家族は、それがどんなものか、おそらく外科医に負けないほどよく知っている。

　――人間の血液。

　――なぜ兄の部屋から、血がこぼれてくるのか。

　答えはこうだ。三階の専用部屋に相手を誘う前に、がまんできなくなってここで殺したのだ。

「廊下を汚さないでよ、もう」とわたしは言う。「あとで掃除してよね」

言いながら緊張がほどかれていく。返事はない。迷惑だと知りながら、ゆっくりドアを開けると、部屋は真っ暗だ。「お兄ちゃん」――そう呼びかけつつ、壁を手探りして明かりをつける。どうして。わたしは息を呑む。お兄ちゃんが。

めった裂きにされている。

革ジャンの上から何度も切りつけられて。

血に染まった黒いTシャツの裂け目から、腸《ちょう》がはみだして。

細長い顔。高い鼻。とがった耳。短く髪を刈りこんだ頭。どこもかしこも傷を負わされて、めくれた皮からみずみずしい血がのぞいている。

目は開いたまま。舌は垂れて。

めった裂きにされて、それなのに倒れてても座ってもいない。革ジャンをかけるアイアンハンガーラックの棒に、首に巻いたベルトでくくりつけられ、ブランコに座って両足を伸ばすように、中腰になって浮いている。

わたしは叫ばない。あっけに取られている。あの兄が、こんなふうに死ぬ。見ればわかる。誘いこんだ女の子に抵抗されたのなら、こんなことになりはしない。処理されたのだ。それもわたしたちの同類にだ。

一歩、後ずさりする。靴下に床の血が染みて、鳥肌が立つ。首からつま先まで。こんな感覚は味わったことがない。狩ることは考えても、狩られることなど――人間は現状に慣れる。前の一秒が安全なら、つぎの一秒もそうだと思いこむ――

自分の部屋に引き返してスタッグナイフを取り、ショックから立ち直ろうとしながら兄の元に戻る。調べるのは窓。カーテンは閉じていて、内鍵もかかっている。窓から出れば内鍵はかけられない。出入り口は部屋のドアだけだ。そうすると、人殺し——わたしがこの言葉を自分で使うなんて——は、まだ家に潜んでいるということもあり得る。少なくともその可能性は。

すぐに父に知らせようとして、わたしは立ち止まる。アイアンハンガーラックに吊り下げられた兄を振り返る。血のしずくが休みなく垂れて、ラグマットに染みを広げている。わたしは兄に顔をぐっと寄せる。相手がどんな道具を使っているのか、先に知る必要があった。

傷は深い。でも幅はない。細く、それでいて縫い目のようなジグザグを残している。包丁やナイフとはちがう。かみそりの痕《あと》でもない。こういう傷を残す刃物は何？　のこぎりがまず思い浮ぶ。けれどものこぎりなら、固い木材にたいして折れないように、ある程度は刃が左右に曲がる。だとすれば兄の切り傷、とくに防御創のできた前腕の傷は、こんなにまっすぐにはならない。骨にぶつかって少しは曲がるはずだ。「悪魔のいけにえ」で有名な、派手な音だけが目的で実用性の低いチェーンソーならともかく、弾性のあるのこぎりを道具に選ぶ者はいない。まして、わたしたちの同類であればなおさらだ。

わたしはさらに、なめるように顔を傷に近づける。本当にそうしている気がする。舌先で兄の血を味わい、兄の痛みを感じているように。

——パン切り包丁を使っている。はっきりとそう確信する。あれなら。硬質で刃がぎざぎざして。

これは、パン切り包丁でめちゃくちゃにやられた傷なんだ。全身が憎しみに煮えくり返る。ぶっ殺してやる。命ごいをさせる。それから完璧に処理してやる。

二階のトイレを調べ、叩きつけるようにドアを閉めて、つぎに浴室。そしてスタッグナイフのグリップをにぎって、三階へ駆け上ろうとする。上には母がいるはずだ。もし〈パン切り包丁〉がそっちへ逃げたのであれば、母が先に相手をやってしまったかもしれない。それは嫌だ。相手に息があるうちにこの手で触れたい。胸を裂いて心房心室の左右四つを全部えぐってやりたい。階段を上ろうとして、ふと思う。どうしてお母さんが先にやったと言えるの？　その逆だったら？　そうだ。わたしは深呼吸する。冷静にならなきゃ。まずはお父さんを呼びに行くの。

8　捜索

お兄ちゃんが誰を？

父がわたしに訊き返す。無理もない、この家では。父はトムフォードの眼鏡を外して、つまんだ新聞の端をダイニングテーブルの上に手放す。

話が通じないのでいらだって、わたしは鉢植えのベンジャミンを持ち上げてテーブルに叩きつける。父の目の前に。そして葉をなぎ倒すように、スタッグナイフで切る。いい切れ味だ。お兄ちゃんがやったんじゃなくて、やられたの。葉を切りながら叫ぶ。こんなふうにして！

父はそれでも事態が呑みこめない。きっとわたしより先に帰っていたからだ。何も気づいてない。

新聞に散らばる葉を見て、顔をしかめ、眼鏡をかけ直す。「ペーパーナイフをしまえ」と言う。生えぎわの後退した広い額が、ゆっくりと天井を向く。二階のある方へ。ギヤを入れ替えた脳細胞がようやく回りはじめる。父はじっと見つめる。真上から兄の死体が落下するのを待つように。

たっぷり一分はそうしている。やがて丸めて筒にした新聞をにぎって立ち上がる。信じられない余裕だ。ゴキブリ退治の装備で行くって、本気なの？

とにかく父といっしょに二階に向かう。兄の部屋を見せる。

血塗れのラグマット。アイアンハンガーラック。そこで惨殺《ざんさつ》された兄は。

わたしは目を疑わずにいられない。信じられない。

いない。

わたしが一階に行ったあいだに、運びだされた？　しかもドアから廊下にこぼれた血まできれいにふき取られ、あまりの清潔さにわたしは目を見張る。小手先のごまかしじゃない、死亡事故のあったホテルが営業再開するレベルの完璧さだ。

鼻を鳴らし、よだれをまき散らす猟犬のようにやみくもに調べ回る。驚きと憎悪で眼球が裏返りそう。窓は閉まっている。鍵も。滞った空気の蒸し暑さがその証拠だ。廊下にもトイレにも浴室にもいない。父は丸めた新聞で、軽く手のひらを叩く。冷静さを通りこして、異常なほど落ち着いている。それとも、これが子供の死を前にした父の怒り方なのだろうか？

「自分の部屋は見たのか」と父は言う。

おかしなところはなかった、と答えようとした瞬間、自分はやっぱり動揺していると気づく。窓を開けて、ベランダを見ていない。脱出法はわからないけど、そこに人が隠れられるスペースがある。廊下を走り、部屋に飛びこんで窓を開ける。

誰もいない。東伏見の町は、静かな月の夜に照らされている。

「やっぱり三階に逃げたんだ」振り返って父に告げる。汗ばむ両手でスタッグナイフを交互に持ち替えながら、階段を駆け上がる。父の表情に変化はない。母の部屋のドアをノックする。なかから低いうなりが聞こえてくる。もしかして――お母さんも――

息を吸う。吐く。わたしはドアを思い切って開く。かざしたスタッグナイフとともに突っこむ。

母は鏡台に向かって、ヘアドライヤーをかけている。鏡のなかの目がこっちを見る。「何」母は言う。「どうしたの」

三階のバルコニーと〈専用部屋〉をわたしが捜索するあいだ、父は自分の書斎と夫婦の寝室を調べる。何の形跡もない。

もう一度バルコニーに出たわたしに、あとから父と母が並ぶ。三人で通りを見下ろす――モデルルームの広告写真の構図のように、親子そろって。

生温かい風が吹いて、屋根と屋根のひしめく果てに、気持ちが悪いほど大きな月が浮かんでいる。なぜあんなに大きいのか。わたしは目をうばわれる。はちみつ色にぼんやり光る怪物の頭。その月がわたしをのぞいている。じわじわとこっちに迫ってくる。少しずつ。少しずつ。

――それが何なの？　わたしは怒りを取り戻す。どうかしてる。月なんかどうでもいいじゃない。

考えるの。

想像もしなかった事態に、だいじな何かを忘れている。大切で単純なことを。

「下」とわたしは言う。「地下の物置」

入れちがいで、もう逃げられたかもしれない。地下の物置。家族の記念碑がある場所。〈パン切り包丁〉がそこに隠れていたら、八つ裂き程度じゃ済まさない。

三人で階段を下りながらさらに考える。〈パン切り包丁〉が兄の死体を連れて地下へ逃げるには、わたしと父に気づかれずに行くしかない。そんなことはできそうにもない。それに、そいつがなぜ外に出ずに、わざわざ地下へ逃げたのかという疑問もある。けれども、どれほど考えたところで、あまり意味はないんだ。とにかく捜さなくては。

地下に下りると、夏の湿度が高くなる。壁の塗装のはがれもひどい。わたしの指がふるえだす。力をこめてスタッグナイフのグリップをにぎり、シャフトを抱えた母を振り返る。父はまだ丸めた新聞のままだ。どういうつもりなのか、口論するひまはない。足音を立てずにドアまで下りる。靴下ごしのコンクリートの冷たさ。奇妙な感覚。憎しみのなかに緊張と快感が混ざりはじめる。惨殺された兄が目に浮かぶ。信じられない、まだ——

姿勢を低くして、ドアと床の隙間に目を近づける。なかから明かりは漏れていない。もう一度だけ振り返る。母の洗い立ての髪から香るシャンプーのにおい。父のヘアトニック。

自分の体の幅のぶんだけドアを開け、物置へすべりこむ。真っ暗だ。〈パン切り包丁〉が襲ってくるかもしれない。埃の落ちる音も聞き逃さないつもりで、神経を張りつめる。手探りで壁のスイッチに触れ、心のなかでカウントして押す。ワン、ツー、スリー。

天井に三つ並ぶ蛍光灯のリレーが連なって、物置の隅々まで照らす。十畳のコンクリートの壁と床。もともとワインセラーやホームシアターのために設計されたスペースだ。でもうちでは物置でしかない。だから空調管理もまるでされていない。

攻撃は来ない。誰もいない。

風の動かないよどんだ空気に、長い時間をかけて積もった埃のにおいが満ちている。たぶんカビも。ダニの死骸も。わたしの処理したハウスダスト調査員に調べてほしいくらいだ。

油断せずに調べ回る。がらくたの数々。古い型のデスクトップパソコン。ツードア式冷蔵庫。大きな旧型電子レンジ。乗らなくなった子供用自転車。錆びて薄汚れた遺跡のなかを、スタッグナイフを手にして歩く。

壊れた冷蔵庫のドアまで開けて調べる。空の保冷室を眺めて、ドアはそのまま開けっ放しにする。結局何も見つけられずに、奥の壁に突き当たってしまう。

そこに記念碑がある。この家の、こういうふうにしか生きられない家族を結びつけるきずな、が。

ずっと昔に父が殺した男だ。血を抜かれて、その血を飲まされて死んだ。干からびてミイラになっている。着たままの衣服は焦《こ》げたようにぼろぼろに朽《く》ちてしまい、ネクタイを着けた首は乾燥した土のように固くなっている。髪はまだ残っていて、ばさついて額に垂れ、目は腐り、眼窩《がんか》の暗い穴が床を見つめている。開いたあごにのぞく欠けた前歯は、最初からそうだったのか、でなければ父に殴られたせいで折れたんだ。

記念碑はこうやって、いつでも地下の壁に寄りかかり、手足をだらしなく投げだして座っている。

〈パン切り包丁〉を捜して、わたしは血のにおいを嗅ぎ回る。新しい血、壁で血をぬぐった跡、床に滴り落ちた血。

そのどれもない。殺してやりたい獲物はいない。わたしは子供用自転車を蹴りつける。小学六年まで乗っていた自転車を。パンクしたタイヤが回って、埃が舞い上がり、倒れた衝撃でベルが鳴る。

りん。

めまいがして、わたしは腰が抜けたように壁にもたれかかる。

「とりあえず上で話し合おう」と父が言う。

呆然とするわたしは、力なくうなずく。

9　セキュリティ、霧、血液

ダイニングテーブルの新聞に、切り裂いた葉が散らばっている。

わたしはベンジャミンの鉢を床に下ろして、葉をテーブルの端へかき集めて捨てる。背後のオープンキッチンで、父がお湯を沸かす。

ひっそりした夜だ。パトカーも救急車も騒がない。兄を処理した奴は、誰の眠りもさまたげずに、姿をくらましたんだ。

蒸し暑い。一階はエアコンを切っている。でも、わたしは涼む気にならない。暑さなんて。それなのに父はアイスコーヒーを作っている。砕いた氷をボウルにあふれるまで重ね、ビーカーに落ちた直後のコーヒーを注ぐ。それをさらに新しい氷入りのグラスに移す。かき回すスプーンが風鈴に似た音を立てる。またしてもこの音だ。りん。

スプーンは回りつづける。オープンキッチンの光のなかで屈折して映りながら、ぐるぐる、ぐるぐると回る。その音に締めつけられて頭が痛くなる。怒りがつのる。憎しみと殺意。「やった奴を見つける」わたしは痛みを振り払ってつぶやく。「まちがった相手を狙ったことを思い知らせてやる」

せっかく父の作ったアイスコーヒーに、紅茶好きの母は口をつけない。黙ってうつむく様子は、電車で居眠りする人のようだ。

父がうなずく。「分析の材料が必要だな。事実《ファクト》が。ラテン語では、ファクトゥムと言うがね……なされたことという意味だ」

「何語だっていいでしょ」わたしはいらだつ。「お父さん、何時に帰ってたの?」

「夕方の四時にはいたよ。埼玉のモデルルームで商談がまとまりかけて、明日の資料整理に戻ってきた」

「何か変わったところはなかったの?」

「いや」

兄のことを言いかけて、わたしは口をつぐむ。うまく声が出なくなる。時間がたつごとに衝撃が大きくなって、膝まで浸かっていた水が、もう顔のところまで来て溺《おぼ》れかけている。あんなにずたずたにされて、しかもさらわれて。完璧に処理された、作品になってしまった兄。

「……何でこんなことに……」わたしは顔を覆う。目の奥に兄の死体がちらつく。兄はわたしの記憶のなかで、怒りのあまり獣に変身しかけている。マウスピースの牙をむきだし、四つん這いになって、爪をカーペットに食いこませ、うなり声を上げる。低い響きから強烈な思いが伝わってきて、そのすさまじさにわたしは打ちのめされる。〈パン切り包丁〉の影が、ほんの少し浮かぶ。持ち主の顔さえわかれば。想像のなかにいるそいつが、本当にわたしの目の奥にいる気がして、スタッグナイフを自分の目に突き立てたくなる。

でも。だめだ。そんなことをしても。

「セキュリティ」目を開けて、わたしはつぶやく。「いちおう見るしかないよね」

セキュリティ——監視カメラのこと。監視カメラの名前は口にしたくない。わたしたちにとって猛毒の生き物だ。鎌首をもたげた毒ヘビ、スズメバチの集まる巣と同じ。まともな、ごくふつうの市民が望んだおかげで、そんな危険なものが町にあふれ返っている。

市野家の監視カメラはガレージのたったひとつしかない。父が手動式シャッターを自動に交換したとき、取りつけ業者からサービスされた装置だ。その頃わたしはまだ十歳で、反対するには幼すぎた。今なら絶対に設置させないのに。

そのセキュリティに頼るいらだちを抑えて、わたしはレコーダーのケーブルをリビングのテレビにつなぎ、猛毒を過去へ巻き戻す。ハードディスクの映像がコマ送りで再生される。

◀21：56：00

数分前。最新の映像。

◀19：47：00

頭痛でリビングのソファに倒れこんだわたしが、目を醒《さ》ました。ガレージには二台の車。変わったことはない。

◀16：06：22

父の言う通り、ほぼ午後四時にカシスパープルの三菱ミラージュが戻ってくる。

◀13：22：43

画面が暗くなって、雨が降りだす。数分で止む。晴れたところで、カラスがレンズにぶつかりそうになる。

◀07：09：17

手がかりの映らない画面を、ひといきに朝まで戻る。全員がそろった朝食の終わる頃。ここでシャッターが開き、父の三菱ミラージュが出る。黒いアルファロメオ・スパイダーの周囲に人影を捜してみても、誰もいない。

事実の分析どころか、ため息の材料ができただけだ。ガレージを見るなんて無駄だった。

「くたびれた」母が立ち上がる。「上で少し休むわ。犯人が見つかったら教えて」

青ざめた顔に、ばさついた髪が垂れている。力なく漂うように歩いて、何だか背中の向こうが透けて見えそうだ。わたしは目をこする。何だろう？　気のせいだろうか？

——見たことのない母——

怒りや悲しみに包まれているというより、どう言えばいいのか、今にも消えてしまいそうなくらいに存在感が薄れている。

幽霊を演じているような母が三階に行ってしまい、わたしは父といっしょに兄の部屋に戻る。持ち物のまるでない単純な部屋。机とベッドとアイアンハンガーラック。床敷きのラグマットに染みた血は黒く乾いて固まりつつある。もう一度窓を見る。壁を。床を。どこか見落としているところは。できるなら、家を解体してでも捜したい。何度も同じところを回るうち、だんだん自分が抑えられなくなっていく。

叫びたい。壁を打ち壊して、床を引きはがして、狂ったみたいに悲鳴を上げるの。

わたしを落ち着かせようとして、フリスクをすすめてくる父の手を強く払いのける。何でフリスク？　わたしはどなる。「〈パン切り包丁〉を見つけてよ、早く」

父は転がったフリスクの白い粒を拾うと、黙っていなくなる。しばらくして、霧吹きを片手に戻ってくる。プラスチックの容器にはシールがなく、掃除用洗剤か、植物用栄養剤でも入っているように見える。

「それは？」とわたしは訊く。

「薬品だ。血液に反応する」父はわたしに霧吹きを差しだす。「警察の鑑識連中が持っている物と同じだ。使ってみろ、血の跡があれば蛍光色に光るから」

わたしは霧吹きを受け取る。ラグマットは血まみれだからスプレーする必要はない。〈パン切り包丁〉の逃走経路を捜して、家中を回る。窓。廊下。階段。玄関。人間の通るあらゆるところに液体を吹きかけ、キスができるほど顔を近づける。これできっと、どこから逃げたのかわかる。霧が放たれた瞬間、そこに淡い光が燃え上がり、でもつぎの瞬間、それはわたしの願望でしかないとわかる。壁は壁のままで、床は床のままだ。

一階の玄関でわたしは立ちつくす。

「どうだ」と父が言う。

「ない」とわたしは答える。

どこにもない。あれだけの殺しをやって、しかも兄を連れ去って血の一滴も残さずに、〈パン切り包丁〉は家から消えている。どうやって。

「……これって本当に使えるの？……」

わたしは霧吹きを目の高さに持ち上げる。試しにスタッグナイフで自分の指を切りつけて、丸く浮いてきた血を靴箱にこすりつける。そしてスプレーの引き金を引く。化学反応を起こして、ぼんやり発光する血を、わたしはじっと見つめる。

10　それぞれのスタイル

蒸し暑さで起きる前に、窓の外の「げふあっ」と鳴く犬の声で目を醒ます。そこにほかの音が混ざっている。がさ。がさ。何かをこするような、削っているような。ちがう。切っているんだ。押して、引く。切り刻む。

〈パン切り包丁〉が。

音を立ててわたしの肌に。

がさ。がさ。

わたしは跳ね起きる。こんな日に、少しでも眠った自分が信じられない。胸の上に重ねていたスタッグナイフをにぎって、身構える。一階のソファにわたしはいる。いつ眠ったのか。誰かが襲ってくれば殺す気でいた。なのに眠るなんて。

「眠れたか」父がトーストにバターを塗っている。バターナイフのこすれる音。がさ。がさ。

「眠れるわけがないな」

わたしは痛む腕をさすり、のろのろとダイニングテーブルにつく。

「どうした」父はいつものように牛乳を飲む。

「筋肉痛」とわたしは答える。兄の部屋のアイアンハンガーラックと、血塗れのラグマットを、地下の物置に移したからだ。この腕の痛みがなかったら、昨日のことは、たぶん夢にしか思えない。

「コーヒーはどうする」

「いらない」

「牛乳は」

「いいって」

父は厚切りのトーストを、真ん中からゆっくりと裂きはじめる。ぼんやりしたわたしの目には、厚いチーズがちぎられていくように映る。父の朝食はきまってサラダだ。トーストを食べる姿をはじめて見る。

「ねえ」わたしはこめかみをさする。「……うちになかったよね、あれ……」

「何が」

わたしはためらいながら口にする。「……パン切り包丁……」

「ないからこうやって、手でちぎっている」父はトーストの半分を皿に置いて、わたしの方に押して寄こす。「ちょっとは食べておけ、ほら」

わたしは大きなため息をつく。

父はトーストをかじる。「父さんは仕事に行く。いいか？　何が起きているにしても、重要なのはそれぞれのスタイルを守ることだ」

わたしは窓からテラスと庭を眺める。そうやって頭をめぐらせる。——スタイルと父が口にした言葉にこめられているものは。

考えろ。

わたしたちにとってのスタイルとは。

それは人殺し、いいいい、の話だ。

連続快楽殺人には、大きくわけて二つのスタイルがある。

スタイルその一——『巣がある』は、自分の家、もしくはきまった隠れ家で殺す。家の床下に子供を埋めつづけたジョン・ゲイシーがそうだし、「羊たちの沈黙」で有名な人肉食《カニバリズム》のレクター博士のキャラ設定もそう。〈専用部屋〉のあるうちの母、そして兄も。

スタイルその二——『狩りに出る』は、路地裏、ホテルの部屋、川原、森、林などで、少しずつロケーションを変えつつ殺す。娼婦狙いの切り裂きジャックがそうだし、ロシアの殺人鬼チカチーロ、うちではやらない父、そしてこのわたしがそう。

連続殺人犯《シリアルキラー》はこの二つだ、とわたしは思う。

たしかに分類はそんなに単純じゃない。

殺しの道具。

好みの性別や年代。

複雑な犯行の衝動。

メディアに声明を出すかどうか。

こういった項目までを残らず差別化するとしたら、それこそ焼肉のメニューの部位のように細かくなる。でも、大きなスタイルとしては二つ。そして『狩りに出る』は、たとえ一度満足を味わった場所でも、そこに戻ってくることはまずない。もう見張られているからだ。つぎにやるのは、新しい場所になる。

つまり結論はこうだ。

この家でじっと待っていても、しかたがない。

兄を殺したのは、『狩りに出る』奴だ。父と、わたしと同類の。だからこそ、父は仕事に行き、わたしは学校に通う。家ではもう何も起きない。

相手がこっちを狙っているのであれば、表に出て自分が餌となり、こっちからおびき寄せれば、報復できる可能性も高くなる。

報復――で思いつくのは、「向こうも報復している」という見方だ。父や母、兄やわたしに殺された犠牲者に関わりのある人間が、何らかの方法でこの家を突き止め、法的手段に頼らずに、あたかも猟奇殺人者であるかのように自分をよそおって兄を襲う――

考えられなくはない。けれども、経験のない素人と一流シェフの肉料理がお皿に並べば、すぐに区別はつく。その場しのぎじゃどうにもならない。ムードがちがう。快楽を味わった破壊の残虐さは、ひと目でわかる。あれは、とてつもなく殺し慣れた奴のしわざだ。素人では兄を殺せない。まちがいなくわたしたちと同類。

出会うかもしれず、出会わないかもしれない。どちらにしろ、わたしたちはふだん通りに生きる。それぞれのスタイルを守って。

書斎に新聞を置き、ネクタイを締めて下りてきた父に、わたしは問いかける。

「……見つけたらどうする?……」

「まずよく観察する」と父は答える。「そのあとは、必要なことをやるだろうな」

玄関を出て、めったに使わないスマホの電源をオンにする。家をぐるりと回って、パネルのシャッターボタンを押す。撮影しておけば、授業中に眺めて相手の経路を考えられる。

東側——三階の専用部屋、二階の兄の部屋、一階の庭。テラス、採光窓。

西側——三階のバルコニー、夫婦の寝室、母の部屋、二階のベランダ、わたしの部屋、一階のガレージ、玄関。

南側——各階の階段に沿った採光窓。

北側——三階の父の書斎、二階の浴室の換気窓、一階の外壁、隣家との境のけやきの木。

屋根なしがバルコニー、屋根つきがベランダ。

住宅販売員の父からずっと昔に教わった区別だ。

ガレージを撮るとき、わたしはアルファロメオ・スパイダーの周囲も調べる。手がかりなし。

トランクの鍵はかかっていても、そこに兄の死体がないとわかるのは、埃が雪のように平らに積もって、開けた形跡が一ミリもないからだ。

朝から何枚も家の写真を撮る女子高生を、駅へ向かう近所の人たちがときおり不思議そうな顔で見る。こっちは何も悪びれることはない。ここは、わたしの家なんだから。

11　地獄の季節

つぎの一枚へ移る。またつぎの一枚へ。

くり返しスクロールして家の写真を見つめ、侵入と逃走経路を考える。〈パン切り包丁〉はどんな奴なのか。兄の死体はどうやって運ばれたのか。他人を呼びだす空港のアナウンスのように授業が耳を通りすぎていく。古文、英語、数学Ⅱ。細胞が分裂する。新しいローマ教皇が選ばれ、大阪城が焼け落ちる。起立、礼、チャイム。

答えが出ない。兄を殺していったん隠れ、わたしが目をはなした隙に死体を持ち去る。不可能だ。

四方の窓。どれだけ頭をしぼっても、〈パン切り包丁〉が窓から入り、跡を残さずに内鍵を閉め、きれいさっぱり外へ出たとは思えない。

バルコニーとベランダ。血液反応はなかった。

けやきの木。死体を担いで降りたような葉や枝の損傷はなし。

本物の人殺しに密室なんてまず関係ない。わたしたちにとっての密室は、切り裂かれる前の儀牲者の体だけだ。それ以外に謎はない。骨の柱で組んだ血まみれの部屋。

だったら？　わたしはスマホをノートの下に隠す。わからなければ、自分はどうするかを考えればいい。ここに本物の人殺しがいるじゃない？

わたしは答えを出す。単純だ。玄関から入って、玄関から出ていく。そこにセキュリティがないのを知って。つまり兄は、自分が招いた人間に殺されている。そうとしか思えない。それでも死体が消えた理由は——


机に突っ伏した顔を上げると、授業は終わっている。教室に渦巻くおしゃべりを聞きながら、ノートを片づけようとして目を見開く。

スマホがない。

窓に寄りかかる添《そえ》田《だ》七《なな》栄《え》の手に、それがにぎられている。

「めずらしくスマホ見てると思ったらさ」と添田七栄が友だちに言う。「こいつ、誰かの家ばっかり撮ってるよ。何枚あんの？」

彼女たちは、市野亜李亜はストーカー、と騒ぎだす。保存された玄関や窓の写真に、わたしにつきまとわれる他校の男子生徒が写っていないか捜しはじめる。

添田七栄は剣道部員で、将来の夢は婦人警官だ。彼女のゆがんだ正義感はもうじゅうぶんに育っている。

始業のチャイムと同時に、添田七栄はわざとらしく教壇の上でスマホを手放す。わたしはそこまで歩いていって、何も言わずに回収する。液晶パネルに太字ペンで、「つきまといはストーカー規制法で禁じられてます！」の落書き。

ふだんなら相手にしない。でも今日はちがう。

わたしは、機嫌が悪い。


放課後になって、剣道部の練習に行く添田七栄を階段で待つ。すれちがいざまに首元を押さえて、壁に叩きつける。同時に、鉛筆の芯を鼻の穴に突っこんでやる。

「二度とやるな」とわたしは言う。「返事は」

鼻のなかで鉛筆を動かす。研《と》いだ芯が粘膜に触れて、添田七栄は凍りつく。わたしの指が白い喉に食いこむ。この人体がどんなにもろく、どんなにあっけない最後を迎えるのか、彼女には想像もつかない。逃げられないように、つま先を踏む。剣道で鍛えた自信が打ち砕かれて、声も出ない。

「あんたの言う通り、わたしはストーカーかもね」わたしは彼女をにらみつける。「だったら、あんたの家族を狙ってやる。わかる？　あんたから仕掛けてきたんだよ。どんなやり方をしても、少年法がわたしを守ってくれる。でも、どうして少女法はないの？　まったく、どうしてなんだろう。どうして？　何か言ってよ。まさか、あんたなの？　ねえ、あんたがパンヽ切りヽ包丁ヽ本ヽ人ヽなの？」

すっかり興奮して、脅しすぎに気づいたときは手遅れだ。わたしらしくない。〈パン切り包丁〉のことまで持ちだした。添田七栄は耐えられずに泣きだす。しゃくり上げるのを、鼻腔の鉛筆を恐れて懸命にがまんしている。

「今日みたいなことは二度とやるな」とわたしは言う。「謝ろうともするな。何もない。なかったことにしろ」わたしはスマホを取りだす。彼女に見えるように掲げて、シャッターボタンを押す。「じゃあ、剣道の練習がんばってね」

西武新宿線にゆられながら、鼻の穴に鉛筆を突っこまれて涙目になる少女の写真を眺めていると、自分が嫌になる。

冷静さをなくしている。目立つのはいけない。わたしたちの強みは日常に溶けこむことだ。みんなと同じ生活のなかで、息をひそめて、偽装するんだ。孔雀《くじゃく》の羽根を広げて歩く狼なんかいない。

それぞれのスタイル――朝食のとき、父に念を押されたばかりなのに。だめだ。

わたしはうなだれる。かっとなるのは幼稚な証しでしかない。初犯で検挙されるお子様。落ちこんで電車を降りて、歩くうちに頭に浮かぶのは、〈バイゴンズ〉で買った『地獄の季節』の一節だ。眠りたい、煮られたい、ソロモン王の祭壇《さいだん》で。スープは錆《さび》の上を駈け、セドロンの流れに注ぐのだ――

スープ。まっすぐ帰るのをやめ、ファミレスの〈アイダホ〉に寄るときめる。

〈ほうれん草ときのことベーコンのパスタ〉を頼んで、いつものようにベ、ー、コ、ン、抜、き、にしてもらう。そして〈オニオンスープ〉を追加する。

子供の頃から通っている近所のレストランだ。小さい頃は、よく父と来た。駐車場は広くて二十四時間営業、店名については、アメリカ合衆国にあるアイダホ州とどれくらい深い関わりがあるのかどうか、今でも知らない。

ポテト料理が年中おすすめで、でも食べたことがない。いつも注文するのは〈ほうれん草ときのこのパスタ〉。最後にメニューを開いて眺めたのはいつだろう。

スープを飲みながら、ほうれん草を突つき、きのこを咬みつぶし、パスタをフォークにからませながら、添田七栄を泣かせたのをまた悔やむ。いつものわたし——じゃなかった。

パスタを巻きつけるフォークがぴたりと止まる。

いつものわたし——じゃなかった。

それはわかったけれど、いつもとはちがうのはどこから？　からみつくパスタを見つめる。フォークをゆっくりと逆回転させて、パスタをほどく。兄がめった裂きで殺される。いつもとはちがう。午前七時前の朝食に家族全員がそろう。いつもとはちがう。

思えばそこから、おかしいんだ。何か関係あるの？　死ぬ前に兄を見た最後の朝食の場面を思い返す。何か変わった点があった？　窓の外のテラスに侵入者がいたとか？　わたしの胸の奥の感覚のひとつずつ、脳のしわの隅々にいたるまで、全神経を集中して潜りこむ。人殺しのときのように感覚を研ぎすまして。

限界まで記憶をえぐる。もう食べられない。スープもパスタもいらない。むしろ吐きそう。

詩人《ランボオ》はこういうとき、どう言うのだろうか——眠りたい？　煮られたい？

わけがわからない。そして。

家に帰ったわたしを待っていたのは、もっとわけのわからない事態だ。いつもは、もうない。

その夜から母が消える。いなくなる。

地獄の季節のはじまりだ。わたしにとっては。

投資家のための殺人人類学

ある男による殺人映像の上映とその講義

……………ゴオォウン――ゴオォウン……………


空調が低くうなっている。

ここで椅子もなく立っているのは、わたし一人だ。

会議室は芝《しば》のホテルの高層階にあり、東京タワーと都市の夜景が一望できる。

高い天井から吊り下げられたシャンデリアの光が、部屋の中央で向き合った二列のテーブルに注ぐ。一列二十人、計四十席。全員がすでに席についている。

わたしはモニタのコードを引いて、赤絨毯を踏みしめて歩く。隅に置かれたベルニーニ風の東洋人の胸像と、壁を飾るルーベンスの油絵の複製。わたしはこの部屋で、ルーベンスの複製を眺めるのが好みだ。

長く引きずったコードのプラグを、ようやくコンセントに差しこむ。

さっきから低くうなっているのは、本当に空調の音なのか？　もしかして、それは、わたしの耳の奥だけで。わたしの脳の内部で……

ゴオォゥン——

わたしの仕事は。わたしは目を閉じて息をつく。それから仕事に戻る。

仕事へ——

わたしの仕事は、投資家たちに殺人の映像を見せることだ。

作りものではなく、じっさいに起きて、ニュースとなり、社会を沸き立たせたような事件の。

その非公開の映像を。あらゆる監視カメラから、われわれが取り上げ、封印した記録を。

それから、わたしは講義をする。殺人の謎について。人類学的見地にもとづいて。

殺人。それこそが、もっとも古い、究極的な謎だ。

殺人を語るとき、わたしはアエニグマ、という言葉を好んで選ぶ。ラテン語で謎という意味だ。

しかし、誰も講義など聞いていない。誰一人として。

彼らが欲しがるのは、ただ、わかりやすい殺人の物語なのだ。その非公開の映像だけだ。

……ああ、わたしは……いや、われわれは、いったい、いつからこの出口のない迷路にはまりこんだのだろうか……

わたしの前で、投資家たちが舌なめずりをして待っている。今日の映像は何だ、と。何が自分たちを楽しませてくれるんだ、と。

わたしは今夜も明かりを落とす。高層ホテルの貸会議室で。そこに訪れた一同の目がモニタに集められて。

埼玉県の、ある小学校の校庭が映しだされる。

ちょうど一年前の事件。

校庭に子どもたちが出てくる。全学年一斉の避難訓練で、授業の一環としておこなわれている。ここまでは日常だ。

問題は、この先だ。

生徒らが校庭に整列すると、呼応するようにして、刃物を所持した殺人犯が東側の柵を乗りこえて入ってくる。これは訓練ではない。そう、これは現実だ。こうして、全学年児童は、忌むべき凶行の標的となる。

まず低学年の児童がなぎ倒される。

血が映る。

返り血。

倒れる。一人。また一人。

子どもたちが狩られていく。なすすべもなく。

わずか二十秒ほどで、校庭の混乱は頂点に達する。

無音の映像に、悲鳴が飛び交うのが感じられる。監視カメラは冷ややかに全容を映しつづける。

もちろん全国的なニュースになった事件だが、凶行中の映像がメディアに流れたことなど、一度もない。存在さえ知られていない。

女性教員が子どもたちを校舎へ急がせる。

男性教員が殺人犯の前に立ちふさがり、腕を切られて倒れる。

避難訓練用の消火器を吹きつけて、殺人犯を止めようとする初老の教頭。殺人犯の衣服の右側が消火剤で白くなり、効果はそれでおしまいだ。

刃物とは別に、殺人犯の腰のベルトにはさまれた銃のようなものが見える。これが教員たちをさらなる恐怖に陥れる要因となった。みなが怯《おび》えたのだ。この上、さらに乱射などされたら子どもたちは——

校舎に戻りそびれた児童を殺人犯が追い回している。右に左に、ジグザグに駆ける。通報を受けてやってきた警察官が発砲するが、駆け回る相手に当たらない。標的の先には子供も走っており、彼らへの被弾を恐れて、すぐさま射撃は中断される。

「……ここで……」とわたしは言う。モニタの隅の時間表示を見ながら。「……そろそろ、ラッツが入ってきます」

——ラッツ？　どこに？　投資家の一人がわざとらしく口にする。誰も笑わない。せき払いさえ起きない。

会議室はどこまでも静かで、モニタは空調の響きを道連れに地獄を映しだす。

……ゴオォゥン——ゴオォゥン……

まるで映画だ、とのちに話題となった場面に、映像は差しかかる。

到着した埼玉県警特殊部隊RATS《ラッツ》が、うごき回る標的を仕留めるために、二人乗りバイクで校庭を走っている。

殺人犯と距離を取って並走し、射程圏内に児童のいない角度から狙撃を試みる。バイクの後部シートに座る隊員がMP5Fをセミオートで三発発砲する。殺人犯が転倒する。隊員たちがすかさず確保に向かっていき——

そこで映像を、わたしは打ち切った。もうこれ以上、見るべきものはない。

明かりが戻されると、時代がかった内装の会議室が浮かび上がる。彫刻。絵画。羊毛の赤絨毯。ホテルの高層階の一室。

報道にもドキュメンタリーにも使えない、生々しい映像が去ったあとの場に、声にならない興奮が漂っている。惨劇の余韻が。

真夜中だが、資料映像公開のあとには、食事をするのが慣例だ。このならわしは、ヨーロッパでも、アメリカでも、日本でも変わらない。もっとも向こうではパンや肉料理の載ったプレートだが、東京では仕出し弁当だ。今夜は豪華な天ぷらがついている。

食事をする投資家たちに向かって、わたしは講義をはじめる。まずは事件の分析から。

ただ今ご覧いただいた児童大量殺傷事件の犯人について。
・一般的な見方
——犯人は典型的な大量殺人犯《マスマーダー》である。
・当方の総合的な分析
——犯人の所持していた拳銃はダミーと判明し、この事実から、複数の凶器を綿密に準備する大量殺人犯としては、定義できない。むしろ、広範囲の通り魔、騒動殺人犯《スプリーキラー》に分類される。

わたしは犯人の人物像について、話しつづける。誰も聞いていない。

神経学、脳科学と同じくらい、わたしは殺人の謎を解くのには、フランス人の精神分析医、ジャック・ラカンの思想が欠かせないと信じている。

だからラカンの言葉を、わたしは何度も引用する。対象a。想像界。象徴界。ボロメオ。誰も聞いていない。

無理もない。一般には、ラカンはまるで知られていないし、師であるフロイトの考えすら、誤解されているのだから。

学者以外で多少知っているとすれば、ミステリ小説を研究している好事家《こうずか》たちくらいだ。ラカンが講座《セミネール》で披露《ひろう》した、ポオの「盗まれた手紙」の読解では、これまでまったく考えられなかった新たな見方がつぎつぎと現われて、精神分析の凄みを示す格好の材料になったものだ——

わたしはそんな話をする。それでも。誰も聞いていない。投資家たちの怒り、いらだち、憎しみさえ感じるほどだ。彼らは言う、殺人にそんな小難しい話など関係あるのか？　犯人と被害者がいれば、それでじゅうぶんじゃないのか？

だめだ。

わたしは話題を変えなくてはいけない。

彼らの興味を引く話題を、わたしは探す。殺人の映像を見たあとで、弁当の天ぷらをかじっている彼らの心をつかむものを。

殺人遺伝子《キラージーン》は、存在するか？

この話で、わたしはやっと注目を取りもどす。

殺人遺伝子。

わたしは話す。生まれつき、人を殺すようなタイプの人間はいるのか、と。今度はみんな聞いている。殺人者の脳や遺伝子は、特別なのか？

わたしは箸《はし》を止めた彼らに、殺人遺伝子は、別名、カ、イ、ン、の、し、る、し、と呼ばれている、と説明する。

カイン――言うまでもなく、紀元前に書かれた『旧約聖書』に出てくる人類最初の殺人者。

兄カインと弟アベル。

アダムとイヴのあいだに生まれた兄弟。

あるとき、二人は神にそれぞれの贈り物をささげ、しかし神はアベルの贈り物だけを受け取る。これに怒り狂ったカインは、アベルを殺してしまう。

神は罰として、カインの畑には作物が育たないようにし、さらにカインにはしるしをつける。殺人の罪を犯したことが、誰にでもわかるように。しるしは消えない。そしてカインは生きつづける。いつ爆発するともわからない暴力と憎悪を抱えた哀れな人間として――

カインのしるしがあるとしたら、それはどんなものだ？　投資家がわたしに訊く。それはどんなものだ？　投資家がわたしに訊く。わたしに。わたしに。みんながわたしに。

わたしは言葉に詰まる。

答えるかわりに。

わたしは――ふいに、ニュルンベルク刑務所の話をはじめる。

ニュルンベルク刑務所――

第二次世界大戦で降伏したドイツの高官を、戦争犯罪裁判が終わるまで収容する場所。そこには自殺したヒトラーと、一九六〇年まで逃亡をつづけたアイヒマンをのぞけば、ナチスの中枢が、すべて集まっていた。国家元帥ゲーリング、副総裁ヘス、外務大臣リッベントロップ、親衛隊大将カルテンブルンナー――

文字通り、地球の歴史を塗り替えた犯罪人たち。世界の注目を集めたこの場所で、彼らと個別に対峙したプロテスタントの教誨師《きょうかいし》ヘンリー・ゲレックは――こう言った――彼らは――ほかの人々とたいして変わらない。

刑務所付きの精神科医として、彼らと長くすごしたダグラス・ケリーは――こう言った――彼らは――異常者でも変質者でも天才でもない――容赦のないビジネスマンのようで――

だめだ。

わたしはこれ以上話せない。わたしはひどく混乱している。話すことができない。

………ゴオォォウン――ゴオォォウン………

Ⅱ　汝、永遠なれ《エストー・ペルペトゥア》

12　巣

夏なので、もっと髪を短く切る。ほとんど少年に見えるまで。鏡の前にはさみをにぎって座る。

髪を切りなさい。

うるさく言う母の姿はない。はさみを動かして、てきぱきと切ってしまう。髪は血が出ないから楽。

――心当たりは。

――夫婦でしょ。

――何も思いつかない？

母が消えて一日がたつ。わたしは父をさらに質問攻めにする。答えは返ってこない。母の通うフィットネスクラブの名前や電話番号を、父は知らない。わたしと同じだ。

さっきまで晴れていた夕空が真っ暗だ。あっという間に、ものすごい雨が降りだす。一階の窓に見えるテラスが水浸しになる。

髪を切って下りてきたわたしは、ダイニングテーブルの西側に座る。いなくなった母の席。

「またそっちに座るのか」と父が言う。「昨日もそうだったな」

「いいじゃない、お母さんいないんだよ」

顔を上げる父の眼鏡にわたしが映る。眼鏡はさらに上を向く。ほんのわずかな動きだ。そして父の視線は新聞に戻る。かすかな地震を感じた人が天井を仰ぎ見たようなしぐさが、妙にわたしの気持ちをざわつかせる。

テラスに叩きつける雨の音は、庭先から迫ってくる滝のようだ。

父は黙っている。わたしはいらだってくる。「どうするの、これから」

無言だ。

「どこでもいいから、お母さんの行きそうな場所を教えてよ」

「母さんについて亜李亜が知らないことは」ようやく父はゆっくりと答える。「父さんも知らないよ」

「それ」わたしは眉をひそめる「どういうこと?」

メール受信を知らせる音。ポケットからスマホを乱暴につかみだす。待っている母からのメッセージ——じゃなく、メールサービスの気象情報だ。

西東京市全域に大雨警報。床下浸水に注意。

わたしの携帯嫌いは、母親ゆずりだ。わたしたちのあいだに電話やメールのやり取りはまったくない。だから母の番号を父に教わったのは、たった昨日のことでしかない。

大雨警報を受け取ったスマホから、そのまま母にかけてみる。


おかけになった電話番号は現在——


いくらかけても、結果は同じだ。

頬づえを突いて、地響きに似てくる雨の音を聞く。そして、よく考える。母がいなくなったのは、兄が殺されたことにつながっているとしか思えない、と。

「だろうな」父はわたしの質問に、ぼそぼそと返事をする。

「ひとつずつ仮定してみようよ」とわたしは言う。「まず、お兄ちゃんを殺した奴を捜しにいった」

「ああ」

「お兄ちゃんが殺されたから逃げた」

「そうだな」

「……つぎは……」わたしはその先を言わない。父も訊いてこない。

わたしは考えつづける。母は兄の死をどう受け止めたのか、心の奥まではのぞけない。わたしと同じなの？　ちがうの？　母と兄。母とわたし。父。何だろう。家族って。

いや、この家にとって。

「仮に誰かを追っていったとしても、反対に逃げたとしても」とわたしは言う。「お兄ちゃんを狩った奴のことを、お母さんは何か知っていたんじゃない？」

「その見方は」新聞を読む父は腕時計を見る。「じゅうぶんにありうるだろう」

「もしそうなら」声をかき消す雨の音にあらがって、わたしは思いを吐きだす。「どうして何も言わなかったの？　力を合わせられたし、警戒もできたのに」

「亜李亜、おまえはかしこい女の子だ」父は眼鏡を外して、疲れの見える頬をゆるめる。「おまえならいずれみんなわかるだろう」

そのときだ。

無意識のうちに抑えつけてきた考えが、いっきに心の檻《おり》を突き破って、目の前に躍り上がってきたのは。

急に雨の音が遠ざかって、何も聞こえなくなる。

連続快楽殺人には二つのスタイルがある。『巣がある』と『狩りに出る』。レクター博士と切り裂きジャック。わたしは兄を殺した奴を、当然のように後者だときめつけている。それが、じつは逆だとしたら。〈パン切り包丁〉は、自分のもっとも心安らぐ場所で、殺しを楽しむ――

だとしたら、信じられない。

この家を〈巣〉に利用するなんて。

だとしたら、信じたくない。

だって、そんなことができるのは。


「父さんは、何もしていない」

わたしの問いに答える父の眼鏡をじっと見るうちに、全身が少しずつ震えてくる。震えはますますひどくなって、わたしは自分をしばりつけるように肘を抱きかかえる。泣きそうだ。叫びそうだ。無理もない。本当ははじめから、見ないようにしてきたのだから。ありえないと相手にしなかったのだから。

スタッグナイフはどこ？　兄のマウスピースは、母のシャフトは？　何でもいいから武器は？　パニックになって、椅子の背もたれに背中を押しつけて、懸命に恐怖をこらえる。いっそのこと悲鳴を上げれば。この雨ならかき消してくれる。

「落ち着いて息を吐いてみろ」と父が言う。

わたしは考えている。震えている。

侵入経路も逃走経路もない。この二つはあっさりと溶け合って、同じ暗闇へと呑みこまれる。この闇に。

父が兄を狩って、母が兄の死体を隠し、その母をさらに父が狩った。

無意識の底から一度浮かぶと、もう沈みはしない。その考えにわたしは取りつかれ、昨日の添田七栄のように怯《おび》えきって、凍りついている。取るべき行動はいくつも頭をよぎるのに、椅子から立ち上がれない。

やがて父が口を開く。その声が、わたしをもっと深い混乱に突き落とす。

「なあ、亜李亜」父がやさしく言う。「お兄ちゃんがパソコンに向かっている姿を、その目で見たことがあるのか」

この人はいったい何を、言っているのだろう。

わたしは父を凝視《ぎょうし》する。小柄な体。広い額。トムフォードの眼鏡。打ち消せない考えがわたしを追いつめる。

夏の夜――

父親――

雨――

13

ピザ、ポーカー

日射しに光る校庭で鳴くセミが、わたしへの死刑執行をカウントしているように聞こえる。

自分のいなくなった席に花が飾られる明日の幻を見る。

父親に殺されてしまった娘。

透明なアナコンダに絞めつけられて、ひたすら窒息しかけている。それが今のわたしだ。土曜日なのに、すすんで教室で補習を受けている。家にいたくない。希望者をつのった理系の補習は、当たり前のように頭に入らないし、講堂で剣道の練習にはげむ添田七栄の顔も浮かばない。

兄の惨殺体を見つけたとき、父は一階にいた。

わたしが一階へ下りたとき、母は三階にいた。

〈パン切り包丁〉を捜したとき、父は丸めた新聞しか手に持たなかった。

もう、出口はないように思える。市野浄武を殺したのは、市野桐清なのだ。市野杞夕花はやらない。どうして？　それは、母には〈専用部屋〉があるから。絶対にそこでしかやらないから。

そして父はつぎに母を。でも、だとしたら、なぜ？

暗闇の奥に別の暗闇が広がる。

なぜ、父はわたしに兄を見つけさせたのか？　そして——母も狩ったとしたら、なぜ母だけはわたしの目につかないように処理したのか？

お父さん、わたしをあざむいて、お兄ちゃんを殺す理由がどこにあるの？　必要なら、わたしを殺してしまうことだってできたはず。それとも先にお兄ちゃんが襲ってきて、お父さんはただ身を守ろうとして。

それでも。

心に渦巻く恐ろしい風のなかを、十七歳の同世代の少女たちが授業を聞く後ろ姿を見ながら、わたしはじっと座っている。わたしがいるのは、ここであって、ここでないどこかだ。

くり返し目に浮かぶのは兄。全身をめった裂きにされ、アイアンハンガーラックに吊り下げられている。それは父のスタイルではない。母のスタイルでもない。もちろん偽装したとも考えられるけれど——

そうだ。だから〈パン切り包丁〉が別に実在する可能性は、まだゼロじゃない。

そしてわたしは、ある場所に戻ってくる。父の言葉の前に。

「お兄ちゃんがパソコンに向かっている姿を、その目で見たことがあるのか」

――夕方は、また雨だ。

――ゲリラ豪雨。

――空の洪水。

雨は降りつづける。ダイニングテーブルでわたしは考える。燃えつきた脳細胞の灰が、頭のなかに降り積もっていく。

廃墟《はいきょ》になった頭が、いきなりドアチャイムの音に殴りつけられる。わたしはわれに返り、全身をこわばらせて、玄関に目を向ける。こんな大雨の夜に。誰。

玄関への途中で、後ろを振り返る。スタッグナイフは二階に置いたバッグのなかだ。取ってくるべきかどうか。迷ううちに、またドアチャイム。ひとまず、来客をたしかめる。

うちにインターホンはないし、だからテレビドアホンもない。のぞき窓に目を押し当てる。ダークグリーンのレインコートを着た男がいる。ずぶ濡れだ。帽子で顔はよく見えない。レインコートから水が滴り落ちる。返り血を浴びたあとの黒い筋を描く。背後の空は厚い雨雲で埋めつくされている。

開けてはだめ、とわたしは思う。誰なの？　やっぱり父は関係なかったの？

ドアは開けないけれど、逃がしてもいけない。もしこいつが〈パン切り包丁〉なら。スタッグナイフを取りに行こうとしたとき、父が階段を下りてきて、ドアの前に立つ。手に紙幣をにぎって、鍵を開けようとする。

「何やってるの」ドアノブに飛びつき、わたしは父を制止する。

「ピザだ」

ピザ？　わたしをやんわりと脇へ押しのけて、父は平然とドアを開ける。激しい雨の音が、焼き上がったチーズとピザ生地の香りを連れて入ってくる。

四角い箱を持ったレインコートの男は、たしかにピザの宅配人に見える。車道に停めた白いスクーターをものすごい雨が打つ。

「お客様のご要望で」男は釣り銭をそろえる。「サラミ抜き、ホールは切り分けずにお持ちしました」

宅配人が去ってドアが閉じられると、雨音の遠ざかった家は急に静かになる。嵐のなかをくぐって、たった今ここに逃げこんだ気分だ。

父はオープンキッチンの戸棚から、ステンレスの包丁を持ってくる。「切り分けてくれないか」と父は言う。「父さんはコーヒーをいれよう」

包丁の向きを逆にして、父は銀色のグリップをわたしに差しだす。なぜホールを切り分けないように頼んだのか、妙に気にかかる。わたしに切らせるため？　わたしに包丁を持たせるため？

――いい、何なの？

トマト、チーズ、バジルの葉、オリーブオイル。サラミは抜き。自分で切り分けたピザのピースを、わたしは食べずに眺めている。

「冷めないうちに食べなさい」

包丁はわたしの手元にある。父は無防備に見える。「ねえ、どういう意味」とわたしは言う。

「ピザがか？」

「お兄ちゃんがパソコンに向かっているのを、その目で見たのかって言ったよね」

「ああ」

「何が言いたかったの」

「おまえならわかるさ」

「はっきりして」

「それならまず、おまえも質問に答えなくては」

「ないよ」わたしは深く息を吸って父に挑みかかる。「お兄ちゃんが部屋で何をしているかなんて、うちでは誰も見てない。そんなのわかりきってるでしょ」

「では話はおしまいだ」父はピザにタバスコを振りかける。

父の眼鏡にわたしとピザとテーブルが映っている。わたしはピザをかじる。生地は薄い。もしかしてずっとこのままなのだろうか。この家で、こうやって、父と二人きりで。

父は食べながら、シャツの胸ポケットから、ふいにトランプの箱を取りだす。「ひさしぶりにどうだ」

ポーカー——わたしはあきれて、顔をゆがめる。たしかにポーカーは、わたしの古い遊び友だちだ。ずっと小さなとき、外遊びが苦手だったわたしの楽しみは、父とのポーカーだった。数えきれないくらい対戦した。ポーカーが終わったあとは、家のなかでかくれんぼをする。わたしはいつも父のクローゼットに隠れる。

でも——ピザと、なつかしいカードゲームで娘の気分を落ち着かせようというの？——それともまさか、かくれんぼまで――

「……ポーカーなんかやりたくない……」

嫌がる娘を無視して、父はナプキンで指をふき、カードをシャッフルしはじめる。

「どうしてポーカーなんて……」わたしの問いに父は答えない。

「二回で済む」父の手のなかでカードが羽根のようにはばたく。「たった二回、つき合ってくれればな」

「ねえ、何がしたいの？」

「最初に配られたカードでベットする」と父は言う。「チェンジはなし。チップは……残りのピザのピースを一枚ずつ賭けよう」

一発勝負で戦えば、ブラフのかけ合いもなく、チップのコールもレイズもできないから、たしかにすぐに終わる。ダイスを転がすのと同じ。でも、すでに父との会話自体が、ブラフのかけ合いだ。わたしは父を疑いの目で見つめる。包丁はわたしの手元にある。

いつのまにかくばられた裏向きのカードがわたしの前へ。五枚。父の前にも同じく。

父はさっさとめくる。

5♠

7♣

2♡

A♣

5♡

テーブルを眺めて、父は首をすくめる。わたしは冷めていくピザと自分のカードの裏側を、だまって見つめている。

「さあ」

父にうながされて、わたしは首を振る。こんなの狂ってる。この状況でポーカーだなんて。しばらくして父はため息をつき、テーブルごしに手を伸ばしてくる。そして、わたしのカードを、父の指がめくる。一枚ずつ順番に。

Q♡

J♡

K♠

J◇

Q◇

「おまえの勝ち」父は口元をゆるめる。「よし。もうワンゲーム」

またカードがシャッフルされ、並べられる。わたしはひどく困惑して、ピザを食べずにコーヒーだけを飲む。今度も父はすぐに自分のカードをめくる。

2◇

7♠

3♠

6◇

9♡

ばらばらで、何の手役《ハイカード》でもない。

父がわたしのカードへ手を伸ばしかけたとき、わたしは急に激しい怒りを感じて、自分からカードをめくっている。叩きつけるような、荒っぽい手つきで。

Q♠
J♠
K◇
J♣
Q♣

絵柄は一致しない。でも数字はさっきと完全に同じ組み合わせだ。並んだ順番も。偶然なのだろうか？　それにしてはできすぎている。シャッフルしたのは、父だ。

「これ何？　何かの手品なの？」

「ついてるな。二度も〈エストー・ペルペトゥア〉が出るなんてのは」父は軽く両手を上げる。「そいつは〈汝、永遠なれ〉という手役さ」

「手役？」そんな手役はポーカーにない。「クイーンとジャックのツーペアを、いかさまで取りだしただけじゃないの？」

「おまえの強運だ」

「何のつもり？　いかさまだとしても、自分が負けたじゃない」

「そうだな。負けたよ」

わたしはカードに手を伸ばし、父の方に押し戻しかけて、手を止める。五枚のカードを黙って見つめる。これって、何。

Q……J……K……J……Q……

――ESTO PERPETUA――


お母さん、どこへ行ったの。

お兄ちゃん、どこにいるの。

――部屋のベッドの上で眠りに落ちて、夢を見る。

出てくるのは兄だ。暗い庭先にいて、背中をぐっと丸めている。短距離走の選手がやるように、両手を土につけて。

なぜあんな姿勢を？　わたしは不思議に思う。黒の革ジャンが肌と溶け合って、皮膚そのものに見える。整った顔立ちがこっちを見つめる。哀しげな目つき。

何をしているの。わたしは訊く。

けれども兄は答えない。四つん這いで、庭からはなれようとする。一度だけ振り返って、獣のように頭を振り、そっと闇に消えて――

思いだせばたったこれだけなのに、ものすごく長い夢に感じる。わたしは目を醒ます。暗い部屋のベッドの上で目を開けて、じっとしている。

朝はまだ来ない。眠れなくなって、夢を見た理由を考える。よくわからない。しかたなく夢のつづきを思いだすように、昨日のことを振り返ってみる。

父との夕食。

ピザを切り分ける。

でたらめなポーカーの手役。

あのカードにどんな意味があったのか。わけがわからないのは、何も夢だけじゃない。起きている世界だって同じだ。

寝返りを打って横を向く。父と交わした会話を、暗闇に呼び起こす。こんなふうに。

負けたよ／冷めないうちに食べなさい／お兄ちゃんがパソコンに向かっている姿を、その目で見たことがあるのか／落ち着いて息を吐いてみろ／父さんは、何もしていない／おまえならいずれみんなわかるだろう／母さんについて亜李亜が知らないことは、父さんも知らないよ——

記憶のなかで、一階のダイニングテーブルにいる父と向き合う。父の眼鏡にわたしが映っている。眼鏡はさらに上を向く。

変だ。

何かが引っかかる。

どこが奇妙なんだろう。

あのときわたしは、髪を切って下りてきて、テーブルの西側の母の席に座る。

おかしいのは。

「またそっちに座るのか」と父が言う。「昨日もそうだったな」

「いいじゃない、お母さんいないんだよ」

顔を上げる父の眼鏡にわたしが映る。眼鏡はさらに上を向く。ほんのわずかな動きだ。そして父の視線は新聞に戻る。

心臓が波打つ。どんどん早くなり、息苦しくなる。考えるな、わたしは自分に言い聞かせる。そんなはずは。

ふだんのわたしなら気にも留めないしぐさだ。疑っていたからこそ、あのわずかな目線に違和感があったんだ。

父は。

いったい何を見ていたのか。

あの日と同じ角度で。

兄が殺された夜、しばらく天井を見つめていた首の角度で。

父は上の部屋を見透かそうとしたのではなく、天井そのものを見ていたとしたら。

雨は止んでいる。悪寒とめまいをこらえながら、わたしはベッドを抜けだして一階へ下りる。

テーブルにピザの箱が置かれたままだ。箱を押しのけ、よじ上る。テーブルに立ってやっと手の届く天井には、碁盤状にボードが貼られている。四角いボードは〈ブロックシュガー〉、そう父に教えられたのを思いだす。防音建材。湿度の高い浴室と物置をのぞけば、うちの天井はみんなこれだ。

テーブルの真上に四灯のシーリングライトが吊り下がっている。わたしは電球に頭を打たないようにしながら、テーブルの北側にいる父を想像し、架空の視線を宙に伸ばす。父が見ていた角度。

やがて天井の一点にぶつかる。照明の加減で影になっているところに。

わたしは指を這わせて調べる。

小さな穴がある。どうして？　わたしは心のなかで叫んでいる。穴の内側に見えるのは、顔を近づけなくては絶対にわからない反射のきらめきだ。

まちがいなくわたしの頭上にそれがある。カメラが。憎むべき監視の装置が。

14　父の目

スタッグナイフではこじ開けられない。

キッチンから持ってきたアイスピックで防音建材をはがそうとしながら、心のなかでショックが大きくなるのを感じる。二十分ほど苦労して、ようやく外れた一枚のボードをテーブルに置く。天井に隠されていた本体を見つめる。レンズはわたしの座る席を向いている。

ダイニングテーブルの真上にこんなものがあるなんて、疑うことすらしなかった。うちの家族はみんな監視カメラを憎んでいて、セキュリティはガレージにしかない。そう信じて生きてきた。

何かのまちがいだ。監視カメラを前にして、わたしは悪あがきをせずにはいられない。こう考えることはできないの？　つまり、父も被害者の一人で、ここにカメラがあるのを知らなかった――と。そうであってほしい。でも、だったら誰がカメラを仕掛けたのか。

悪あがきだ、とわたしは自分に言い聞かせる。父は、母の席に座るわたしにこう訊いた。「またそこに座るのか」、と。

対象とレンズの位置関係を気にしていたんだ、あれは。

結論は出ている。父が知らないはずはない。わたしは父の目にずっと見られている。わたしを中心にダイニングテーブルをとらえているカメラ。兄の殺害と母の失踪のあとも、そのカメラの映像についていっさい触れずにいる父。

山道で獣と出くわしたように、静かにあとずさってレンズからはなれ、テーブルを下りる。無機質な獣の目にわたしが映りこんでいる。

午前四時すぎだ。この家のなかで起きるすべての意味が変わってしまい、二度と元通りにならない。わたしの住んでいた世界はもうない。何もかも忘れてしまいたい。眠りたい、煮られたい。

足音を立てずに三階まで上がる。殺人専用の部屋を通りすぎて、廊下の左奥の寝室のドアを慎重に開け、ベッドが無人なのをたしかめる。それなら書斎だ。廊下の突き当たりまで歩く。息をつめて数ミリずつドアを押す。やがて父の影が見える。読書灯の薄明かりに顔を照らされ、考えこんでいる。鉛筆を持ち、くるくると回す。そこにいる父は、もうわたしの知らない人だ。

できるなら引き返したい。わたしたちは秘密を共有する家族だった。誰にも知られないきずなでつながる親子だった。

ふいに父が大きくため息をついて、独りごとを言う。「コッカニハマドガナイ」

書斎のドアに隠れるわたしは、どうにか聞き取れた言葉を頭のなかでくり返してみる。コッカニハマドガナイ――国家には窓がない。そう言ったとしか思えない。どういう意味なの？　それは住宅販売員のつぶやく言葉？

異様なことだらけだ。わたしは立ちつくす。お化け屋敷で一歩も動けなくなった子供だ。鉛筆を机に置き、父が椅子から立ち上がる。読書灯の明かりを消さずに、まっすぐこっちへ向かってくる。わたしはドアから壁づたいに廊下の暗がりをあとずさり、階段を下りて頭を低くする。廊下に出てきた父は、寝室のドアを開けてなかに入る。

父のいなくなった書斎に忍びこむと、読書灯の薄明かりがついたままだ。父はすぐにここへ戻ってくる。それはわたしにとって都合がいい。机をざっと眺める。

３Ｂの鉛筆。

建築用三角スケール。

１／50スケールのミニカー――ベンツとアウディとＢＭＷの三台。

『日本住宅売買新報』。

陶器のボトル入りのウイスキー――〈ローヤルサルート21年〉。

建築模型といっしょにディスプレイするミニカーと、業界紙の組み合わせが、ここがまぎれもなく父の居場所だと示している。

そして、ガラス本棚に並ぶ本――

維持管理の。

リフォームの。

贈与税の。

二世帯住宅の。

誰が見ても、仕事熱心な住宅販売員の書斎に映る。父の趣味を暗示するものは何ひとつない。ここに血のにおいを嗅ぎ取るのは、とびきりすぐれた警察犬でも不可能だろう。

ひさしぶりに入った書斎で、まだためらっている自分に気づく。中途半端は危険だ、と言い聞かせる。やるなら容赦《ようしゃ》なく。いつだってそうしなきゃいけない。

廊下に足音がしたとき、わたしはすでに読書灯の明かりを消し、暗闇に目を慣らしている。寝室に行った父が、書類を抱えて戻ってくる。暗闇を前にじっとしている。読書灯の明かりが消えたのを妙に思っている。

しかたなく壁のスイッチを押そうと近づいてきた父の首すじに、わたしはスタッグナイフを突きつける。「自分の娘をのぞくなんて最低」

やっぱり信じられない。こんなことが起きるなんて。

父は身動きしない。反撃もせず、表情にも変化はない。わたしはスイッチを押して書斎全体を明るくする。そしてダイニングテーブルの真上から外してきたボードを床に放り投げる。「言い訳したら?」

「よく気づいたな」

ゆっくりと答える父がこっちを見たとき、わたしは横殴りに頬を打つ。女の子が平手打ちをするように――ただし机にあったウイスキーのボトルを使って。

重い音がする。陶器のボトルは厚くて割れない。色は大海原《おおうなばら》の深い青だ。誕生日に買ってあげたラピス・ラズリを思いだす。父はその石をのりづけだと言った。ラテン語とペルシア語の。

ボトルは割れなくても、しびれるほどの衝撃が左手に伝わってくる。のけぞって背後の壁にぶつかった父の頬は切れて出血している。吹き飛ばされた眼鏡が床に転がる。わたしは右手のスタッグナイフをまた首に突きつける。

「動かないで」とわたしは言う。頭は哀しみと混乱でいっぱいだ。

「せめて眼鏡を拾わせてくれ」

「訊きたいことがありすぎるの。お願いだから暴れないで。暴れたら――」

そうなれば、殺し合いになってしまう。少なくともわたしは殺すだろう。

「わかった」父はうなずく。「父さんはどうすればいい」

隠されていたカメラの映像をわたしは要求する。まずはそれからだ。

父はリモコンをわたしに教える。机にあった1／50スケールのミニカーがそれだ。ベンツのシャーシーが開いて、なかに再生や停止のボタンがある。

誰にも知られないように工夫していたのが、これだけでもよくわかる。けれどもモニタが見当たらない。

わたしは書斎を見回す。「モニタは?」

「スイッチを入れてみろ」

もう一度ボトルで殴るべきか考えて、結局わたしは黙ってリモコンのボタンを押す。注意して部屋中に目を配る。窓がわずかに光っている。スタッグナイフを当てた父を連れて、窓際まで歩く。

光っているのは窓ではなく、窓際に置かれた建築模型だ。

そこに、誰もいない一階のダイニングテーブルがわたしの席を中心にして映っている。時刻表時は現在。1／50の家の外壁に、液晶パネルがはめこまれているんだ。あきれるほど凝った仕掛けだ。いったい、いつから？

「別の場所の映像は？」

「ない」

「のぞくのは一階のダイニングテーブルだけ？」

「それでじゅうぶんだ」

「どういう意味？」

答えは返ってこない。

「どうしてこんなものがあるの」

「もう少し時間が必要だ。そうすれば理解できる」

「待たないよ」わたしの指に力がこもる。「今ここで答えて」

「時間が必要なのは父さんだけじゃない。おまえもだ、亜李亜」

「何の話？」

返事を待っても、父は口を閉ざしたままだ。

「わたしの部屋にカメラを隠した？」

「ほかにはないと言った」

「信じられない。あとで調べるから」

「好きにしなさい」

「三階の〈専用部屋〉は？」

首を振る父は、ボトルで殴られた頬の痛みに、はじめて顔をしかめる。そのあいだにも傷の周りは青黒く変色していく。

「誰でも目の前のものを見ずに生きている」と父は言う。「現実を他人に教えられても信じない。それで結局、自分で向き合うことになる」

何の意味もないお説教だ。ふと、わたしはこう思う。父にまともな話をさせる手は拷問しかないのか、と。

わたしはくちびるを咬む。「映像は録画してあるよね」

「ああ」と父は答える。「三ヵ月ぶんがハードディスクに入っている」

「その前は？」

それには父は答えない。

わたしは気を抜かずに、スタッグナイフを突きつけている。「録画してあるやつ、とにかく見せてもらうから」

15　72

父とわたしがトランプをしている。ふだんとちがう母の席に座るわたしの横顔が映っている。

父が気にかけた角度はこれだ。本来ならわたしは正面を向いている。

クイーンとジャックのツーペアを見て、わたしが何かを言っている。くばられた五枚のカードがデッキへ還っていく。同じ流れが二回。

わたしがピザを切りわける。ピザが届く。玄関に向かうわたしが画面から見切れる。このときは大雨が降っていた。ピザの宅配だと知らないわたしは、レインコートの男を殺そうと思っている。

時間はひたすら戻る。

秒と分が踊り、日づけが減る。

わたしは息を吞む。パン切り包丁を持った父はいつ映るの？

ちぎられたトースト。父と二人きりの朝食。

兄が殺された日の夜、わたしと父が話しこんでいる。三つのアイスコーヒーのグラス。母の席にはグラスだけが映っている。そこに母もいたはずなのにいない。わたしの記憶ちがいだろうか？　この時点で、母は部屋へ戻っていたのか。

時間はさらに戻される。

家族みんながそろった最後の朝食まで。

その日に突入した時点で、見ているわたしの頭は破裂しそうになっている。さっきは母が映らないのをおかしいと思った。それは記憶ちがいじゃない。

四人だったはずの朝食も、父とわたしの二人だけだ。母の席にティーカップしかなく、兄の席にいたっては、お皿さえなく、そこにあふれたベジタブルチップスもない。

映っていない。母と兄がいない。

「何でこんな加工をしたの？」わたしは冷静をよそおって父に詰め寄る。

スタッグナイフを突きつけられた父が答える。「加工はしていない」

映像を加工する理由があるとすれば、それは母と兄を記録から抹消するためだ。殺した事実そのものを、まるごと削り取る。死亡時刻に二人は家にいなかったという証拠を提出できれば、もし捜査の手が伸びてきても逃げられる。

わたしが何を話したところで、でたらめでしかない。娘の証言は嘘で、父の証言は正しい。

それでこの映像が必要になる。

でも。

わたしは首を振る。計画としてはばかげているし、わたしと父が捜査機関に情報を提供する状況が、すでにありえない。じゃあ日づけがずれている？　それもない。裏づけるのはわたしの髪の長さだ。短くなってきた黒い髪。これも加工した？　まさか。そんな手間をかけても、何にもならない。

本当に加工していないとしたら。

わたしを呑みこもうとするある考えを、必死で頭から追い払う。ちがう、どこかにいかさまがあるはずだ。どれくらい早回しで過去に戻っただろう？　一ヵ月？　二ヵ月？　保存された三ヵ月ぶんを残らず見る気力はもうない。母の姿はなく、パン切り包丁を片手にうろつく父が映りこむこともない。

父と娘の二人の生活を眺めながら、わたしは刃物のグリップをもう一度強くにぎる。「こんなものを見せて、どうしようっていうの？」

「見たいと言ったのはおまえだ」

「どうやって二人を消したの？　ＣＧ？」

「録画したままだ」

「信じない」

「好きにしなさい」父はさっきと同じ言葉を口にする。「父さんを殺しても、事実《ファクトゥム》は変わらない」

父がはなぜこんなことをするのか、まったくわからない。わたしは震えている。いつのまにか視界が涙でにじんでいる。泣いたのはいつ以来？　これは、とわたしは思う。父の殺しのやり方だ。ダムナティオ・メモリアエ。自分が今ここにこうやって存在していることが原因で、過去のすべてが抹消される。消滅する。自分の血を飲まされて失血死するように。

「もうこの家にはいたくない」震える声でわたしは言う。「わたしが出ていかなかったら、お父さんを殺すしかないもの」――可能性はもうひとつ。わたしが父に記憶を奪われ、殺される。

「無理もないだろうな」と父は言う。「引き止めはしない」

この人はわたしの親なのか？　そうだ。親であって、同時に最高に冷徹な殺人鬼だ。

「引き止めはしないが、タイムリミットは設けたい」喉にスタッグナイフを当てられ、出血とあざで変色した頬の父ははっきりと告げる。「三日後、そのときに亜李亜、おまえは一度ここへ戻りなさい」

わたしは顔をしかめるのが限界だ。頭が回らない。反応できない。タイムリミット？　三日？

「夏だしな」と父はつづける。「エアコンを切っていたら、この書斎の気温も相当なものだ。飲まず食わずなら、ちょうどいい」

「何のこと？」

「遭難者や、がれきに埋もれた人間が、どれくらい生きられると思う？　絶食状態で水も飲まなければ、たったの七十二時間だ。つまり三日しかもたない。レスキュー用語の〈黄金の七十二時間〉というやつだ。今から七十二時間、父さんはここでおまえを待ちつづけよう。食べ物も水も口にしない」

「自分を人質にするっていうの？　それで脅してるつもり？」

「脅しではなく、これは約束だ」

「何の意味があるの？　どうしてわたしが戻ってこなきゃならないのよ」

もしも父が自殺する気なら、今この場でやってほしい。手間ひまをかけて、これからじっくりとわたしを処刑するつもりなら。

「おまえには考える時間が必要だ」と父は言う。「これは約束であり、賭けだよ。三日で戻らなければ、おまえには別の未来があるんだろう」

「三日で何をどうしろっていうのよ。伝えたいことがあるなら、今言ってよ」

「父さんはここにずっと座っている」トムフォードの眼鏡がわたしを見すえる。「おまえに三日やろう。恐ろしくても目をそらすな。〈黄金と恐怖の七十二時間〉になるだろうな」

父の喉は目の前にある。ここで刺せば、わたしは暗い予感に満ちた明日から解放される。七十二時間も何もない。人質が自分の家で羽根を伸ばして、救助する方が外へ出ていくなんて、そんなでたらめにもつき合わずに済む。残酷な処刑を受ける可能性もない。そのかわり、父を殺したら何もわからなくなる。どっちを選ぶの？

「わかったら出ていけ」父はきっぱりと言う。「ただしこれを持っていくんだ。捨てずに注意深く読んでみろ」

父は『日本住宅売買新報』を差しだす。三日前の木曜に届いた最新号。わたしは新聞を受け取る。その手がスタッグナイフとともに後ろへ下がっていく。わたしは父を殺さない。これでよかったのかどうか、わからない。

親子の会話は決裂だ。混乱が増しただけ。無言ですばやく書斎を出て、二階へ荷物を取りに下りる。廊下で目をぬぐい、天井を見上げる。そこにカメラが隠されているかもしれない。この家にはいられない。戻るつもりもない。

16　最高の殺し方

泣きながら出ていっても、どうにもならない。

そんなのわかっている。どこか遠いところに行って、海を眺めれば気分が楽になる――程度の問題とは、あまりにもかけはなれている。十代にありがちな家庭への反抗でもない。

父は人殺しで、娘の記憶を変えようとしている。

さらに自分を人質に取るくらい頭がおかしくって、その交渉相手に指名されたわたし自身も人殺しだ。兄と母を見舞った事態もいまだにわからずじまいでいる。

それでもここを出なければ。

カメラの仕掛けられた家を、一秒でも早く。

生理的不快に吐きそうになりながら、防災指導で高校に買わされたリュックに荷物を入れる。印鑑。通帳。下着と靴下を入れ、参考書とノートを詰めこむ。たとえかさばっても、教材はあとで必要になる。

父に渡された『日本住宅売買新報』を一度は捨てる。それから思い直す。地べたに座ったり、公園のベンチで寝るときに、新聞は役に立つかもしれない。新聞を入れて、わたしはつかのま冷静になる。家出って、いつまで？

たった一人だ。一週間を乗り切るのも、きっと自分が思うより長い。だから父は「三日後、おまえは一度ここへ戻りなさい」と言ったのか？　わたしを気づかうために？

だめだ。そんな甘いことを言っていては。それは病気だ。思いがけずわたしの奥深くまで入りこんだ、〈心配する親、甘える娘〉という図式。ここで振り切らなくては。泣きはらして命ごいをして、こちらから理解を示してあげて、とうとう心を開いてくれたと思った殺人犯に、いったいどれだけの人数が惨殺されてきただろう？　結局は絶望の底に突き落とされて。

そう、これも人殺しのゲームにふくまれる楽しみのひとつ。わたしにはわかる。愛情のように見えるもの、共感のように映るものは、わたしたち同類にとってはすべてまやかしだ。人を操るという快感のほかに、そこに目的はない。

七月の晴れた日曜日、午前六時。リュックを背負ってドアを出る。お財布と携帯、スタッグナイフ。忘れ物はなし。

まずは家から少しでもはなれる。父が追ってくる様子はない。ふだん通りに歩く。

セミの声、朝刊配達の自転車。東伏見駅に向かって歩きながら、いつも起こしてくれる犬の鳴き声を、ふと思いだす。飼い主のお年寄り夫婦とはたまに会うのに、犬を見たことがない。それに今朝は声も聞いていない。ここで見ておかないと、病気で死んでしまうかも。

そう思うといても立ってもいられなくなって、ばかだなと思いつつ、家の前を通らないようにして、わたしの足は区画を戻っていく。強気をよそおっていても、わたしは淋しかったんだ。すべてのことが。

門の前に立って耳を澄ます。この時間はまだ吠えているはずなのに、いたって静かだ。暑さで弱ったのか。柵から庭が見える。おじいちゃんがホースでアサガオに水をあげている。庭を見渡しても犬小屋は見つからない。

そのうち、おじいちゃんと目が合う。「おはようございます」とわたしは言う。「犬は元気ですか？」

「ああ……」とおじいちゃんは言う。「どうにかやっています」

「犬小屋がありませんね」

「犬小屋？」

「いつも爪でがりがり削ってるやつです」

「うちは部屋飼いですから、ちがうお宅のかんちがいじゃありませんか」

かんちがい？　そんなはずはない。わたしはおじいちゃんを見つめる。船の絵柄の白いＴシャツにジーンズの若い恰好。でもかなり高齢で、口調もゆっくりしている。

「足が悪いので散歩には出さないけれどね」おじいちゃんは思いだしたように言う。「最近は、朝に庭を歩かせているから、それで何か物音が聞こえたんでしょう。ご迷惑でしたか?」

わたしは黙って首を振る。おじいちゃんはホースを置いて、せっかくだから、と家へ戻る。やがて抱かれて現れた犬を見て、わたしは何かの冗談だと思う。

おじいちゃんの腕のなかにいるのは、年老いたシーズー犬。毛むくじゃらの顔が不安そうにわたしを見上げている。ちがう。わたしが毎朝聞いたのは、こんな小さな犬の鳴き声じゃなかった。少なくとも、中型以上の大きさはあるはず。

「うちは犬も家内も足が悪くてね」おじいちゃんはため息をつく。「ちゃんと歩けるのはわたしだけなんだよ」

そのときシーズー犬が吠える。わん。ちゃんとした声で。

わたしは呆然とする。それからこう訊く。「ほかに犬はいませんか」

「これだけだよ」

——そんな。

「……じゃあ、ときどき変な声で鳴きませんか……」

「どういう」

——わたしはためらい、左右の路地に目を配って、しかたなく、できるかぎり真似をする。

「……げふあっ……」

おじいちゃんは口を開けてわたしを見ている。「おやまあ」と言う。「年頃の娘さんがそんな声を出しちゃいかんよ」

わたしたちの会話はそこで途切れる。あの犬がいない?

テーブルに紙コップ入りのコーヒーを置く。朝のマクドナルドの店内をもう子供が走っている。西武新宿線の田無《たなし》駅前にわたしはいて、あと二時間、ここで時間をつぶす。

犬——わけがわからない。

これ以上、犬のことを考えてもきりがない。後回しだ。

おじいちゃんとの会話からいったん頭を切り替えて、目の前の大きな謎に取り組む。

監視カメラに母と兄が映っていなかった、その理由は。

とりあえず、二つ考える。ひとつ。どれほど父が否定しようと、映像を加工している。二つ。映像を加工する以外の、何らかのトリックを使っている。

二つめについては、ちょっと考えにくい。現場は子供の頃からのわたしの家だ。隠し通路もなければ、鏡張りの部屋もない。たしかに殺人専用の部屋はある。家族全員が秘密を共有している。けれども、世間に隠しごとはあっても、身内には何も隠されていないのが、あの家だ。ただし、一階ダイニングのカメラが出てくるまでは。

そう、父はもはや父じゃない。それでもなお、玄関を進んだ廊下が切り替わるとか、壁ごと方位が回転するとかいったトリックは、ない。そんなのは人殺しの経験がない市民の見る夢だ。

人殺しとは何です？　そう訊かれれば、わたしはこう答える。それは現実です、と。

体を引き裂いて、命を奪い取る。現実を犠牲者から奪い取る。殺人はどこまでも現実的なもの。

そして現実が奪われ、なかったことにされる、その究極が——

ダムナティオ・メモリアエ。

だから、結論は、もう出ている。

父は、母と兄が存在しなかった現実をわたしに求め、同意させようとしている。都合のいいように記憶を裂き、記憶を虐殺し、わたしをひざまずかせ、作り変えようとしている。

最高の殺し方だ。血を抜かずに、記憶を抜く。しかも娘の。

すっかり見慣れた血や内臓、ありたきりな悲鳴、パターンを尽くした殺傷行為、それらに飽きてしまったら、こうやって心理《サイコ》を徹底的に追いつめて、なぶり殺すのがいちばん刺激的なのかもしれない。静かなカードゲームと同じスリルがあるのかもしれない。

コーヒーが空だ。わたしは紙コップを指ではじく。

ここまで考えた内容は、部屋でリュックに荷物を詰めているときにほとんど思いついている。だから通帳だけじゃなく、印鑑も持ってきているんだ。

父の思い通りにはならない。

わたしはそのために、まず自分の家族を、自分のいちばんきらいな方法で知ろうとしている。

午前九時。そろそろいい頃だ。

17　窓口

田無庁舎宿直窓口は、市役所が休むかわりに、日曜でも九時から開いている。

建物に入ると、開いたばかりの窓口に、すでに西東京市民が並んでいる。わたしは役所も書類も嫌いだ。ぞっとする。こうするよりほかなかった自分を、急にとてつもなく不幸だと感じる。

わたしに母はいましたか?

兄はいましたか?

そんなことを訊く相手すらいない。父をのぞけば、誰も。

親戚に会ったこともなく、祖父母の顔も知らない。どこかにいるはずのその人たちは、どうしているのだろう?

嫌でもここに来るしかなかった。父の押しつける現実を、頭から完全に排除するためには。この窓口の向こうにあるのは、法律だ。法律にもとづく社会の監視、秩序、記録のシステムが何もかも支配する。そしてわたしは、その支配下にある自分を、すすんで受け入れようとしているんだ。

わたしはスマホの電源を入れてサイトを見る。

〈戸籍謄本〉を取るには、本籍地の住所の提出が必要です。それはたったの一字もまちがってはいけません。完璧な一致でなくては拒否されます。まず〈住民票の写し〉を請求した方がよいでしょう。そこに、あなたの本籍地が書いてあります。

〈住民票の写し〉を手本にすれば、誤記する心配もない。あとは本籍地の役所へ行って、目当ての〈戸籍謄本〉を手に入れるだけ。問題は、わたしが本籍地を知らないことだ。でも、まさか札幌や福岡とは思えないし、きっと関東のどこかだろう。父に訊くわけにもいかない。だから、わたしはまず〈住民票の写し〉を手に入れる。そしてつぎに手に入る書類には、両親と兄弟姉妹の名前がある。わたしの家族の紙切れには、こうあるはずだ。

父　市野　桐清
母　杞夕花
長男　浄武
長女　亜李亜

そんなのは、ただの紙切れにすぎない。けれどもそれで、母と兄が存在しなかった——なんていうありえない父の重圧から解放される。わたしの大嫌いな、おぞましい法律の力で。

順番が回ってくると、わたしは通帳と印鑑を窓口に置く。学生証も呈示する。母よりやや年上の窓口係に用を告げ、彼女はわたしには見えない位置にあるキーボードを叩き、すばやく仕事をこなす。

ふいに彼女の顔が曇《くも》る。どうしたのか。わたしに何かミスがあったとは思えない。学生証と通帳の二点呈示でパスできないのは変だ。印鑑だってある。もしかしてコンピュータの故障とか？

彼女の顔が、しだいに困惑した表情に変わっていく。「少々、お待ちください」

そう言って奥へ消えてしまい、わたしは列の先頭に取り残される。そのあいだに、後ろの人数が増える。立ち去りたい気持ちを抑えて、じっと待つしかない。一分が長く、ゆっくりと進む悪夢のなかにいる気分だ。

ようやく戻ってきた窓口係は、白髪頭になった男を連れている。黒い髪はなくなっても、まだ老人には見えない。

「お待たせしました」と白髪の男は言う。「申し訳ありませんが……あちらの窓口へおいでいただけますか」

何なの？　できれば目立ちたくない。それなら言われる通りにした方が早い。すばやく列をはなれ、わたしはさっきまで閉じていた窓口に移る。そこに白髪の男がやってくる。ひどく難しそうな顔が、何か言いにくいことを胸に秘めている。わかりやすい顔だ。

「……こんなことは、わたくしもはじめてでして……」と白髪の男は言う。「……現在、市野さまの住民票は閲覧できない状況にあります……」

わたしは黙っている。どんな十七歳の女子高生だって、その異常さは理解できるだろう。「どういう意味ですか」とわたしは言う。「わたしは市野亜李亜、本人です」

「……はい、ですので……」しどろもどろに白髪の男は答える。「……わたくしも……経験したことが、ないのです……」

「住民票はあるのに、写しを出せないってことですか」

「……出せない……ある、ない……というより、わたくしどもが閲覧することはできないのです。いや、まったく、こんなことは……」

「市の職員でも見られない？」

「……おっしゃる通りで……」

「じゃあ」わたしは相手を見すえる。「わたしは何なの？」

白髪の男は言葉に詰まる。混乱して向こうも頭が止まっている。わたしも引き下がるわけにはいかない。どんな理由で閲覧が禁じられているのか、それだけでも教えるようにと要求する。

「……それは……わたくしどもの立場では、いたしかねます……」白髪の男は汗をふく。

何が起きているのか。どうすればいいのか。

「……市野さんは未成年ですので、おそらくは……」白髪の男は言葉を選びながら話している。

「……最寄りの……警察署などへ、ご相談に行かれるのはいかがでしょうか?……」

「警察?」わたしは窓口に食らいつく。「何で警察が出てくるの」

「……いえいえ、警察とはかぎりません――」白髪の男はあわてて首を振る。「……警察とはかぎりません。法務局でも……つまり申し上げたいのは、市野さまの住民票の閲覧は、公的、法的に禁じられているということでして、この場合、手続き機関として申し上げられるのは……」

わたしはきびすを返して窓口をはなれる。何かが危険だ。これ以上、ここにはいられない。

宿直窓口の自動ドアに向かいながら、めまいに気づく。頭は真っ白だ。〈戸籍謄本〉どころか〈住民票の写し〉にもたどりつけないなんて。

チルドミントのフリスクを口に放りこむ。年金が入ってないと主張するお年寄り、会社用の書類が間に合わないと声を荒げるビジネスマン、それぞれがトラブルに見舞われる日曜の役所で、わたしのトラブルが誰よりも根深い。こんなことは、わたくしもはじめてでして。経験したことがないのです――どういうこと? 公的、法的に閲覧が禁じられているって? 西東京市の宿直窓口だってじゅうぶんに公的、法的なのに。ようするに市よりも権力が上の何か――

そこまで考えて、わたしは立ち止まる。フリスクを載せた舌の動きまで止まる。口はチルドミントの味でいっぱいだ。

——国家には窓がない。

父が書斎でつぶやくのを、わたしはたしかに聞いている。目の前の現実と、あの言葉が関係しているだなんて。そんなことは。

わたしの家族は人殺しだ。張りめぐらされた監視と法律の蜘蛛の糸をかいくぐって、注意深く生きてきた。できるかぎり、周囲に溶けこむ努力を重ねて。そんなわたしの書類が、法的に閲覧を禁じられて、戸籍には触れることすらできない。

思わず空を見上げる。高気圧におおわれた、真っ青に晴れ渡る七月の空だ。けれどもそこに、カメラのレンズがあるように感じる。空から誰かにのぞかれている気がする。

たしかな証拠は何もない。それでも結果的に、法にまつわる何らかのトラブルに、わたしは巻きこまれている。法——法治国家の力。

監視されているのだろうか？

いいい、わたしが？

18　データベース

兄が惨殺されている。

容赦《ようしゃ》なく処理されて、アイアンハンガーラックに中腰で吊り下げられて。全身の傷口をくまなく観察したわたしは、殺しの道具に思い当たる。使われたのは、パン切り包丁だ。

刃物の傷の区別には自信がある。写真つきの医学書を開けば、症例がいくらでも載っている。中学まではよく図書館に通った。そして時間をかけて学んでいった。血、傷、殺人について。父のように、母のように、兄のようになりたい。

それがわたしの日常だった。その日常がまるごとおびやかされ、家族の証明もおぼつかない。それでも今、やれることは？

たったひとつある。

パン切り包丁を使った殺人犯を調べることだ。日づけ、手口、犠牲者の年齢や性別、逮捕されたのか、未解決なのかに至るまで、情報が手に入るかぎり。それで事態が好転する保証はないけれども、相手が父であっても、万が一に第三者であっても、わたしが向かい合うのは、兄を殺した〈パン切り包丁〉なんだから。

西東京市庁舎のそばの中央図書館で、古い記事を捜す。同時にスマホで検索もかける。どこまでさかのぼるかは、とにかく資料に当たりながらきめる。

お昼までねばる。図書館も検索も、何も答えてはくれない。捜す場所を変えた方がいい。資料をもっとたくさん保管してあるところへ行かないと。

国会図書館はどう？　でも利用には申請と許可がいる。そもそも住民票を凍結された人間が入館を許されるとは思いにくい。

じゃあ、新聞博物館は？　誰でも利用できて、過去記事のデータもそろっている。それだ。横浜市。中区。

車窓がきつい日射しにきらめく。駅で停まるごとに、真夏日に顔をしかめた乗客が入ってくる。

西武池袋線ひばりヶ丘《おか》駅から、横浜中華街《ちゅうかがい》行きの電車に乗ったわたしは、父と別れてまだ半日しかたっていないことを嘘のように感じている。もし手がかりが見つからなければ、日曜に横浜に遊びに行っただけの女子高生だ。

駅を出て、海の近くに建っている横浜情報文化センターをすぐに見つける。そのなかに新聞博物館がある。センターそのものは昭和の古い雰囲気があって、吹き抜けのロビーに展示された巨大な輪転機を見上げてから、わたしはエレベーターに乗る。

図書館に似た博物館の机は、新聞を読んでいるお年寄りと、クラブ活動の課題を調べる子供たちで埋まっている。わたしもさっそく調べにかかる。ＩＤの呈示を求められずに済むのが心地いい。

データベース化された過去記事を、「パン切り包丁」と「殺人」をキーワードに呼びだしてみる。けれども該当する記事がない。しかたなく「パン切り包丁」単独で検索をかける。

夕方までかかってパソコンに張りついて、結局はひとつの収穫もない。わたしは「パン屋さんの取材」「料理教室」「大使館のクリスマスパーティーで使われたパン切り包丁」――そんな記事ばかりを読みつづける。

念のために英語の「ブレッドナイフ」で調べてみても、悪あがきだ。かといって、ふつうの「包丁」と「殺人」の組み合わせで捜すと、とてつもない量の殺人事件と向き合わなくてはならない。

ため息をついて振り返ると、来たときと同じお年寄りが、まだ熱心に新聞を読んでいる。一日中そうしてるの？

通りには潮風が吹いて、船の汽笛が響く。

山下公園のベンチでひと休みして、ふいに海とカモメを眺めている自分がばかばかしくなる。これじゃ、親と喧嘩《けんか》した思春期の家出少女のイメージそのものだ。

しばらくして白いタンクトップの男にナンパされる。ベンチに座ったわたしは、目線を海面から一ミリも動かさずに答える。「……これからマジで親を殺すんだけど、いっしょにやってくれる？……」

タンクトップの男の表情が曇り、薄気味悪そうにベンチから引き下がっていく。わたしは背伸びをする。

横浜駅前のネットカフェの個室の扉を閉じたとたん、スマホが鳴りだす。名前を一人も登録していないから、出てくるのは番号だけだ。わたしはスマホを耳に当て、向こうが何か言うのを黙って待つ。

「……もしもし……」と女の声がする。母じゃない。女の子だ。「……あたし、添田だけど……」

わたしは個室の椅子の背もたれに寄りかかり、テレビとパソコンの両方の電源をオンにする。クラスメイトの添田七栄、そんな人間がこの世界にいたことすら忘れていた。連絡先なんて交換しないから、この前、わたしの番号を盗み見たってことだ。きっといたずら電話でもかけるつもりでいたはずだ、こいつは。

添田七栄はなかなか話さない。

「何」とわたしは言う。めんどうだ。こいつにかまっている暇などない。

「……あのさ、あんた撮ったよね。あれ、消してほしいんだけど……」

「撮ったって何を」

「……わかるでしょ……」

もちろん憶えている。「もしかして」わたしはテレビとネットを交互に見ながら言う。「鼻の穴に鉛筆突っこまれて、涙目でびびってるやつ？」

「……削除してよ。それ……」

「お願いしてるの？」何てのんびりした悩みだろうと思いながら、わたしは無価値のおしゃべりをつづける。「お願いなら、それらしくしなくっちゃね」

「……画像を……」添田七栄の声がしおらしくなる。「削除してください。お願いします」

「かんちがいしないでよ。交換条件の話をしてんの」

「……お金を払えってこと？……」

不安でいっぱいの反応に、わたしは苦笑する。少しでも笑ったのはひさしぶりだ。「あんたさ、いっつもいじめてる子が二人いるよね。バカ死ねボケとか、どうでもいいことを毎日毎日飽きもせずに言っちゃってさ。そんな人間のくせに、どうして夢は婦人警官なわけ？」

添田七栄はたじろぐ。「……あの悪口は向こうが……」

「あの子たちに関わるのをやめなよ。永久にだよ。あんたがしわくちゃになって火葬場で燃やされて灰になる日まで。それが契約だ。契約するなら消してあげるよ」

――音を消したテレビにニュースが映っている。

「本当に消してくれる?」

「契約するのか、しないのか、こっちが訊いてんの」

――ニュース映像が地上から空撮に替わる。ヘリコプターから見た住宅地。そしてまた地上へ。マイクをにぎるリポーターは黄色の規制線が張られた道路に立っている。

「……わかった。いえ、わかりました。関わらないと約束します……」

「じゃあ契約成立だ」

わたしは電話を切って、彼女の番号に着信拒否設定をする。ボタンを押しながら、テレビのニュースのテロップを読む。

本日午前九時頃
東京都大田区《おおた》東雪谷《ひがしゆきがや》のマンションの一室で悲鳴がしたと通報
駆けつけた警察官が三人の遺体を発見
見つかったのは　この部屋に住む井上秋宏《いのうえあきひろ》さん(46)の家族で
母のむつさん(77)
妻の道子《みちこ》さん(43)
長女の道矢《みちや》ちゃん(5)
事件当時　秋宏さんは出張中で不在

三人は鋭利な刃物で何度も刺され 心臓に達する傷も多数
警察は殺人の容疑で捜査

こうやって、今日もどこかで人殺しはつづけられている。一回きりで終わるか、ゲームをつづけられるかは、やり手しだい。もっとも、ゲーム感覚だけでは足りない。本物の狩りには、いろんな能力が必要だ。

世界中にいる連続殺人犯のみなさん、せいぜい今夜も狩りを楽しんで。自分が狩られる側に回るかもしれないなんて、予想もしない事態が襲ってくる前にね。

テレビもパソコンも消して、わたしはブースの天井を見上げる。このネットカフェにも、当然のように監視カメラがある。コーヒーを注ぎに通路に出れば、わたしも映る。

けれども。

少なくともレンズが隠されていないぶん、ましだ。

19　不動産情報

リクライニングを倒しきった椅子で、眠れずにいる。

右を向き、左を向き、頭は堂々巡りをつづける。父、監視カメラ、役所の窓口。

ここはどこ？　一瞬わからなくなり、怖くなって目を見開く。照明の光量を落としたネットカフェの個室――そうだ、横浜だ。新聞博物館にやってきて――

夕方まで、机で新聞を読んでいたお年寄りたちの姿を思い浮かべる。一日ずっと同じ席にいて、どこにも行かずに、新聞を――

お年寄りたちの姿に、父の姿が重なる。父も新聞を読んでいる。テレビでもスマホでもタブレットでもない。ダイニングテーブルに灰色の紙を広げている。

何かがわたしの心を強くゆさぶる。リクライニングの角度が戻るより先に体を起こして、ブースを明るくする。リュックを引き寄せて、新聞を取りだす。

『日本住宅売買新報』。

どのドアも閉ざされたような今、手がかりはこれだけだ。これがもっともよく見慣れた異物だ。父がこれを読んでいた。父がこれを持っていけと言った。

キーボードを押しやって、机に新聞を広げる。

――一面、リーマンショック後の基準地価の下落。

――二面、耐震構造への各社の取り組み。

あせらずにじっくり読んでいく。父がやっていたように。

――三面、国土交通省の役人のインタビュー。

――四面、税金について。

正真正銘の、住宅販売の新聞にしか思えない。どこにも奇妙な点はない。写真つきのモデルハウス、シェアハウスと若者、不動産各社のイベント、海外マーケット事情、広告。

数字も多くて目が疲れる。紙面をめくって、だんだんと絶望的な気分になってくる。

これは、ただの業界紙だ。なぜこんなものを、わたしに。

読むのをあきらめかけたとき、無風に静まり返っていた波がふいにうねりはじめる。

——十面、不動産情報。

「今週の不動産情報／関東版」
物件原稿入稿日
新規・毎週木曜日
訂正・毎週金曜日
指定の曜日に入稿のない場合、次週掲載となります。

その下に物件の項目がぎっしりと並んでいる。

中古売家
売地（別荘用地含む）
売マンション
事業用物件（売ビル・ホテル・一括売り・工場・倉庫・店舗）

それぞれの項目に、新聞購読者向けのデータがついている。地名、価格、土地面積、地目《ちもく》、建ぺい率、専有面積、管理形態、構造、築年数——

わたしの目は「売マンション」の、ある項目に釘づけになる。

売マンション
大田区東雪谷
引渡日／売却済
問合せ先／CAプランニング

わたしは十七歳だ。不動産取引なんて考えたこともないし、自分でアパートを借りた経験もない。それでも何かがおかしいのはわかる。どこか変だ。

どうおかしいのか。

売却済の三文字が、だ。

新規入稿と訂正の日まで細かく知らせておきながら、買い手のきまった物件を、わざわざ載せる必要がある？　新聞に掲載するからには広告費が取られるはず。ということは、売り手は、買い手がきまった時点で、お金と情報を撤収しなきゃ損だ。できなかったのだろうか。だとしたら、売れた物件をむりやり掲載してお金を取る新聞社に、いったい誰が広告を出すの？

それに、もうひとつ。

売却済の売マンションの立地が、ざらついた異物となって心に引っかかる。いくら何でも。考えすぎ。疲れて精神がやられちゃってるのよ。頭のなかで否定する。それでもわたしは、その地名をついさっき目にしたばかりだ。

本日午前九時頃
東京都大田区東雪谷のマンションの一室で悲鳴がしたと通報
駆けつけた警察官が三人の遺体を発見――

――大田区東雪谷――


だめだ。

わたしの頭はおかしくなりかけている。こんな偶然を結びつけようとするなんて。そう思いつつも、「今週の不動産情報」から目がはなせない。よく見ると〈売却済〉と書かれた物件は、ほかにもある。

わたしは個室の明かりを落とす。目を閉じる。

明日、西東京市へ戻ろう。家へ帰りはしない。けれども、わたしの直面しているこれは、家から遠ざかれば遠ざかるほど、わからなくなる気がする。横浜にいたところで何も進まない。あの家で、この新聞を読んでいる、あの父。何かがそこにうごめいている。何かが。

もともと逃げるのが目的じゃない。それに、こっちから出かけていって、ひそかにスタッグナイフを研いでいる方が、精神的にもよっぽどプラスだ。わたしは狩られる側じゃなくて、狩る方だ。

やっと眠った明け方の夢のなかで、西東京市へ戻る電車のドアが開く。そこに蠟人形の詩人《ランボオ》が立っていて、彼はわたしに笑いかける。そしてフランス語――夢のなかでは理解できる――で言う。「いいんだねマダム、行き先は『地獄の季節』でも？」

20　ポップコーン

西武新宿線を降りた眺めは、ふだんと少しも変わらない。東伏見の町にわたしは戻っている。月曜の朝、駅はひっそりして、鳩がうろつくだけ。通勤と登校のラッシュはもうすぎたあとだ。駅前の交番をちらとのぞく。家出少女を捜すポスターは見当たらない。父は当然のようにわたしを捜していない。七十二時間後に帰る、と思いこんでいるから？

交番の斜め向かいのコンビニに入る。レジでセルフ式コーヒーの紙コップを買いながら、店内で回る大きな扇風機を見つめる。全然、涼しくない。節電営業なのかと思ったら、『エアコンの故障でご迷惑をおかけしております』と書いた張り紙がある。こういうところが西東京の、東伏見らしさだ。真夏日にコンビニに入って扇風機だけなんて、新宿や渋谷の店舗じゃ考えられない。

リュックを背負い、アイスコーヒーの紙コップを片手に東伏見公園まで歩く。わたしを取り巻くトラブルは深まるばかりでも、何も考えがないわけじゃない。

今日はまず、「売却済」物件の問合せ先、〈ＣＡプランニング〉という不動産業者に電話をかけてみる。売れたのに、なぜ広告が載ってしまうのか、それを訊きたい。

つぎは、寝泊まりする場所の問題の解決だ。じつはそのために、わざわざ東伏見に戻ったとも言える。もちろん家には帰らないし、親しい友達もいない。かといって、カプセルホテルやネットカフェやマンガ喫茶を一人で泊まり歩くのは目立つし、お金にも限度がある。解決するアイデアは——やってみないとわからない。賭けだ。でもうまくいく気がする。

公園いっぱいに広がるセミの声を浴びて、木陰に座る。とにかく暑い。アイスコーヒーの氷はとっくに溶けている。

まず手はじめに、高校へ病欠の電話を入れる。

「もうちょっとで夏休みなのに、がんばって来られないの」電話に出た職員にそう訊かれる。

わたしは「家族で問題が起きて、昨日から頭が痛くって——」と弱々しい声で切り返す。嘘じゃないのが、説得力につながる。

嫌いなこの機械《スマホ》も、ここ数日の異常事態でフル稼働だ。バッテリーも残りわずかになっている。ネットカフェで充電器を借りればよかった。切れないうちに、『日本住宅売買新報』の紙面をたしかめる。目に染みる汗をぬぐって、〈CAプランニング〉の番号に触れる。

本日の営業は終了しました。またのお問い合わせを——

セミの大合唱のなかで機械音声がたしかに答えるのを訊く。月曜の午前十時にもう終わる？不動産屋って、そういう仕事だろうか。そんなはずはない。もう一度かけ直す。

本日の営業は——

その発信を最後にバッテリーが切れる。暗くなった液晶パネルをわたしは見つめる。また何もわからずじまいだ。それでも察しはつく。〈CAプランニング〉には、いつかけてみたってつながらない。いったい何なの。

混乱する頭に暑さが追い打ちをかける。熱中症警報がとっくに出ているはずの気温だ。日射しがきつすぎて、緑の芝生に誰もいない。わたしはぬるくなったアイスコーヒーをそっと口にふくむ。くちびるが塩辛い。いったんどこかの店へ避難しようかと思う。けれども、そのあいだにすれちがってしまったら、一日が無駄になる。不動産屋への電話は無駄だった。これ以上、空振りするわけにはいかない。

そんなことを考えていると、ふいに、彼女が現れる。魔法のように。しかもふだんよりずっと早く。

話したこともない相手の姿に、わたしは胸をなで下ろす。今日来なければ、明日も公園に張りつくはめになるところだった。彼女は東側のベンチに腰を下ろす。そこが指定席。

この目に慣れ親しんだ服装だ。ネイビージャケットに白のインナー、黒のパンツ、そして、がっくりするようなベージュ色のローヒール。

〈鳩殺しのOL〉とわたしが呼ぶ彼女は、公園でずっと待っている人間がいたとも知らず、灰色のハンドバッグから紙袋を出してポップコーンをまきはじめる。

わたしや父に比べればささやかでも、彼女だって誰にも気づかれずに町の平穏をおびやかす〈恐怖〉だ。日常に潜む恐怖——

立ち上がって木に寄りかかり、じっと彼女を見つめる。芝生に伸びたわたしの影に蝶が降りて涼んでいる。

　しだいに日陰が削られて、わたしは木の幹からはなれ、影の移った西側のベンチへ座る。頭上でふくらむ雲を、旅客機がまっすぐに横切っていく。

〈鳩殺しのＯＬ〉の顔が、ほんの数秒、こっちを向く。そしてすぐに足元に群がる鳩に戻る。彼女が鳩を殺すのは薄暗くなってから。でも、これだけ日が長いと、待つのもひと苦労だ――だけど、そんなに暇なのか。仕事はないの？

　また彼女がこっちを見る。おたがいの表情を見きわめられない距離で、視線がたしかに交錯したのがわかる。そのとき、わたしはもう芝生を歩いて、彼女の方へ向かいはじめている。

「何か？」彼女はそう言って、ポップコーンを放るのをやめる。間近で見る顔は、鼻筋がすっと通っている。薄化粧で、遠目で見るよりずっと美人だ。

　父のような黒フレームの眼鏡が似合いそうだな、とわたしは思う。ないはずの眼鏡が、そこに見えるほどだ。

「あたしもね、よくこの公園に来てんの」わたしは、いくらか乱暴な口調で言う。

「……そうですか……高校生？……」

「どうでもいいでしょ。ねえ、教えて。どうやってんの」わたしは彼女の隣りに座る。

「……どうって、餌をあげてるだけですけど……」

　わたしは恋人のように頬を寄せる。そして彼女の耳元でささやく。あんた鳩を殺してるでしょ。知ってるよ。

彼女は無表情《ポーカーフェイス》だ。「……何でそんな怖いことを言うんです……」

そう、これはゲームだ。簡単に勝敗はつかない。「証拠がないからって、知らんぷりするの？」わたしは微笑《ほほえ》む。「大人じゃないよ」

「……証拠って……」彼女も苦笑いを返す。「最初から犯人扱いなんですか？　だいたい、すごく失礼です」

わたしは両腕を宙に伸ばす。そうしながら考える。この女はどうやって鳩を殺しているのか。一度に一羽。死骸の状態を思いだす。切り傷、刺し傷とはちがう。頭がつぶれている。それでいて、踏みつけた靴跡はなく、石の破片もない。血と肉が均等に広がって、眼球が血痕《けっこん》の直径の外側に転がっていることもある。まるで破裂したように。

——破裂。

わたしはわざとあくびをして、彼女の姿を上から下まで眺める。凶器は。方法は。

——それは今、目の前にある——

「そのポップコーン、全部食べてみてよ」とわたしは言う。

「……これは鳩にあげるんです……」彼女の顔に、かすかな驚きが感じられる。

「じゃ、あとで別のを買ってくるから、わたしに食べさせてくれない？　お腹空いちゃって」わたしが紙袋に手を伸ばすと、彼女はハンドバッグごとベンチの端へ遠ざける。

「……鳩用なんですから……」

「どうしてそんなにケチるのよ。あれ……もしかして、それ咬んだら口のなかで爆発しちゃうとか？」

ポーカーなら勝負ありだ。わたしのチップの上乗せ《リレイズ》に彼女の表情が変わる。単純すぎて、まるで冗談のような方法。文字通り、はじける《ポップ》コーンというわけだ。わたしは彼女の秘密を、夏の日射しの下にさらけだす。

死んだ鳩の頭は、つぶれたんじゃなくて、内側から破裂しているんだ。つまり火薬で。そして鳩に警戒させずに火薬を食べさせるには、ポップコーンそっくりの爆竹をいっしょにばらまけばいい。

販売用のメーカー包装ではなく、紙袋にポップコーンが移されているのは、いったん中身を出して爆竹を混ぜたから。それも底の方に混ぜておけば、ちょうど餌やりを終える頃に一羽が死ぬ。

〈鳩殺しのＯＬ〉は自分でも食べないし、わたしにも食べさせない。ということは、ポップコーンと爆竹は、鳩だけじゃなく人間にも見分けがつかない。

「少ない火薬でも、小さな鳩の頭だからね」とわたしは言う。「突ついた瞬間に、パァン……でしょ」

「……あなたって……」彼女はまじまじとわたしを見つめる。「……意外と、おもしろい子なんですね」

「どうも」わたしはにやつく。「秘密がばれて気の毒だけど」

「頭が空っぽで、チンピラみたいなタイプだと思ったんですけど」彼女はもう開き直っている。

「それで何が望みなんですか。いっしょに交番に行きますか？　それともお金ですか？」

たしか添田七栄も、お金を要求されると不安がっていたのを思いだす。わたしはそんなに欲深く見えるの?

「黙っててあげるよ」とわたしは言う。「ところでさ、あんた家どこ? 一人暮らし?」

そして聞きだした彼女の答えに、わたしは満足する。八幡町《やはたちょう》。思った通り近所だ。ここから二キロもはなれていない。マンション住まいで同居人なし。これも問題ない。

「個人情報をネットにさらすつもりね」彼女はつまらなそうに言う。

わたしは首を振る。賭けは、わたしの勝ちだ。「秘密を守るかわりに、二、三日だけ泊めてよ」とわたしは言う。「ところでさ、今日は鳩を殺すの?」

21　自己鑑定

公園近くのコインパーキングに彼女の車が停まっている。フィアット500。丸みのある車体は白で、なかのシートは全部赤。スイーツのようなかわいい車だ。

「二、三日くらいだったら、あなたが泊まるホテル代くらいは払ったんですけどね……」ドアを開けながら彼女は言う。「……家出、したんですか……未成年でしょ? 警察が捜してるんじゃ……」

「あんたが一人暮らしじゃなかったら、しかたなくお金をもらう気だったよ」とわたしは答える。

「どういうことです」

「今、自分で言ったよ。警察沙汰は嫌だって。あたしもだよ。恐喝は立派な犯罪だよ。動物虐待と同じ犯罪……でしょ？　けど、友だちに泊めてもらうのは合法でしょ。おたがい、困ったときは助け合わないとね」

信号を四つ渡る頃には、彼女はとまどいながらも、かなり落ちつきはじめている。そうなるように、わたしが話すからだ。ようするにわたしの個人的な考えとしては、鳩殺しを何とも思っていない。わたしはしっかりとそう伝える。泊めてもらう取引の材料だったにすぎない、と。

彼女の不安がほぐれ、少しずつ口数が増えて、声も明るくなる。

「ついばんだ鳩の頭が、ポンってはじけるの」フィアット500のハンドルをにぎる彼女は、好きなアトラクションでも語るように打ち明ける。「それを見たら仕事のストレスもすうっと消えちゃって。鳩ポンってわたしは言ってるんですけど」

それでわたしは、彼女のことも〈鳩ポン〉と呼ぶことにする。たった二キロのドライブのあいだに、わたしたちは奇妙に理解し合う。友だちになれそうだ。少なくとも、鳩ポンはそんな幻を描く。

八幡町は近所でも、市名は変わる。

西東京市のお隣り、武蔵野《むさしの》市だ。車は九階建てマンションの地下駐車場に停まる。わたしは鳩ポンについて歩きながら、自動ドア、監視カメラ、エレベーター、非常階段、それらの位置関係にすばやく目を走らせる。オートロックの番号も盗み見る。

用心しすぎることはない。どんな方法にも危険はつきものだ。女子高生が一人でホテルやネットカフェを泊まり歩いて目立つよりは、わたしはこのやり方を選んだ。お金も節約できる。何か起きれば、対処するだけ。もし鳩ポンが裏切って誰かを呼んだとしても、そのときはスタッグナイフがある。とりあえず、シャワーを浴びたい。

——エレベーターは六階で止まる。わたしたちは廊下を歩く。

ドアに表札はなし、か。

さすがに名前まではわからない。でも、それでいい。あまり情報を持ちすぎると、相手に恐怖を与えることになる。恐怖は思いがけない抵抗を呼ぶから、こっちにとっても危険だ。相手を殺さないつもりなら。

鳩ポンの部屋は六〇四号室で、４ＬＤＫの広いスペースには黒魔術のポスターや鳩の死骸が飾られることもなく、清潔でさっぱりしている。本人はかなりのきれい好きなのかもしれない。

さっそくシャワーを借りたわたしは、短い髪をふきながら、リビングを歩く。

木製のローテーブルに皿が置かれている。こんなものしかないですけれどと言いながら、鳩ポンは冷蔵庫からサラダやチーズを出してくる。それにワインと缶ジュース。わたしは栓の開いていない缶入りのトマトジュース以外、口をつけるつもりはない。かなり打ち解けたとはいっても、ポップコーンと思わせて鳩に爆竹を突つかせる女だ。何を食べさせられるかわからない。

鳩ポンにワインをひと口いかがとすすめられて、いらないと答える。「あんたって、明るいうちから未成年にお酒を飲ませるの?」

カゴメのトマトジュースを飲みながら、リビングを見回す。武蔵野《むさしの》市の町並みが映る窓。天井は高くて、壁は白のクロス貼り、オレンジ色の抽象画がひとつ飾ってある。お風呂も広かったし、一人暮らしには文句なしの部屋に思える。たぶん、家賃は安くない。鳩ポンの仕事は何だろう。やっぱりOL？　でもOLの生活にしてはめぐまれている気がする――

「……個人情報の話は、鳩のことだけでいいでしょう……」鳩ポンはそう言いながらも、表情はおだやかだ。「職業まで知られるのは、ちょっとね。といっても、車のナンバーも部屋も知られちゃったわけだし」

「何が何でも教えろ、とは言わないけどさ」

「そうだ、職業を教えるかわりに、わたしにも条件があります」

「あたしたちの取引はもう済んでるよ」

「名前を教えてもらってません、あなたの。事情はひとまず置いておくとして、泊めるなら……名前くらいは、ね」

わたしはしばらく考える。ワインを飲む鳩ポンを見つめ、トマトジュースを飲む。それからこう答える。「アリア」

「嘘。今思いついたんでしょ」

「実名だよ」

「すてきな名前だけど、嘘ですね」鳩ポンは苦笑する「まいっか、おたがい偽名でも。わたしは鳩ポン、あなたはアリアちゃん。あなたって、何となく他人って気がしないな」

わたしは微笑む。力のある嘘をつき通すには、グルリと回ってみせて、ちょっとだけ無防備な真実を見せてやるのがいちばんんだ。

ホテル鑑定士。それも、かなり特殊なジャンルの。

鳩ポンはワインに酔いながら、結局自分からすすんで職業を明かす。彼女が請け負うのは、ホテルの資産価値の査定とか、サービスや温泉に星をつけたりすることじゃない。

話を聞いたわたしは、そんな仕事がこの世にあるのかと感心する。しかも、わりとおもしろそうだ。

鳩ポンがやっているのは、依頼客が長期滞在や出張で泊まる予定のホテルの部屋に、何か〈因縁〉がないかをさかのぼって調べる仕事だった。

――バスルームで人が首を吊った。

――ベッドで寝ていた人が心臓麻痺で亡くなった。

――改装前の火事で逃げ遅れた人がいた。

最終的に依頼客が知りたがっているのは、そこが出る部屋なのかどうかだ。

出る。何が？　きまってる。

「……幽霊……そんなこと、まずホテルは教えませんし、営業上は伏せておくのが当然ですね……」鳩ポンはチーズをレタスで包んで食べる。「それでも、ものすごく気にする人がいるんですよ。しかも結構多くて。タイプはいろいろです。各宗教の信者の方、霊感のある方、ちょっと心を病まれた方……そこまで警戒しなくても、泊まってみて変だったら、部屋を替えてもらえばいいじゃん……って、そう思ってるでしょ？　だけど、だめなんですよ。水漏れとか騒音とか、そんな理由でないかぎり、部屋の変更ってめったにきかないんです。そりゃそうですよ。支配人には見えないし聞こえないんだから。わたしのお客さんたちの望みは、とにかく怖い目に遭いたくないってことです。わかりますか？　あの人たちにとっていちばん大事なことは、部屋の変更なんかじゃなくって、出る前に手を打つことです。出てからじゃ遅いんです」

　鳩ポンの言い方に、わたしはトマトジュースを吹きだしそうになる。

「わたしは霊能力者じゃないから」と鳩ポンは言う。「ホテルのその一室で過去に事件がなかったかをひたすら調べるだけです。地元紙にしか出ていないような記録とか。ホテル自殺って、意外と多いんですよ。あとは結果をお客様に伝えておしまい。ウィークリーマンションを借りる人からも、調査依頼があったりします」

「何だか楽しそうな仕事じゃない」

「これが大変なんですって。たとえばその部屋で過去に自殺した人がいるとするでしょ。そう報告すると、お客様の方で部屋を替える。ホテル自体を替える人もいます。ところがその部屋でも、出る。そして真夜中の三時に電話してきて、金を返せだの、訴えてやるだの……わめくんです。わたしのせいじゃないのに。わかりますか？　本当にストレスが溜まるの」

「鳩ポンは見たことあるわけ？」

「出るのをですか」

「そう」わたしはおかしさをこらえる。

「一度もありません。あれは完全に自分の脳で作りだした事象ですよ」

「信じないんだ」わたしは意外に思う。「それで……その仕事のストレスで、あんたは鳩ポンになったの？」

「さっきも話したんですけど、あれをやると、頭がはじけても、しばらく歩くんです……鳩が」

鳩ポンの目がかすかにうるむ。「急に真っ暗な場所で『あれ？』ってきょろきょろしてる感じで。頭がないのに。それ見たら、もう、やみつきになっちゃって。あと、倒れてけいれんするでしょ？　その周りで仲間たちが突つくんですよ……脳みそとか目玉を。グロくって、おもしろくって」

「すごいね。自然界だね」

「ねえ、アリアちゃん」鳩ポンが静かな口調で言う。「わたしって気持ち悪いでしょ」

「いいんだよ。世の中みんな、一羽も鳩を殺さないかわりに、一生で千羽くらいはニワトリ食べちゃってると思うよ。ものは考えようじゃん」

「……それは、そう……ですけど、これってエスカレートしちゃうと思います？」

「いつか鳩の群れごと吹き飛ばすってこと？」

「そうじゃないんです。よく言うでしょ、動物虐待は、その……」

「ああ、殺人の前触れって話ね」

「みんな最初は、猫の首切ったり、野鴨にボウガン撃ったり……」

「どうだろ。全員がそうなるとは言えないんじゃない？　動物と人間ってちがうと思うよ。人間をやるのって、きっと大変だよ。子供相手でも大きいし、捕まったら人生終わりだしさ」

「そうですよね」鳩ポンは頬をゆるめてうなずく。「不安もあるけど、わかってはいるんです。自分にはとてもそんな度胸はないって」

さすがは鑑定士だ。わたしは感心する。彼女の自己鑑定は冷静で、じつに客観的。自分にそんな度胸はない、その通り。わたしから見てもそう思うよ。

22　TK

一人暮らしだからベッドはひとつ、彼氏もいないから余分な枕もなく、わたしはクローゼットと化粧台のある部屋にタオルケットを持ってきてもらって、リュックを枕にそこで寝る。

明かりが消えても、もちろん熟睡はしない。手足が伸ばせるだけでいい。ネットカフェのように隣りの個室を気にしなくても済むのが助かる。鳩ポンがシャワーを浴びる音が途絶えて、やがて完全に静まり返る。

わたしは真っ暗な部屋で寝返りを打つ。横を向いてじっと目を開ける。まるで片思いで眠れない女の子だ。エアコンの起動ランプが光っている。

〈鳩殺しのＯＬ〉は、ＯＬじゃなかった。会社勤めしないから、空いた時間に公園でポップコーンを放り投げるのも自由なわけか。

専門分野のホテル鑑定士。わたしは自分が強運なのか、不運なのかわからなくなる。おそらく、両方なんだろう。鳩ポンの言葉を思いだす。「ホテルのその一室で過去に事件がなかったかをひたすら調べるだけです。地元紙にしか出ていないような記録とか」

どんなことにも危険はつきものだ。こっちが踏みこめば、向こうにも深く踏みこまれる恐れがある。わたしはよく考える。そして判断する。明日になったら訊いてみよう。

やれることは、まだある。明日になったら。

朝食べる人？　と訊かれ、わたしは首を振る。「コーヒーだけ」

「わたしも食べないんですけど、コーヒー飲まないんで、抹茶ミルクでいいですか」

鳩ポンがグラスの氷をかきまぜるあいだ、わたしは流しに残った夕べのお皿をいくつか洗う。より好印象を得るためだ。脅して泊まっているのにおかしな行動だと自分でも感じる。

ローテーブルでアイス抹茶ミルクを前にしたわたしは、六階の窓をすり抜けてくるセミの声を聞く。今日もうんざりするほど暑そうだ。

「鳩ポン、あのさ」わたしは切りだす。「昨日、変なの見ちゃったんだよね」

グラスを持つ鳩ポンは眉をひそめる。「……まさか……出たとか？」

わたしは笑って首を振る。「じゃなくって。夢。それがね、パン切り包丁を持った奴が、部屋で暴れてんの。顔はタオルで隠れてて、目も鼻も見えなくて。男か女かもわかんない」

「……アリアちゃんは、そいつにやられちゃったんですか……」

「わかんない」

「何でそんなもの見たんでしょう。わたしのせい？」

「ちがうよ。起きて思いだしたんだけど、昔、そういうB級ホラー映画を見たんだよね。東京に殺人犯が出てくるやつ。題名は忘れちゃったけど、それでたまたま夢に登場したんだと思うな。低予算なのに、ところどころが妙にリアルな感じでさ、今も何か気になってるんだけど、その……調べられないかな」

「B級ホラー映画の題名を？」

「そうじゃなくってさ。鳩ポンっていつも、aからbを見つけてるんでしょ。限定された場所

（a）で、どんな事件（b）があったかを調べる。それなら、bからaを導きだすこともできるんじゃないかなって、ちょっと思ったの。限定された事件がどこであったかを探り当てるってこと」
「……ええと……つまり」と鳩ポンは言う。「そんな事件が本当にあったかを、知りたいってことですか。その……パン切り包丁殺人？」

わたしはうなずく。鳩ポンは数秒のあいだ考える。B級映画は小さな嘘だ。窓の向こうの空は青すぎるほどで、夏の雲の巨大さは信じられない。「めんどうなら、いっしょに調べてもいいんだ」

「いつも民間の記録室や資料館を回るんですが」鳩ポンは腕組みする。「……どこもＩＤ登録制ですからね、行ってもアリアちゃんは入れないし、一回利用ごとに現金払いの施設もあるし……」

「そうなの」わたしはごり押しする方法がないか考える。

ところが、鳩ポンはあっさり言う。「調べるのは別にいいですよ。ただレトロアクティブの設定について考えちゃって」

「……何の設定？」

「……あっ……遡及《そきゅう》の設定です。過去にさかのぼる範囲をきめておくってことですね。時間と空間の関係っておかしなものなんですよ。時間をさかのぼる桁が大きいほど、空間の持つ特徴は消えていくんです。大げさに言うと、五年前に痴情殺人のあった高級ホテルの建つ座標も、一〇〇年前はただの森だったり。一〇〇億年前まで戻ったら、それこそ宇宙といっしょくたになって、他の場所と区別がなくなっちゃう。当たり前みたいですけど、よくよく考えると、不思議な気持ちになれますよ」

水滴の流れる抹茶ミルクのグラスを、わたしは一滴も飲まずにローテーブルに置く。鳩ポンは友だち相手に盛り上がってしゃべっている。むずかしく聞こえても、要点はつまり、「時間と場所を設定してよ」ってことだ。たんにそれだけ。

だから、わたしは設定する。「とりあえず過去『二十年』。場所は『関東一円』にしぼりたいけど、見つかんないとつまんないから、『日本国内』で。調べてくれたら、家に帰ろっかな。そろそろ親が警察に届けちゃったりすると、ね」

「下手すると、わたしが誘拐犯にされちゃいますよ」

「そんなことになったら、保護して帰宅をうながした立派な大人、の役でいいじゃん。大丈夫。ひとつも迷惑かけないいって」

わたしと鳩ポンは、東伏見のファミレス〈アイダホ〉で夕方に待ち合わせの約束をする。


外は山火事のような暑さだ。でも、マンションにじっとしてなんかいない。

コンビニでモバイルバッテリーを買ってスマホにつなぐ。鳩ポンの部屋で充電を頼まなかったのは、機種がどうこうの問題じゃなくて、番号やアドレスの交換が嫌だったからだ。関係が切れてしまえば、それでおしまい。連絡先もわからない。わたしと鳩ポンはそれでいい。彼女にかぎらず、誰とでも。

武蔵野中央公園の木陰で、日射しをしのぎながらサイトの地図を眺める。現在地を南に一キロほど下ったところに、クラフト用品店が見つかり、すぐに行ってサンドペーパーと研磨パッドを購入する。

何か起きる前に、どうしてもスタッグナイフを研いでおきたかったからだ。美術室から拝借したヴァイスやリューターが使えれば文句ない。でも、どれも自分の部屋にあって、まだ家には帰れない。

買い物が済むと中央公園を北東に突き進んで、軟式野球場を回りこみ、吉祥寺《きちじょうじ》の〈カフェ・セッテプレッソ〉に入って休む。夕べは鳩ポンの前で何も食べなかったし、もう暑さで倒れそう。店内は涼しいから、やっと好きなホットコーヒーを注文してゆっくり飲む。それにめずらしくアップルパイ。疲れて、甘いものが食べたかった。

カフェのテーブルにリュックを載せて、その陰でこっそりスタッグナイフを研ぐ。

鹿の角の先をソリッドにするためにサンドペーパー一〇〇番を当て、きめをこまかくする四〇〇番でこすり、仕上げは研磨《けんま》パッドで光らせる。両手はリュックに隠れているから、爪磨きをやっているように映るはず。

そして、さらなる用心を。

学校にも行かず、平日にカフェで爪を手入れする女子高生を、どこの大人がおせっかいで気にかけないともかぎらない。学校は？　おうちは？　心配から話しかけられたりすれば、とてつもなくめんどうだ。わたしはテーブルに参考書とノートを展開してアピールする。このためにわざわざ持ってきたんだ。「勉強する子に問題なし」、でしょ。

コーヒーとアップルパイを口にしつつ、せっせと刃を研ぐ。作業しながら、自分の気持ちを落ち着かせる。隣りのテーブルでビジネスマンが営業の電話をかけている。わたしは彼の声に耳を傾け、大人の話し方を頭に入れる。そのビジネスマンがいなくなると、今度はわたしが電話をかける番だ。どの番号に？

もちろん、あれだ。

スタッグ用の研磨パッドをスマホに持ち替えて、わたしは新聞を取りだし、番号をたしかめる。

「……はい、日本住宅売買新報編集部です……」かなり年配の男の声だ。

「こんにちは」とわたしは言う。「わたくし、高校の自由課題で『不動産業』について調べている者なんですが、つかぬことをお訊きしてもよろしいでしょうか。御社発行の新聞に、今週の不動産情報が掲載されていますよね、あちらにあった〈CAプランニング〉という会社に先日かけたのですが……」

「ああ、あすこはコンメンダですからね」と編集部員は言う。「つながらなかったでしょう」

コンメンダ？　何のことかさっぱりだ。喫茶店チェーンの〈コメダ珈琲《コーヒー》〉が浮かんですぐに消える。

「ええっと」わたしは本当に自由課題に取り組む生徒のように、すばやくメモの用意をする。

「……何でしょうか、それは……」

「いわゆるTKです」

「TK？」

「商法第五三五条の匿名《とくめい》組合のことですよ」

「……匿名……それは、その……〈2ちゃんねる〉みたいなものですか」

編集部員の苦笑が聞こえる。「たしかに同じ匿名ですが、あちらは書きこみを楽しむところでしょう？　ＴＫは法に定められた事業形態で、出資と利益分配があります。〈ＣＡプランニング〉さんは、不動産特定共同事業法にもとづくＴＫで、関係者しか連絡が取れません」

また知らない言葉だ。不動産特定共同事業法。わからなくても質問をつづける。「……気になったのは、今週の情報なのに、はじめから物件に『売却済』とあったことなんです。不動産業では、これはよくあることなんですか」

「よく見てもらえれば『相談』も少しはあるんですけれどね。いずれにせよ、外部の方は連絡を取れませんが、『売却済』に関しては、集めた資金を運用して、これこれの物件を動かしましたよ、という報告を、〈ＣＡプランニング〉さんが出資者にしているわけです。それをなぜあの欄に載せるのか、といったご質問は当然のことです。なにぶん古くからの慣習ということで……電話番号についてはかからないんだから載せなくてもと思うんですが、それも慣習なんです。たまにこういうお電話をいただいて困るんですけれどね」

「……あの……」わたしは新聞を見ながら訊く。「物件って、こっちも見たことがおありですか」

「というと、〈ＣＡプランニング〉さんの？」

「はい」

「いや、とても各社さんの物件までは。取材ならともかく、あれはうちにとっての求人情報欄みたいなものですからね」

わたしはまだ新聞を見ている。「……何かないでしょうか。〈ＣＡプランニング〉さんに連絡を取る方法って……」

「ないこともないと思いますが……学校の自由課題でしたね。どうして〈CAプランニング〉さんに、そんなにこだわるんです？」

「……いえ別にそういう……」

「ひとつ教えていただけると助かるんですが、うちの新聞をどこでご覧になりましたか？　店頭売りのない業界紙なので、参考までにと思ってね」

「……ちょっと授業がそろそろ……」何となく雲行きが怪しくなり、わたしは早口で告げる。「お忙しいなか、どうもありがとうございました」

すばやく電話を切る。

23

アイダホで

太陽が雲に隠れた隙を逃がさずに、カフェを出て歩く。それだけで、かなりの体力の温存になる。

それにしても、近所をうろつくばかりの家出だ。吉祥寺から東伏見まで徒歩で帰るのは、暑さをのぞけばたやすい。武蔵野から西東京へ。午後になったばかり、わたしはあっさり市境を越えて、トンネルを覆う〈千駄山《せんだやま》ふれあい歩道橋〉を上り、東伏見公園に着く。鳩ポンとファミレスで約束した夕方まで、このベンチで待つ——つもりが、空がどんどん暗くなって、大粒の雨が落ちてくる。ひとつ、二つ、雨音が広がり、ついに雷で空気が震える。

夏の雨はすぐにどしゃ降りになる。傘は持っていないし、ずぶ濡れになって風邪をひいている余裕もない。わたしはまだ早くても、待ち合わせの〈アイダホ〉へ向かおうときめる。雨がひどい。せめて頭に乗せる新聞でもあれば。

新聞。

でも、『日本住宅売買新報』を濡らすのは論外だ。

そのときベンチの上に、サンダル履きのおじさんが捨てていったスポーツ新聞を見つける。わたしはすかさず拾って、頭の上で広げて雨をしのぎ、〈アイダホ〉まで急ぐ。雨粒がうなりを上げて紙面をめちゃくちゃに叩く。メタルバンドの高速ドラミングだ。

いらっしゃいませの声が響くエントランスで、手指の水を切り、水浸しになったスポーツ新聞を、傘ぶくろ用のゴミ箱に捨てようとして、社会面に書かれた事件記事が目に留まる。わたしは捨てるのをやめて、雨ににじんで溶けそうな文字に顔を近づけたまま、店内へ進む。

このスポーツ新聞の日づけは？　今朝だ。記事に夢中で、わたしはいつのまにか喫煙席に座っている。煙を気にしているどころじゃない。破れかけの紙面をそっと引き延ばす。

板橋《いたばし》　四葉《よつば》　連続　傷　ランダ製　木ばさみのエクスディッパー　男性　刺　死　女性一　が
左耳切　重　疑で逮捕　業不　男　真島《ましま》（30）
島区西　袋　路　で　矢　装塡《そうてん》　た　ウガンを持っ　男が　ついている」と通報があ　駆けつ

察　ジル国籍のルイ　タナカ（22）を　刀法違

にじんで消えた文字を、頭のなかで復元して、記事の内容を呑みこむ。
いいい、板橋区四葉で連続殺傷事件があった。オランダ製の植木ばさみのエクスディッパーが凶器に使われ、男性が刺されて死亡、女性一人が左耳切断の重傷。殺人と傷害の容疑で、職業不詳の男、真島という三十歳の人物が逮捕された――

わたしはドリンクバーのコーヒーも取りにいかないで、リュックから『日本住宅売買新報』を引っぱりだし、ずぶ濡れのスポーツ新聞と見比べる。十面の「今週の不動産情報」と。

板橋区四葉　売却済　問い合わせ先　CAプランニング

スポーツ新聞の、社会面二つめの記事の復元。中身はこうだ。
いいい、豊島区西池袋の路上で「矢を装填したボウガンを持った男がうろついている」と通報があり、駆けつけた警察はブラジル国籍で二十二歳のルイ（ス？）・タナカという人物を銃刀法違反で逮捕した。

――「今週の不動産情報」欄には。

豊島区西池袋　相談　問い合わせ先　CAプランニング

今なら引き返せる。わたしは気が変になりかけている。こんなことを思うだけでも、その証拠だ。だめだ。戻らなきゃ。こんなこと考えるだけでも。

あるわけがないし、偶然にきまってる。だいたい毎週木曜発行の新聞の指す「今週」とはいつまでなのか。週末まで？　それとも来週の木曜？　いや、そんなのはどうでもいい。これはただの不動産業界紙だ。忘れよう。

だめだ。頭から離れない。

父が読む新聞。わたしに持って行けと言った。

わたしを動揺させるのは、もちろん殺人のことじゃない。これがあたかも未来の殺人を予告する新聞に思えてくることだ。信じちゃだめ。妄想のなかに引きずりこまれるな。そのうちファミレスのレシートにだって予言を見つけるようになるんだ。病気。妄想《パラノイア》。そうなったら手遅れだ。

そうだ。ドリンクバーは頼んだから、食べ物も注文しなきゃ。料理とセットがルールだ。頼んだあとでコーヒーを注ぎに行こう。〈アイダホ〉のメニューを開いて気分を変えよう。ここのメニューを手に取るのはいつ以来だろう。いつも見もしないで、〈ほうれん草ときのことベーコンのパスタ〉のベーコン抜きを頼むんだ。新しいメニューを見てみようじゃない？　新聞からちょっとはなれるの。頭を冷やすの。忘れよう——ほら、夏のジャガイモフェアをやってる。

「夏バテのあなたに　おいしく冷えたポテトスープ」、ふんふん。「みんなびっくり！　アイダホ生まれのジャンボ・ポテトフライ（ホワイトソースでお召し上がりください）」、へえ——ホワイトソースはよさそうじゃん。「お肉を超えるボリューム感　あつあつポテトステーキ」、ジャガイモってステーキになるの？

当店のジャガイモは、すべてアメリカ合衆国アイダホ州の契約農家から仕入れた選《よ》りすぐりの素材をご提供しています。

そのページの、メニューの右隅に描かれた絵。

わたしの時間は止まる。まばたきも、息も、心臓も、全部凍りつく。ちょうどコーヒーカップの底くらいのサイズの絵――その絵は。

何で。何でこんなものがあるの。わたしは爪でメニューから絵をはがそうとする。でも、はがれない。当たり前だ、メニューの一部だから。必死で息をして、隣りのテーブルを片づけに来た店員を呼び止める。「……あの、メニューにあるこの絵って……」

「はい?」

でたらめに野原を駆ける猟犬のように、言葉が勝手に頭を駆け巡っている。わたしは何とか質問をまとめて、声をしぼりだす。「……いつから……載ってるんですか……ここに……」

「ずっと昔からだと思いますよ。当店のポテトの産地ですので」

「……ポテトの、産地……」

円で囲まれた絵だ。日本のマンガの作風じゃない。イラストでもない。アメリカ的な絵、それも真面目な、公共の建物に飾られるようなタイプの。怖い。やめて。頭に霧がかかる。昔からって。わたしは子供の頃からここに来てるのよ。怖い。白い霧が。どんどん。やめて。霧。やめてよ。

やめろ！
――文字が――絵の周りをふちどって
――THE　STATE　OF　GREAT　SEAL　OF　IDAHO
　大きなコインを囲むように　整然と一周して――
最初と最後がつながって
正しい構文は
ちがう　ちがう
――GREAT　SEAL　OF　THE　STATE　OF　IDAHO――
こっちだ
SEAL／紋章　GREAT／偉大　THE　STATE OF IDAHO／アイダホ州
つまりこれは　アイダホ州の『州章』だ
円の中に
　　男の人と
　　　女の人が
立って
右側の男の人は登山帽　首にスカーフを巻いて　ひげをたくわえて　彼は鉱夫　開拓者だ　左
手のシャベルを　土に刺し
　右肩に大きな　つるはしを担いで
やめて。

左側の女の人は白いロングドレスで
　　女神のようで
彼女は右手に長い杖　左手に　天秤を　ぶら下げて
これは。
二人のあいだの　描かれた州章の中心に
　　ゆたかなアイダホの自然と
そして
そして
助けて。
鹿の頭　が描かれて
　　　立派な角を生やして
　　　　その角の上に　はためくリボンに
こんな文字が
——ESTO　PERPETUA——
父に聞いたラテン語の。
奇妙なポーカーゲームで、あの夜に。
エストー・ペルペトゥア。汝、永遠なれ。高熱を出したように全身が震えて、肺がふくれ上がる。喉をかきむしる。涙があふれでる。叫んだわたしを周りの客が見ている。これは想像かもしれない。大きくゆがんでいる像かもしれない。曲がった鏡に映る曲がった顔ども。それでも近づくな。誰も。触れたら殺してやる。アイダホ州章のなかにいる二人は、母と兄だ。まるで同じというわけじゃない。わかってる。それでも逃げられない。なぜ。嫌だ。
　シャベルとつるはし。長い杖《シャフト》と天秤。鹿の角までふくめれば、わたしを入れた家族三人分の凶器。こんな偶然はありえない。わたしたちの前世がアイダホ市民だった?――かもしれない。落ち着いて。息をして。たしかに鋼のマウスピースがないし、三角のイヤリングもないし、兄の持ち物のはずの秤は、母の手に移っている。そう自分に言い聞かせても、恐怖が鎮まらない。視界に霧がかかって、その向こうから、向こうから。血まみれのパン切り包丁を持った恐ろしい男が
――

わたしは倒れる。
テーブルから床へ。

店員が駆け寄ってくる。
誰かがドアを出て、りん、と鳴った。
誰かがドアを入り、りん、と鳴った。
救急車を呼びます。
お願いです、呼ばないでください。
すぐ来ますから。

お願いです、ここで待ち合わせをしてるんです。

誰かがエントランスにつないだ犬が吠える。げふあっ。

こっち。こっちです。

どこか打ちましたか？　動けますか？

わたしはここにいなきゃ。

ストレッチャーを持ってきますので、体を少し楽にしてください。横を向いて。

嫌だ。乗りたくない。貧血。ただの貧血なの。

でもね。いちおう検査しないとね。

すみません、通して。大変。どうしたの。

鳩ポンの声が聞こえて、わたしは白い霧から抜けだす。

床が壁のようにそびえて、救急隊員がまるで恋人のように上からわたしを見つめている。

24　ありがと

これだけの騒ぎを引き起こしたんだ。わたしは二度と〈アイダホ〉に来ないだろう。

「自分が車に乗せて病院まで運ぶから」と鳩ポンが説明して、救急車をキャンセルしてくれる。

わたしは彼女に肩を貸りて、頼んだドリンクバー代——何も飲んでいない——まで払ってもらう。

ファミレスの駐車場に停めたフィアット500めざして、保護された遭難者のように歩きながら、わたしは鳩ポンへの申し訳なさよりも、またひとつ居場所がなくなってしまった哀しみに襲われる。小さな頃から通ってきたレストラン。

居場所？　頭のなかで声がする。なじみのお店ですって？　冗談はよして。そんな呑気な話は。だって。見たでしょ。

連続殺人犯が壁に残した謎めいたメッセージのように、アイダホ州章が闇に光っている。鉱夫と女神と鹿の頭。シャベルとつるはしと天秤。兄と母とわたしの凶器。わたしはたった一人で、巨大な絵をじっと見上げている。吹雪《ふぶき》のように、凍える恐怖が舞い戻ってくる。

白いドアを開け、赤いシートに背を沈める。鳩ポンがドアを閉めて、フロントガラスから明るい空を見上げるわたしは、雨が上がったんだとそこで気づく。

「……大丈夫ですか……」

「平気」

「ああやって倒れたのってはじめて？」

「今何時」わたしは答えずに訊く。

「今？　五時です」

どしゃ降りで〈アイダホ〉に逃げこんだのが正午すぎだから、救急車が駆けつける時間を差し引いても、わたしは四時間近くお店にいたことになる。新聞を見たのはせいぜい十五分。残りは、ずっとメニューのアイダホ州章を見ていたことになる。一瞬のように思えたのに、どこか別世界に行っていたんだ——

「病院で診てもらいます？　血液検査とかCTとか」

わたしは首を振る。そしてこう思う。大騒ぎのなかでわたしに近づくのは、鳩ポンにとっても危険な行為だったはずだ。むしろあの場をやりすごして、わたしを救急搬送させた方が好都合だったのに。病院で住所や名前が突き止められ、家出少女は強制送還させられる。

その場にいなかったことにすれば、わたしを裏切ったことにもならない。仮に逆恨みでわたしが〈鳩殺し〉をしゃべったとしても、ファミレスでメニューを見て、悲鳴を上げて、あげくに気を失う女子高生だ。誰も信じない。

「……ありがと。でも休めば平気だから……」わたしはこっそり目をぬぐう。お互いがどんな人間かはこのさい関係ない。わたしは助けられたんだ。他人に。

鳩ポンはフィアット500のエンジンをかける。シートの下からかすかな振動が伝わってきて、わたしは何のために待ち合わせたのかを思いだす。不動産の話もアイダホ州章の話もするべきじゃない。話しても無駄だ。それよりも訊くことがある。ホテル鑑定士は、その調査能力で何か見つけられたのか。

「調べましたけど、本当に病院はいいんですか」鳩ポンは眉をひそめ、うなずくわたしに向かって話しだす。「レトロアクティブは二〇一六年の現在から『二十年』、地域のリミットは『日本国内』で、捜した結果、三つあります」

――一九九六年。十二月。鹿児島《かごしま》県の奄美大島《あまみおおしま》。島でパン屋を営む石浩光《いしひろみつ》（四十五歳）が、未明の仕こみ時に口論になった妻を、厨房《ちゅうぼう》の包丁で刺殺。殺人罪で逮捕。服役中の二〇〇一年に肝臓がんをわずらい死亡。

「犯行に使われた包丁は、牛刀のようなもので、いわゆるぎざぎざしたブレッドナイフとはちがうようですが」鳩ポンはそう話す。「この人はそれでパンを切っていたみたいで。パン職人がパンを切るならパン切り包丁ですよね。リストアップしておきました」

——二〇〇〇年。五月。高知《こうち》県高知市。荒井原坂江《あらいばらさかえ》（当時七十二歳）の家を訪ねた六間房江《むつまふさえ》（当時六十四歳）を殺人罪で逮捕。二人は実の姉妹で旧姓は大宮。借金の頼みを断られた妹が、台所にあったパン切り包丁で姉を切りつける。姉は首と上腕部に重傷を負い、入院中に急性肺炎を併発して死去。妹は公判中に脳溢血で死亡。

「すごいですよね。おばあちゃん同士、それも姉妹の骨肉の戦いって」

——二〇〇三年。七月。神奈川《かながわ》県相模原《さがみはら》市。市内でアジア雑貨のアンティーク店を経営する糸《いと》山久美果《やまくみか》（当時三十歳）が、同市内の自宅で遺体となって発見。県警は殺人事件として捜査。遺体には百を超す傷。死因は失血。

糸山久美果？　わたしは眉をひそめる。

――犯行現場は激しく散乱し、被害者の夫である糸山霧彰《きりあき》（当時四十歳）と長女（当時四歳）の行方がわからなくなっているほか、一家の庭で飼われていたオスのドーベルマンも殺されていることから、県警は複数犯による計画的犯行も視野に入れるとともに、夫と長女の所在についても、広範囲で聞きこみをおこなった。

糸山霧彰？　長女（当時四歳）？　ドーベルマン？　また、白い、霧、が――

――県警捜査一課は事件直後に、押収したスイス製、特殊ステンレス鋼のパン切り包丁を、犯行に使われた凶器として発表したが、血痕、指紋、ＤＮＡ等が発見できず、現場で洗浄した痕跡もないことから、断定を保留。犯人の特定、糸山霧彰と長女の行方もふくめ、現在も情報提供を市民に呼びかけている。

スイス製、特殊ステンレス鋼のパン切り包丁

あたまがわれそうだ。ガラスみたいにこなごなに。白い霧が。それは何年前？　十三年前の夏。自分で計算してみれば。やめて。たすけて。そのとき四歳だった女の子は？

くみか　と　きゆか　きりあき　と　きりきよ
　い　と　や　ま――
わたし　の　か　ぞくは――

ドーベルマン。ドーベルマン。
ほら数えて。十三年前に四歳だった女の子は、今いくつ？
――十七歳。
お父さん、助けにきて。

やめて。やめなさいってば。鳩ポンの声と、車の窓ガラスを強くノックする音で、わたしは白い霧を抜けだす。誰？　こんなに窓を叩くのは。ちがう。これはわたしだ。わたしが自分で窓に額を打ちつけてるんだ。血は。よかった。出てない。

「大変」鳩ポンが真剣な眼差しでこっちを見ている。「……何てこと……アリアちゃん、まさか、何かを憶えているの？」

わたしはシートにもたれて、フロントガラスごしの空にため息をつく。ごまかせない。イエスと答える必要もないくらい。それでいて説明も不可能だ。何が起きているのか。二〇〇三年の殺人事件。わたしが好きになったマリリン・マンソンの古いアルバム、『ゴエグロ』も同じ〇三年の発売だ。偶然？　それとも、わたしは自分が知らないうちに、自分にメッセージを送っていたの？

「……その事件は未解決なんだよね……」わたしは助手席から鳩ポンを見すえる。「……行方不明の長女の名前は……出てないの」

「それはですね、外部からだとブロックされてるんです」

ブロック？　わたしは息を吞む。田無出張窓口に並んだ日のことが浮かぶ。「どうして」

「画像です」鳩ポンは眉をひそめる。「父親の部屋にあったUSBメモリから、長女の画像が大量に見つかってるんです。半裸とか全裸の。娘の成長アルバムとか子育ての記録とか、そんな視点じゃなくって、その……」

「児童ポルノってこと？」

鳩ポンはうなずく。「『児童ポルノ禁止法』といって、その犯罪に巻きこまれた子供の実名を、放送や新聞で扱ってはならないとされているんです。このケースの場合、彼女が生存している可能性も考慮されて、ぎりぎりのせめぎ合いでこういう形の発表になったみたいなんですが……」

行方不明の女の子。

児童ポルノ。

奇妙にずれた家族の名前。

そして。

東伏見の家の天井の隠しカメラ。

住民票の写しがもらえなかったこと。

すべてがたったひとつのおぞましい方向へ、渦をまいて流れていく、ように見える。

けれども、おかしなことはある。いくら児童ポルノ法が適用されたとはいっても、それは糸山家の長女の話だ。市野亜李亜として生活する人間に、その影響が——はなれた町の市役所まで——及ぶとは考えられないし、すじだって通らない。

息をつく。これ以上は考えても無駄だ。思いだすことも無理。あとは。

「相模原の家って」とわたしは言う。「……住所特定できるかな……」

「行ってみるんですね」鳩ポンの口調が変わる。彼女の目の前にも未知の景色――ホテル自殺調査と鳩殺し以外の眺め――が広がりはじめている。「下調べができているから、あとはわたしのタブレットで、当時の相模原市の不動産ブラックリストPDFを見て、庭つき物件がリストに載った時期と照合すれば、逆算でおそらく現場を見つけられるはず……です」

すっかりエアコンの効いたフィアット500が、雨の上がったファミレスの駐車場の水たまりを踏んで、空へと直立する黄色の課金ゲートをゆっくりとくぐる。

二〇〇三年。ゴエググロ――ザ・ゴールデン・エイジ・オブ・グロテスク。父は、「〈黄金と恐怖の七十二時間〉になるだろう」と言った。けれども、今のわたしには恐怖しかない。たんに、地獄の季節なだけ。

25

タイムハウンド

上井草《かみいぐさ》から環状八号線に入って南へ、相模原までのドライブ。用賀《ようが》で東名高速道路に乗ったとき、七月の夕日はまだフロントガラスのフレームのなかで輝いている。

フィアット500はみるみる加速して、時速八〇キロで鮮魚運送トラックと、老人ホーム〈あしたのうみ〉のワゴンを追いこす。スピードメーターはさらに上がる。一〇〇キロ。二台のレクサスと、フォルクスワーゲンのSUVが窓横に並んで消える。一〇七キロ。ツーリング中のバイクがゆっくりと後方へ。メーターはまだ上がる。パジェロを抜く。ベンツを抜く。

「どっかで事故が起きて、交通規制かかる前に突っ走っちゃわないと」鳩ポンはやっとアクセルの踏みこみをゆるめて車線を変える。「飛ばすんだったら、ちがう車に乗ってくればよかったな」

それから高速を下りるまで、二人とも話さない。エンジンの回転と車体にぶつかる風の音が響く。カーナビの目的地の赤い点滅をわたしは眺めている。

▼神奈川県相模原市 南区南台一丁目

横浜町田《まちだ》インターチェンジで高速を下りると、鳩ポンが口を開く。「気分はどうですか」

「平気」わたしは国道16号の標識を見上げる。

「……アリアちゃんさえよかったら、もう少し、その……」

説明を求めたい鳩ポンの気持ちは当然だ。けれども、わたしにだって説明がつかない。いったい何をどう話せばいいのか。記憶へのドライブに連れだしてくれた鳩ポンに悪いと思いながら、わたしは彼女の質問に、別の質問で返す。

「コンメンダって知ってる?」

同じ言葉を鳩ポンはつぶやく。「……聞き憶えあります……」

「TKのことらしいんだけど」

「……ああ……組合ですね。ホテル業界でもありますよ、匿名組合。コンメンダって、大昔の呼び名ですよ。中世のイタリア? 貴族とか司祭が秘密で地中海貿易に出資して、お金儲けする契約システム……だったと思いますけど」

そのコンメンダがどうかしたんですか、と訊かれるわたしは、やっぱりどう答えていいかわからない。話は途切れる。

車は上鶴間《かみつるま》から西へ。カーナビの声が、幽霊のささやきのように告げる。「目的地に、到着しました」

そこは東伏見の町とよく似ている。ひっそりと建ち並ぶ一戸建て。玄関脇に停まったチャイルドシートつき電動自転車。住宅街を一歩出れば、大きな道路だ。誰も歩いていない歩道橋。走りすぎていくたくさんの車。通り沿いには紳士服店とファミレス。

わたしの育った町だけでなく、きっとどこにもある郊外の眺めを、沈まない夕日が照らしている。セミも鳴きやまない。路肩に寄せたフィアット500を降りて、猛暑へ踏みだす。アスファルトから立ち上る熱気が髪や肌に重苦しくまとわりついて、鳩ポンはハンカチを振って顔をあおぎ、わたしはTシャツの袖を肩までまくり、周囲に目をくばりながら歩く。

相模原市南区南台——

東伏見の生き写しと思っていたら、確実にちがう景色がわたしの前に突然広がる。金網の向こうに広大な別世界が現れて、それが平凡で静かな町と向かい合っている。それこそ、二枚の絵を強引にのりづけ《コラージュ》したような眺めだ。

米軍住宅地。アメリカの日常が、ずっと先まで伸びる金網に囲まれている。道端の雑草は地つづきで、跳ねているバッタは行き来できるのに、南台の住民は一人も入れない。

はためく星条旗。

白ペンキ一色で塗られた平屋。

日本の公園にあるのとはデザインのまるで異なるブランコ。

レゴブロックを大きくしたようなすべり台。

木陰と木陰のあいだを、白人の若者が汗をぬぐいながら、赤い芝刈り機を押して進んでいく。

わたしは金網に指をかけ、顔をそっと近づける。ダイヤ形の網目がだんだん広がって、とうとう視界をさえぎるものはなくなる。

——ああ——ここだ。この町だ。金網があって——

こんなふうに——あざやかな——夏の緑の——芝生を——アメリカ人の金髪の——女の子が走ってくる——彼女は——はじけるような笑顔で、喜びの声を上げ、靴を履いていない。背丈も歳も、きっとわたしと同じくらいだ。彼女が小さな手ににぎっている人形は、日本の子供は誰も持っていない。どこで買ってもらったんだろう。

女の子がそこまでやってくる。わたしと彼女は金網ごしに視線をかわし、手指がときどき触れ合う。彼女が何と言っているのか、わたしには理解できない。向こうから女の子のママが歩いてくる。金色の髪にサングラスだ。女の子の靴を持っている。笑っている。

「ハウ・オールド・イズ・ユア・ドッグ《あなたの犬はおいくつ》？　って言っているのよ」

日射しに笑顔が光っている。金網の向こう側とこっち側。そして犬——そうだ。犬だ。わたしは犬を連れている。黒い犬が金網の隙間から白人の女の子の指を舐《な》めている。「八歳よ」とわたしは答える。「あたしより四つ上。お兄ちゃんなの」

ボーイ・オア・ガール？　オスよ。ワッツ・ヒズ・ネーム？　名前？　わたしは返事に詰まる。名前を忘れるなんて。犬の息づかい。ぴんと立った耳。名前は——

「うちは部屋飼いですから」東伏見の近所のおじいちゃんが、わたしの横に突然現れる。「ちがうお宅のかんちがいじゃありませんか」

おじいちゃんは、毛むくじゃらのシーズー犬を抱いて不思議そうにわたしを見ている。そうだ。その通りだ。外で犬を飼っているのはわたしだ。過去の。ずっと昔のわたしの家の。犬小屋をがりがりと爪で引っかく彼がいるのは。

「名前は――」十三年前のわたしは白人の女の子に答える。青い空に入道雲。アメリカのおうちの庭。

名前はね。ジョブレス。


憶えている。この金網。まっすぐな道。芝を刈る若者。金網ごしに話した米軍住宅地の親子。そしてわたしは、犬を飼っていた。ドーベルマンの、ジョブレス。彼が今わたしのそばにいる。息づかいと小気味よい足音が聞こえる。彼は過去のにおいを嗅ぎ、思い出の足跡をたどり、わたしをそこまで連れていってくれる。まるで時間を狩る猟犬《タイムハウンド》のように。

米軍住宅地の親子も、東伏見の近所のおじいちゃんも消える。わたしはなつかしいジョブレスと連れ立って歩く。どうして、こんなにも長く彼のことを忘れていたのか。

わたしはそこで立ち止まる。もう家はない。庭も犬小屋もない。同じ敷地で、三階建てのオートロックつきマンションが通りに影を落としている。

この場所に――いた――

わたしは鳩ポンを振り返る。「住んでたの、ここに」

凝縮された血のにおいが、どこからともなく漂ってくる。わたしはいつまでもマンションを見ている。かつて家があった場所。わたしはじっと見ているけれど、何も見ていない。何も聞こえていない。ここに幽霊がいる。母がいて、兄がいて、わたしがいる。わたしは立っている。夏の長い日が落ちるまで。月が見えるまで。ずっとそこに。

震えながらわたしは、笑っている。

26　死の家、父の家

サービスエリアでの休憩をはさんで、高速を飛ばして西東京へ戻った頃には、夜の十一時をすぎている。

鳩ポンはあれこれ訊かずにいてくれて、わたしには彼女の気づかいに応える方法がない。事件を調べてくれたこと。ガソリン代に高速道路料金。フィアット500は東伏見駅に停まり、彼女はドアを開ける。わたしを見る。

「……本当にここでいいですか。どうせなら家まで……」

「いいの。少し歩きたいから」

鳩ポンの表情がひどく心配そうだ。でもきっとわたしの方がひどい顔色をしている。

「帰って大丈夫？」

そう訊かれて、ふと彼女に電話番号を教えてもらうアイデアが浮かぶ。そしてこう告げるんだ。明日の正午までにわたしから連絡がなかったら――そこまで考えて、ばかげたアイデアだと気づく。連絡がなかったら。わたしの身に何かあったら。だったら何？　そのときは警察を呼ぶの？　刑事？　捜査員？　その人たちにいったい何が解決できるっていうの？　何もできやしない。これは人殺し同士の問題なんだから。父と、わたしの。

「また公園で」とわたしは言う。

「ですね」鳩ポンは笑みを作る。「いつか、ちゃんと話を聞かせてください」

そのときは鳩に餌をあげながらね、とわたしは声に出さずに答える。フィアット500が駅前のロータリーを回り、窓ごしに鳩ポンは小さく手を振って、夜の向こうへ消えていく。

駅前のコンビニが光っている。まだ扇風機しか回っていないのだろうか。

路地を曲がると家が見えて、わたしはポケットに入れた鍵を取りだす。辺りは静まり返っている。

異変にすぐ気づく。ガレージだ。埃の積もったアルファロメオ・スパイダーの横、カシスパープルの三菱ミラージュの場所が空っぽになっている。父の愛車がない。出かけているの？

腕時計を見る。もうすぐ夜の一二時だ。わたしが家を出たのは日曜日の朝六時だった。今日は火曜日で、まもなく終わろうとしている。父の言う七十二時間後とは、明日の朝、水曜日の午前六時を指しているから、まだ六十六時間しかたっていないはずだ。

約束まであと六時間ある、少し出かけてこよう――仮にそんなふうに父が思ったとしても、それはわたしへの裏切りでしかない。だって父は、「ずっとここにいる」と言ったのだから。たとえどうあろうと、わたしは家に帰ってきた。たった三日で、あれこれ裏切られることにすっかり慣れて。人間はどんなことにも慣れてしまう。

空き巣のようにそっとドアを開ける。玄関に立って、なつかしい家のにおいを嗅ぐ。消えない傷口のようにして、ダイニングテーブルの真上の天井に空いた穴を眺める。引きずりだされたカメラ。配線。あの装置はまだ生きているのか。

スニーカーを脱がずに土足で上がり、カメラの死角を通って階段まで進む。

三階の父の書斎へ。

足音を消す。廊下にリュックを置く。研いだスタッグナイフを取りだす。ドアを開ける――

書斎は空っぽだ。水も飲まずに待つ父はいない。

落ち着いて机を調べる。父の頰を殴った〈ローヤルサルート21年〉の陶製の瓶がひっそりと置いてある。鉛筆。三角スケール。建築模型用のミニカー。束になっていた新聞がなくなっている。新聞、それも父に訊かなければならない謎のひとつだ。ひきだしを開ける。予備の鉛筆が数本とトランプのケース。

ひきだしに凶器は見つからない。机の天板の裏側も慎重にたしかめてから、机の上を片づける。殺傷に使えそうなものを順番に。ウイスキーの瓶。三角スケール。研いだ鉛筆。あらかじめ父の反撃を防ぐためだ。

最後にトランプのケースを取り、廊下に出て、リュックに押収した凶器予備軍を詰めこむ。つぎにほかの部屋も調べて回る。まるで捜査員だ。母の部屋——クリア。殺人専用だった部屋——クリア。夫婦の寝室——鍵がかかっている。音を立てずに何度かドアノブを回す。やっぱり開かない。ドアに耳を当てる。何も聞こえないし、父がここでじっと身を潜めている可能性は低い。それでも、鍵をかけたということは、何か見られたくないものがあるという意味だ。だとしても一ヵ所にこだわってはいられない。

階段を下りて二階の部屋を残らず調べる。兄の部屋。バスルーム。オールクリアだ。見ていないのはさっきの三階の寝室と、地下の物置。

わたしは自分の部屋のごみ箱に、書斎から押収した三角スケールや瓶を捨てる。そしてカーテンを少し開けて、明かりをつけたまま部屋を出る。光が外から見えるようにして。

父と約束した期限まであと五時間。わたしは地下の物置へ下りる。そこで待つ。

二階の部屋の明かりをおとりにして、地下に潜む。こんなかくれんぼに、父が引っかかるとは思えない。でも自分の部屋で居眠りして、ノックで起こされるよりはずっといい。

防災用に高校で買わされた懐中電灯を照らし、スニーカー履きの足でがらくたのあいだを進む。古い型のデスクトップパソコン。ツードア式冷蔵庫。大きな電子レンジと子供用自転車。重く湿った空気と密閉された静けさで、まるで沈没船を調べるダイバーの気分だ。

天井の照明はつけない。すべてを瞬時に照らすのが怖いからだ。懐中電灯の光が、兄の部屋から運んできたラグマットに青白く突き刺さる。——血はすっかり乾いている。というよりも、たっぷり染みこんでいたはずなのに、その形跡すらない。まったく汚れていない。すべては、わたしの理性が導きだした通り。ほとんど自殺へ向かう理性だ。

兄の血は、現実にはない。

でも、あれは、現実にそこにある。

わたしは暗闇で光をゆっくりと動かす。

壁のいちばん奥へ。そこに向かってわたしは光を放つ。

そうだ。あれはたしかにある。

この瞬間にもわたしの肉体のなかで心臓が動き、肺が酸素を取り入れるように、しっかり実在する。

わたしは指で触れる。乾き切って砂のようにくずれる髪と、こわばって骨と一体化した皮膚《ひふ》のしわに。折れた歯を撫《な》で、埃のつもった眼窩のくぼみをなぞり、燃えたように傷んだ服をつまむ。

父に血を抜かれ、自分の生き血を飲まされて、殺された人。わたしがわたしでないなら、あなたは誰?

ふつうの子供たちが怖い童話を読んでもらって、魔女の森や、怪物の住む洞窟のなかにその姿を思い浮かべるような、時の流れで朽ち果てたミイラの隣りに、わたしは兄のラグマットにくるまって座りこむ。

ありえない。

わたしは自分の考えに震えている。それを打ち消そうとする。心の底のすさまじい痛みは、声にならない悲鳴に変わる。頭のなかで絶叫する。ふと、スタッグナイフで手首を切ろうかと思う。自分を保つために。狂気を証明する理性を保つために。でも——

理性。思考の言葉。それこそが最高の切れ味のナイフだ。だからわたしは皮膚を切りつける必要はない。リストカット？　無意味だ。

心を切り裂かなくては、この家から出られない。

もっと考えろ。

ここは父の家だ。

死んだ家だ。

この家には、複数の現実が入り乱れている。

胃から熱い固まりがこみ上げてきて、わたしは前かがみになり、うめく。そんな自分の姿を、どこか遠くから哀しみをこめて見つめている自分がいる。

暗い地下でミイラの横に座って吐く。それだけでも、ふつうの人にとってはじゅうぶんな恐怖だ。けれども、わたしにとってはただの入口。怖いのは、これから。

投資家のための殺人人類学

ある男による殺人映像の上映とその講義

………ゴオォウン――ゴオォウン………


この夜も、また――

ホテルの貸会議室の空調が――

わたしの神経を逆なでする。しつこく。いつまでも。いったい、これは。わたしの神経が作りだした音なのか。

わたしはこの場所に来るのが、いつのまにか、とても苦痛になっていて――

それでも、わたしは。

わたしは自分の仕事をこなす。国家からあずかった仕事を。

このホテルの三十四階で。港区。芝。

貸会議室までの道のりを、セキュリティでがんじがらめにして。

そこを通過して、投資家たちがやってくる。

わたしの仕事は、彼らに、現実に起きた殺人の映像を見せることだ。われわれだけが所持する映像を。

それから、わたしは講義をはじめる。殺人の謎《アエニグマ》について。

だが、誰も聞く者はいない。

わたしは今夜、明かりを落とさない。明るい室内のまま、モニタのスイッチを入れる。暗転という儀式など、もう飽きあきだ。

暗かろうが、明るかろうが、彼らは、殺人が見られればそれでいいのだ。

さらにわたしは、音楽をかけた。これも前例がない。しかし明かりと同じで、やはり映像には関係がない。音が鳴ろうが、鳴るまいが、彼らに提供する映像は、どれも無音にしてあるのだから。

わたしは、音楽を――

カザルスの奏でる――バッハの「アリア」を――

思った通りだ。明かりを消せ、とは誰も言わない。音楽を止めろ、とも。かわりに投資家の一人が、わたしに訊く。

――その顔はどうしたんです？――絆創膏《ばんそうこう》とガーゼは？――

だが、わたしにたいする彼らの関心は、長つづきしない。

好奇と、恍惚《こうこつ》の光が、彼らの表情の上にちらついた。

画面のなかで、殺人がはじまる。

東京都大田区東雪谷のマンションで、それは起きた。

監視カメラの映像は、上からすべてを見守っている。現場であるマンションの一室の、天井に仕掛けられている。

犯人は十代の少年だ。はっきりと映っている。

アウトドアブランドのTシャツが。

刃渡り二〇センチ、炭化チタンの柳刃《やなぎば》包丁が。

被害者一家の祖母が閉め忘れたドアから部屋に侵入すると、少年はまず一家の母親を刺す。

つぎに祖母を。

また母親の方に戻って、さらに刺して。

最後に、泣いている幼い娘の髪をつかみ、彼女にも何度も刃を振り下ろして。

Tシャツに返り血を浴びて。

この映像は、何なのか。

どのようにして撮影が可能になり、こうして存在しているのか。

そんな問いを発する者は、もはやこの場にはいない。

日時や場所は伏せられているが、わずか二日前の映像だ。

これはいかに投資への利益還元とはいえ、部外者に見せるには新しすぎる資料だ。

でもわたしは、あえて危険を冒して、この資料を選んだ。

投資家たちが映像に息を呑んでいる現時点で、警視庁は犯人を特定できていない。むろん、一般市民に関しては言うまでもない。

そして、犯人の少年は、こうして撮られていたことを、まったく知らない。

強烈な。

凄惨な。

鮮明な。

わたしは映像を見ない。もう何度も見たのだ。

モニタに背を向けて、わたしはチェロの調べを聴きながら、会議室の壁に飾られた絵を眺めている。

ルーベンスの描いた「聖チェチーリア」の精緻な複製画を。

チェチーリア――ふっくらとした肉づきの、バロック的な美しさをたたえた彼女は、濃緑のドレスに身を包み、彫刻のほどこされた木製のオルガンを一人で弾いている。彼女の周りを、幼な子の姿をした天使たちが、喜びにあふれて取り囲む。

至福に満ちたチェチーリアのまなざしは、天へと向けられているが、その焦点は定まっていない。意図的に、そう描かれている。

チェチーリアの瞳には、どんな光も映らないのだ。ゆえに彼女は、目が見えないすべて人々の守護聖人として、広くカトリックで信仰されている。ローマ帝国の貴族だった彼女は、固い信仰のために、斬首され、殉教した。

わたしはモニタに目を戻す。

——けっして大柄ではない少年の獰猛《どうもう》さ——

——柳刃包丁を追いかけて舞い上がる血の曲線——

わたしの目は、また壁の絵に移る。

「聖チェチーリア」は、多くの画家に描かれた。だから、ルーベンスの作品はまぎれもなく傑作だが、それが最高だとは、わたしには言いがたい。

わたしの知るかぎり、もっともすばらしいのは、マックス・エルンストの描いたチェチーリアだ。

そこでは、彼女は荒野の廃墟のような場所に腰を下ろし、やはりオルガンを演奏している。

ただし、そのオルガンは実在しない。

彼女の指が、宙に伸びているだけだ。

そして、彼女の腕とつまさきをのぞく全身が、壁に覆われている。くまなく。甲羅のように。

それでも、彼女には、この世界がはっきりと見えているように、わたしには感じられてしかたがない。

彼女の目は、彼女の肉体そのものだ。

エルンストのチェチーリアは、ルーベンスのチェチーリアよりもずっと深い闇のなかにいて、だからこそ、彼女の研ぎ澄まされた感覚が、見る者に強く伝わってくる。強く。強く。

——少年が肩で息をして立ち上がる。

リビングの鏡に映った自分の姿に驚き、鏡に刃を突き立てると、鏡が割れた。

その一分後、少年は殺した母親の私物であるカレッジトレーナーを着て、Tシャツの返り血を隠し、画面から消える。
あとには三つの死体、血の海、左上に映る〈Ｃａ↓Ａｂ〉のロゴだけが残った。
わたしは黙っている。
投資家たちも黙っている。
わたしが、延々とリピートされた音楽を止めると、彼らのうちの一人がこう訊く。
——今日は、講義はないんですか？
わたしは、用意しておいた分厚いファイルを開く。
窓の外を見る。
夜だ。
航空障害灯の赤い明滅。
雲。
月。
そして、わたしは音を立ててファイルを閉じる。
わたしはこう言う。
「講義？　そんなものはありませんよ」
………ゴオォゥン——ゴオォゥン………

III　バウンダリーキラー

27　よそ行き

地下の物置でミイラに寄りそって、わたしは耳を澄ましている。疲れて何度も閉じかけた目が、しっかりと開いている。一階から聞き憶えのある響きが、暗闇を伝わってきたからだ。

玄関のドアの開く音。

父の目に、わたしの部屋に灯っている明かりは映っただろうか。映らないはずはない。耳を澄ます。自分の吐息が聞こえる。心臓の音。父が階段を踏みしめて、遠ざかっていく。

埃やカビの混ざった暗闇に溶けこんでいるわたしは、腕時計のライトをつける。

午前六時だ。感心するべきなのか、それともあきれた方がいいの？　七十二時間がたっている。結果だけ見れば父は約束を守り、わたしも同じ時刻にここにいる。

父が上に行ったあと、誰もいない一階で、わたしはコーヒーをいれる。

二人ぶん。

ウッドトレイにカップを並べて、動きやすいようにスニーカーを履いたままの土足で、階段を静かに上っていく。二階には誰もいない。三階をめざす。父の書斎へ。

スタッグナイフは、ベストの裾で見えない位置のベルトに差してある。廊下を歩く。足音を忍ばせて、父に近づく。けれども、ドアを蹴破るようないきおいで奇襲するつもりはない。そんなに激しく動いたら、せっかくのコーヒーがこぼれるから。

「おかえり」とわたしは言う。「コーヒーいれたけど」

ただいま、と口にしなかったのは、父への皮肉だ。

そっと開いたドアのあいだから、机に座っている父と目が合う。外から戻ったばかりで、まだ上着も脱いでいない。後退した髪。愛用《トムフォード》の眼鏡。ローヤルサルートの瓶で殴られた頰に絆創膏を貼っているほかは、いつもと変わりがない。そして家出をした娘が三日ぶりに帰ったのに、何の表情もない。驚きも。歓迎も。警戒も。

父の机にウッドトレイを置いたとき、わたしは違和感に気づく。

着ているシャツがいつもより高価だ。サイズもぴったりで、生地にきれいな光沢がある。

「よそ行きのおしゃれだね」わたしはまた父に皮肉を言いながら、頭のなかで考える。どこに行っていたのか。デートか。それとも狩りか。

「事情があるのはおたがいさまだ」と父はわたしの足元を見る。「おまえだって、家のなかでスニーカーを履くのはわけがあるんだろう」

わたしは答えずにコーヒーをすすめる。「冷めちゃうよ」

座っている父がわたしをちらと見上げる。それからカップに手を伸ばす。

把手に指をかけた父の手首に、わたしはスタッグナイフを押し当てる。たやすく動脈を切り開ける位置にだ。コーヒーは冷めていく。

「反抗期にしては」父は平然と刃先を見ている。「やりすぎだな」

「人殺しの父親をナイフで脅すのはね」とわたしは言う。「反抗じゃなくって、正義っていうのよ。もっとも、わたしがまともな場合にかぎるけど」

「……正義、か……」

訊きだすことは山ほどある。どこからはじめればいいのか。「七十二時間じっとしているって言ったのはそっちだよ。どこに行っていたの?」

「心は、ずっとここにいたよ」

安っぽいドラマのような父の台詞《せりふ》に、わたしはあきれて苦笑しそうになる。何もかもが異様な状況にすっぽりと包まれて、それに慣れかけている。

父が表情筋を笑みの形にやわらげる。

本当に笑っているのかはわからない。ポーカーのブラフだ。わたしもわずかな微笑みを返す。油断はしない。

書斎の東向きの窓から、青色と灰色の混ざったくすんだ光が床へと染みだして、色合いがどんどん明るくなる。セミの鳴き声がいくつもかさなっていく。ごみ収集トラックのエンジン。合図を受けて停まったり、動いたりをくり返している。

この朝がすべてだ。何日もかけて、この父親と語り合うなんて危険は冒せない。この朝で、謎をすべて訊きだす。それで終わりにする。これからどうするかはきめていない。たしかなのは、これだけだ。わたしがこの家に「ただいま」を言う日は、二度と来ない。

それにしてもなんて奇妙な親子のゲームなんだろう。カップの把手に伸びて固まった父の右手。その手首にわたしはスタッグナイフを添えている。自然なしぐさで。看護師が患者の脈を計っているような。ゆったりした長袖シャツにるり色のカフスボタンが光っている。昔、誕生日にあげたラピス・ラズリの石が思い浮かぶ。

何から訊く――この父に。何から。住民票。十三年前。相模原。新聞。児童ポルノ。匿名組合。殺人予告。パン切り包丁。そして父は誰か。どれも大事だ。わたしにとって避けることはできない、どんな手を使っても訊きださなくてはならないもの。それなのに。

それなのに、まだわたしは逃げている。できるなら耳にしたくない、口にもしたくない。まるで神さまにでもすがるように願っている。あのことから。そしてあのことを、父がわたしの口から言わせようと考えたことは、きっと正しいのだ。なぜなら。わたしは。人から言われても絶対に信じなかったから。今でも。ほら、父の方から訊いてくる――

「見つかったのか。母親と兄は」

眼鏡の左右のレンズに、二人のわたしが映っている。二つの鏡の国に迷いこんで、おたがいの声が聞こえないまま閉じこめられている。鏡の檻《おり》に。父の檻に。

わたしはゆっくりと息を吐く。頭ががんがんする。動悸も収まらない。わたしはこれから自殺しようとしている。父の望んだ通りの、ダムナティオ・メモリアエで。いっさいの記憶を破壊しようとしている。もうわかっていることなんだ。そしてわたしは一度死ななければ、自分に何が起きているのか、永久にわからない。

「見つかったよ」とわたしは言う。この絶望と怒りをどこにぶつければいいのかと思いながら。

「お母さんも、お兄ちゃんも」——

殺してやる。父の顔を見ながら思っている。これが済んだら、切り裂いて殺してやるんだ。

28話

証拠はなく、証言もない。

あるのはただ、そうでなければ説明がつかないという、わたしの理性だけだ。それはまるで犯行声明みたいなものだ。だって、狂気のなかの理性なのだから。

わたしは、父に向かって話す。

うめきながら。震えて。青ざめて。見えない嘔吐物を吐きつづけるような苦しみとともに。自分の胸を突き刺して心臓をえぐる気分がする。勇気を通りこした狂気。父と、自分自身への。

「いないのね」とうとうわたしは、その言葉を口にする。わたしは死へ足を踏みいれる。「市野杞夕花も、市野浄武も、わたしの家族だった人殺しの二人は、どこにも存在しない」

東伏見公園で犬の影を見て、ひどい頭痛に襲われた夜、もう何かがはじまっている。兄が殺される。犯人はどこにもいない。死体もない。血はあんなに広がっているのに、家中を薬品で調べても血液反応がない。それは、兄がいないからだ。

母親が突然に姿を消す。どこに行ったのかわからない。電話もつながらない。通っているフィットネスジムの名前さえ調べられない。それは、母がいないからだ。

殺しの〈専用部屋〉などない。あのドアの向こうにのぞいた、本物にしか見えない大量の血、咬みつかれ、殴られ、刺され、切り裂かれて死んでいった犠牲者など、この家にはいない。

兄が引きこもりの理由、母がけっして授業参観にやってこない理由、それは二人の存在を他人と共有できないことを、心の奥底でわたしが知っていたからだ。ただし、たった一人、市野桐清――父だけをのぞいて。

わたしの幻覚。わたしの異常性。

今でも信じられない。でも、だからこそ信じられる。現実に生きていて、いっしょに生活している父が、どこまでもつき合ってくれたからこそ、わたしは正気と狂気のバランスを保ち、個体として錯乱せずに生きてこれたんだ。そしてこうも言える。それは愛情などではなく、計り知れないほど悪意に満ちた意志で、娘を殺人鬼にまで追いこんだ氷のように冷たい寛容さなんだ、と。

なぜ言わなかったの？　母はいない、と。兄はいない、と。「げふあっ」というとんでもない声で鳴く犬は、近所ではなくて、おまえの過去のなかにしかいない、と。それは殺される犬の断末魔の声なのだ、と。

それでも父はだまっている。幻覚が、幽霊が、悪鬼が、殺人への願望が、娘の肉を内側から食らいつくすのをじっと見守っている。そしてある日、何の説明もなく監視カメラの映像を見せる。わたしがレンズに気づくように仕向けて。

映像は、強烈な一撃だ。世界で一人だけ、わたしの幻覚を受け入れてくれた父から、すべてを否定する光景を見せられる。そこに母はいない。兄もいない。わたしは見る。現実を。

けれども、わたしはそれを証拠とは呼ばない。父は信用に価する人物じゃないからだ。もしかしたら映像は加工されているかもしれない。調べてみれば、二人の人間の移動する空間を、巧妙に再構成しているかもしれない。疑いは晴れない。それなのにわたしがその映像を受け入れるのは、どう考えても、父が苦労して映像を加工するという考えが、もうひとつの考えに及ばないからだ。もうひとつの考え。それは。

わたしは——狂っている。

「いないのね」自分の声が涙に震えている。

いつのまにか、手首を父の指ににぎられている。その指が、震えるわたしの手からスタッグナイフを引きはがす。わたしは抵抗しない。嵐のような殺意が、憎悪の波が引いていく。もうどうでもよくなってしまう。死のうと生きようと、わたしの知っている世界はなくなってしまった。

「よく言った」父は——市野桐清はうなずく。この男は、誰？

知っている世界はない。ただ現実だけがある。

ただ現実だけ。

Q、J、K、J、Q。

庭ごと押し流されるような大雨の夜、市野桐清はピザを取り寄せて、わたしにポーカーをやろうと持ちかける。そして意図したカードを配る。二回つづけて、同じカードを、同じ順番に。

母《クイーン》、兄《ジャック》、父《キング》、兄《ジャック》、母《クイーン》。

その並びは、ほとんどすべてをわたしに伝えている。本当の母がいて、本当の兄がいて、その二人が父を挟んで、鏡に映った像のように逆さまになり、わたしの目に見えている。しかもその役はアイダホ州の標語であるラテン語、〈汝、永遠なれ《エストー・ペルペトゥア》〉だという嘘まで吹きこまれている。

ようするに、こういうことだ。市野桐清は何もかも知っている。はじめから。ずっと。

「お兄ちゃんが犬だったのは、意外すぎたけどね」涙をこぼしながらわたしは言う。「兄みたいに慕っていたドーベルマン……だなんて。この家にいたはずの市野杞夕花も、市野浄武も、二人ともファミレスのメニューのなかにいたよ。アイダホ州章のなかにね。それできっと、市野杞夕花は糸山久美果さんで、市野浄武は久美果さんの飼っていたドーベルマンのジョブレスなんだよ。全然、わけがわかんないよね。でもわたしは憶えているし、それに、あれこれ言わなくっても、あなたは全部承知済みなわけでしょ」

得体の知れない男がそこにいる。

本名も、仕事も、わからない。

もしかしたら住宅販売の職についているのかもしれない。仮にその男を父と呼んでみる。

自由になった右手で冷めたコーヒーを飲む父を、わたしは涙でにじむ目でにらみつける。「気分はどう？『わたしは狂っている』と目の前で娘が告白するのを聞くのは？　これで満足？」

「おまえは、自分の狂気を告白したのではない」父はカップを机に戻す。「おまえは俺に話しているんだ。自分のことをね」

「……自分のことを……話している？」

「話している？」

「昔、あるとてもすぐれた精神分析家がいた。ラカンというフランス人だ」

「……精神分析家……？」

「彼の元には、常識外の幻想を抱えた患者が、ひっきりなしに訪れてくる。彼は、患者たちと言葉を交わしながら、治療を進める。日常に戻ってこられるように。問題なのは、治療の終わりだ。いったい、どこで治療を終えればいいと思う？　おまえならどうする？」

わたしは答えない。

「たとえ患者が、『僕はもう幻想は見ていません』と話しても、それは嘘かもしれない。家族や友人に心配されるので、口先で言っているだけの可能性もある。では、どうやって終わりを見きわめるのか。嘘発見器にかけるのか？」自分で言って、父は苦笑する。「そんなことはできない。だから、ラカンは、わかりやすく言うと、こんなふうに考えたのだ。

――治療に来られた患者のあなたは、はじめは、わたし《分析家》に向かって話さずに、自分について話すでしょう。まるで目の前にいるわたしが、まったく見えていないかのように。あるいは、自分についてまるで話さずに、わたしに向かって話すでしょう。まるで架空のキャラクターになりきったかのように。でも、あなたが、わたしに向かって自分について話す日がくれば、分析は終わります――これが彼の言う〈幻想の突き抜け〉だよ。おまえは、まさにそれをやり遂げたのさ」

……精神分析……？……

……幻想の突き抜け……？……

冷めたコーヒーを飲んでいる父に、わたしは言う。「あなたはわたしの精神分析医で、わたしは患者だと言いたいの？」

眼鏡にわたしが映っている。

「よく似たところもあるが、事実はかなりちがう」

「じゃあ何」

わたしをまっすぐに見すえて、父は言う。「これからおまえが帰っていく世界、たしかな現実、それがおまえにとって喜ぶべきものかどうかは、俺には判断できない。いや、少なくとも美しいものではないだろう。この世界は、おまえにとって温かくもなければ、やさしくもない。とてつもなく残忍で冷酷だ。凍える風の冷たさは、想像を絶している。そこで見る夢も、もたらされる法も、おまえを守ってはくれないだろう。だが少なくとも、そこには血の温度がある。それだけは保証されている。問題は、この血の温もりを生きるか、そうでないか、ただその選択のみだ」

「自分が狂っていることを受け入れて生きろって言うの」

「そうではない。わかっているはずだ。おまえが自分で言葉にするのが重要だったんだ。『わたしは狂っている』と。そのときになってはじめて狂気が目の前に現われ、おまえは現実に帰ってくる。俺からそう言ったところで信じたか？」

信じない。わかってはいるの。

「定期的に通院しろと言われて通院したか？」

しない。むしろ大暴れして医者を殺したかも。そう。わかってはいるの。でも、こんなことが。

「心が病んでいるから幻を見た」と父は言う。「おまえにとって、この傷はそんなに簡単に片づけられるものではない。もしおまえが真実にもっと近づきたいなら、俺は湿った科学者の役割をしばし引き受けよう」

「湿った科学者?」

「脳の研究者は自分たちをそう呼ぶのさ。脳という本物の湿った器官に触れるからだ、とね。逆に乾いた科学者とは、彼らにとっては精神分析医なんかのことだ。いわく、脳を無視して理論だけを語るからだ。学者のもめごとは、まあいい。ようするに、これからするのは、脳の話さ」

父は机の上で何かを捜している。やがて、わたしを見つめてこう言う。「研《と》いだ鉛筆が一本もないな」

そのはずだ。わたしが父に武器として使われる前に、残らず片づけたから。

29　上昇と下降

削り器で新たにとがらせた鉛筆で、父は製図用のドローイングペーパーにものすごい速さで建物を描く。本当に住宅販売員かもしれない、そう思わせる手つきで。

直線にも、影にも、遠近にも迷いがない。その絵は父の頭に入っている。そして、またたく間にでき上がっていく絵を、わたしもどこかで見たことがある。

建物の俯瞰《ふかん》図だ。屋上を一周する階段。頭巾《ずきん》をかぶった蟻《あり》のような修道士の群れが、その階段を移動している。ある者は上へ。ある者は下へ。正確な遠近法で描かれた建築物、それなのに、どこかおかしい。不可能なところがある。

そうだ。一周する階段はどこまでも上りで、反対に見ればどこまでも下りだ。頂点がなく、無限につづいている。あり得ない図形……目の錯覚だ、これは。

……オランダの画家、エッシャーの階段……

それを、数分もかからずにドローイングで再現してみせて、父はわたしにその絵を手渡そうとする。「〈上昇と下降《アセンディング・アンド・ディセンディング》〉」と父は言う。「あまりにも有名な、錯視《さくし》のアートだ」

わたしは、その絵を受け取らない。これ以上、講義なんて聞きたくもない。だいたい、なぜ父は、こんなに落ち着いていられるのか？　わたしは怖さすら感じる。この人は、もしかしてわたしよりも、ずっとひどく壊れているとしたら？　二人とも狂っていて――

「何が……言いたいの……」

父は、答えるかわりに、描いたエッシャーの階段を指でたどる。「ずっと上りで、ずっと下りで……これが永遠につづく。なぜ、こんなことが起きるのか？　もちろん、錯視という脳のはたらきがあるからだ。この階段は、一見それらしく映る。直線はまっすぐで、壁も、柱も、手すりも、ゆがんでいない。建物は、最近の手抜き工事の物件よりも、よっぽどしっかり建っている。つまり、理に適《かな》っている。

この建物におかしいところはないと、脳は判断する。それぞれの部分が正しければ、全体も問題ないはずだ、と。じつは三次元としては不可能であるのにもかかわらず。こんなことが、脳ではあらゆる瞬間に起きているのさ。

ある男が、砂漠に行った。男はこう思う。『ここには砂しかない』、と。しかし本当に、砂だけが、どこまでもつづいていたのか？　草の一本もないのか。あるいは、コンクリートがかすかにのぞく場所もなかったのか。

男はすべてを見たわけではない。そして、それでよい。広大な砂漠を認識するのに、砂の一粒一粒をとらえることなど、われわれの脳はやらない。だいたいで済ませる。それが、脳の処理能力だ。

適当にしか見ていないのに、目の前に、あたかもはてしない砂の丘が広がっているように知覚する。充塡《フィリングイン》と呼ばれる脳のはたらきで」

わたしはその言葉をはじめて耳にする。……充塡《フィリングイン》……

「見えない部分、欠けた、空白の場所は、脳の判断で本人の意志と関係なく、自動的におぎなわれる。そこにあるだろうとおぼしき要素でね。砂漠の砂。草原の緑。高層ビルの窓。雑踏の人。エッシャーの階段。

今では、脳のはたらきは徹底的に分析され、研究者たちはすでに〈視界〉という言い方さえしない。なぜなら目に見えたものは、見えていると思いこんでいるものにすぎず、脳が作りだした新たな事象だからだ」

「わたしの脳は異常だって言いたいの？」

「俺は脳の異常ではなく、脳の機能について話している。この話をしなければ、おまえが見た幻の家族の説明がつかない。この脳の機能に、フロイトの探り当てた無意識の防衛機制、見たくないものを心の奥底に閉じこめて忘却する——抑圧というはたらきを加えなくてはな」

……見たくないものを、心の奥底に閉じこめて……

あれは……十三年前の夏だ。

「おまえは憶えているんだろう」

軒下に風鈴が吊ってある。蒸し暑くて、風の強い日。風鈴が大きくゆれる。

「忘れたのは、生きていられないほど衝撃が強かったからだ」

りん。

「記憶にも残らないレベルまで隠し、なかったことにしてしまう。それでも、それはある。〈抑圧〉されたものとして」

わたしは。どうやって生きてきたのか。わたしのやったことは。

「なかったことにした場所には、空白が生まれる。すると今度は、その空白を、埋めなくてはならない。なぜなら、記憶に空白があるということ自体が、何かを忘れた証拠になっているからだ。破れた日記のページを見れば、破った日のことを人間は思いだしてしまう。

忘れたことさえも、忘れたい。ちぎったページに新しいページを足す。充塡《フィリングイン》のはたらきで。

おまえの無意識は、記憶の空白に新たな現実が生みだす。失った現実を元に、動いているかのように見え、生きているかのように見え、殺しているかのように見える、理想の家族を。殺される側が、殺す側に、巧妙に書き換えられて、おまえの心を満たす。

だが、見たいものを見せてくれるほど、脳は便利な装置ではない。錯視には条件がある。さっきも言ったように――」

それらしく見えることだ。わたしの目に、しだいに真実が見えてくる。

部分が、物理的に正しいこと。現実に存在していること。まったくのフィクションでは、だめなんだ。だからこそ、わたしの無意識は、すすんで別の現実を取り入れる。それを切り貼りする。頭のなかにのりづけ《コラージュ》を作る。シャフト、つるはし、シャベル、天秤、スタッグナイフ。狂気であり、凶器であるこの道具たち。それは、わたしがうばったのだ。アイダホ州章の図柄から。

たまたま目にしたエンブレムから。猟犬のように素材を捜していたわたしの無意識と、あの絵の偶然の出会いから。

　西東京市で育つ少女が、アイダホ州章を目にする機会のある場所はどこ？　子供の頃から通った、ご近所ファミレスの〈アイダホ〉以外にない。それを思いださせるために、あの雨の夜、父はポーカーで、わたしの無意識に刻まれているはずの州の標語を、家族の真実と同時にほのめかしたのだ。——ESTO《汝、》 PERPETUA《永遠なれ》——

「無意識の抑圧と、知覚が連動して生まれた、運動性、それがおまえに起きたことだ。知覚は動きをとらえ、おまえを保護し、願望を充足させる。そして抑圧がかかっているからこそ、現実のフラッシュバックがときおり起こり、その最大値の衝撃で、錯視は消える。どこかにトリガーがあったはずだ。たとえば、公園で犬を、あるいはドーベルマンそのものを、じっと見ているといったような経験が。——そういうことが、最初の合図になり得る。戻ってくる記憶がまだ不確かなあいだは、抑圧と、充塡《フィリングイン》と、フラッシュバックが、三つどもえでせめぎ合っている。そしておまえは、存在しない兄がむごたらしく殺されるという光景を見て、ゆがんだ過去を追体験してしまう」

　兄。わたしにとって人間の兄同然だった犬は、新たな現実のなかで鋭い牙で相手に咬みつく。その充塡《フィリングイン》にも条件が必要だ。無意識は求める。それはリアルなのか？　と。そのためにわたしは、兄の凶器に、アイダホ州章にはない鋼のマウスピースをさらに加える。それでようやく、鋭い歯はリアリティを得て、脳に充塡《フィリングイン》される。

「惨殺された兄のヴィジョンの衝撃によって、ふたたび〈抑圧〉がはたらき、見たくない母親の死は描かれることなく、姿だけが静かに消えた」と父は言う。

QJと、JQ。鏡映しの母と兄。

母。〈くみか〉は〈きゆか〉に。

兄。〈じょぶれす〉は〈じょうぶ〉に。

わたしがこの家で暮らした母と兄は、現実と現実がのりづけ《コラージュ》されて新しく作られた、おぞましくて、なつかしくて、それでいて愛すべき本当の家族だったんだ。二人はずっとここにいた。触れられなくても、抱きしめられなくても。

そしてK。父。〈きりあき〉は〈きりきよ〉に――

でもこの父は脳の充塡《フィリングイン》じゃなく、生きて実在する――

「……何もかもわかっていたの？」とわたしは言う。「いつかこうなるって」

父は首を振る。「〈幻想の突き抜け〉がどのように起こるのかは、誰一人として知らない。おまえが『変な犬の鳴き声が聞こえる』と言いださなければ、思いもしなかった。そして市野浄武が殺された夜に、俺はある可能性に賭けてみることにしたんだよ」

「賭けてみるって、何を？」

父は答えない。

こんなに長く父と話をしているのは、はじめてだ。でもわたしにとっては、脳や精神分析の知識なんかどうでもいい。重要なのは、わたしが十三年前に家族を殺されて、そのあとであのファミレスに出かけ、自分の望む幻想を作り、そこに逃げこんだ現実だ。

だけどこの幻想のなかで、わたしの父はどこにいるのだろう。本当の父は？　いっさいの充塡《フィリングイン》もなく、のりづけ《コラージュ》もなく、今目の前にいる父が、現実そのままなのだろうか。それはおかしい。これがわたしの父なら、名前は〈きりあき〉――〈糸山霧彰〉でよかったはずだ。一枚だけのカードのK《父》の意味は――

夏の闇の奥から、母と犬が殺されるのを見ている四歳の少女。忘れたつもりでも、わたしは憶えている。二〇〇三年。憶えているからこそ、その年に出たアルバムを、『ザ・ゴールデン・エイジ・オブ・グロテスク』を、ずっと大きくなってから買ったりする。

少女の声にならない悲鳴を、わたしは聞く。

謎は、まだある。

30　アカデミー

兄がわたしに教えてくれたのは、パン切り包丁だ。

その刃物がわたしと兄を結んでいる。母とのあいだも。それは同時に、わたしたちのあいだを断った刃。何よりも、わたしが自分自身とのつながりを断った刃。

神奈川県相模原市南区南台一丁目。

わたしは憶えている。国道。狭い路地。米軍住宅地。その町で糸山久美果という母親と、飼い犬が、パン切り包丁で殺されている。父親の糸山霧彰と四歳の娘は行方不明で、娘の名前は被害者特定事項で公表されていない。

「十三年前、わたしは相模原にいたの」とわたしは言う。「あなたが、お母さんを殺した?」

父は――市野桐清は答えない。

「ドーベルマンのジョブレスを殺した?」

答えない。

「お父さんを殺した?」

返事はない。

「十三年前、あなたはそこにいた?」

市野桐清は黙っている。わたしの映る眼鏡のレンズの奥から、じっとこっちを見つめている。

無表情の顔から、やがて低い声がもれてくる。

市野桐清はこう言う。「バイバイを読んだか?」

バイバイ――『日本住宅売買新報』。もちろん読んだ。あの業界紙に書かれていたのは。

家出をした日曜日に、大田区東雪谷のマンションで母親と娘と祖母が刺殺されたニュースをネットカフェで見た。犯人は不明。紙面の「今週の不動産情報」にはこうあった。

大田区東雪谷　売却済　問い合わせ先　CAプランニング

翌々日の火曜日には、二つの事件が報じられていた。
板橋区四葉の連続殺傷事件――オランダ製の植木ばさみで、男性が殺され、女性が左耳切断の重傷。犯人逮捕。そして豊島区西池袋の路上で、矢を装塡したボウガンを持ってうろつくブラジル国籍の人物が銃刀法違反で逮捕。それぞれ「今週の不動産情報」には。

板橋区四葉　売却済　問い合わせ先　ＣＡプランニング
豊島区西池袋　相談　問い合わせ先　ＣＡプランニング

「あれは殺害予告新聞なの？」とわたしは言う。「それとも、あれもわたしの脳内の幻で、ＣＡプランニングも、匿名組合っていう編集部の答えも、都合よく充塡《フィリングイン》された錯視の世界だとでも言うの？」

「匿名組合《TK》までよく調べたな」市野桐清はネクタイをゆるめる。「それが、この〈話〉の隠された謎《アエニグマ》だ」

「……アエニグマ？」

「謎という意味だよ。その中身である〈話〉がここへやってくるためには、おまえが〈幻想の突き抜け〉を成し遂げることが十分条件だった。でなくては俺が話したところで、〈話〉が通じないからな」

「答えてよ」わたしは机に置かれたスタッグナイフを取り返しもせず、立ちつくしている。「あの新聞は何なの」

——得体の知れない恐ろしいものがここにやってくる。ふいに、わたしはそう感じる。考えもしなかったものが。ここで何が起きているのかを知るために、まずわたしが幻から醒めなくてはいけなかった。殺人一家、それほどグロテスクな世界を描いてまで、わたしが知りたくなかったものとは。

そして市野桐清は、わたしに向かって、とてつもない狂気を語りはじめる。

アカデミー。

気象を観測するように。天体を観測するように、殺人もまた、法治国家のなかで観測され、監視され、研究される。まぎれもない税金を投じて。つまり公的機関の手によって、と。

「何の話？」

見えない嵐が、窓を叩いている。わたしの手足は凍りつき、それでいて額からはべっとりした汗が吹きだす。胸の奥で心臓がセキュリティの警報アラームのように鳴っている。

「だから、われわれの社会には殺人アカデミーが存在すると言っている」

「殺人アカデミー？」

「文字通りの、〈人殺しを研究する機関〉のことだ。それは、血のにおいに取りつかれたネットユーザーの非合法サークルでもなければ、オカルトめいた秘密結社でもない。れっきとした公的機関としてアカデミーが存在する。触れることもできないし、見ることもできないが、その機能は、つねに社会とともにある」

「……何を……」

「アカデミーは日本独自のものではない。およそ近代国家を名乗る領土空間は、それぞれがアカデミーを保有し、最先端のアメリカ合衆国を中心に研究成果の交換をおこなったりもする」

「そんな作り話をして、どういうつもりなの」

市野桐清は、エッシャーの無限階段を描いたドローイングペーパーを引き寄せる。余白にサインをするように鉛筆を走らせてから、わたしに差しだす。

Ｃａ↓Ａｂ

そこには、そう書かれている。

Ｃａ？　あの新聞で見たアルファベットだ。ＣＡプランニング……

市野桐清は話す。「組織内で勤務する職員は、自分たちを〈人殺しを研究する機関〉や〈殺人アカデミー〉とは呼ばない。たんにアカデミーと呼ぶ。正式には、国際的な略号である〈Ｃａ↓Ａｂ〉という文字を用いる。フロム・カイン・トゥ・アベル。これは日本語発音だな。フロム・ケイン・トゥ・エイブルが国際的だ——どちらでもいいがね。いずれにしろ、意味は同じだ」

……カイン《Cain》からアベル《Abel》…？……

『旧約聖書』に出てくる兄弟、カインとアベルのこと？　わたしは考える。アダムとイヴの息子。その兄が弟を殺した。世界でもっとも有名な殺人の話。知らない人なんているだろうか？　これに並ぶのはキリストとかケネディくらいしかない。

「〈Ｃａ↓Ａｂ〉の歴史の起源は、ヨーロッパにある。発生時期はさだかではない。十六世紀という意見もあれば、ずっと遅れて十八世紀という見方もある。かつては〈プラエッセ《praeesse》〉と呼ばれていたことはわかっている。ラテン語で〈すでにあるもの〉という意味だよ。英語の〈そこにいる《presence》〉の語源だ。これは、旧約聖書を書いた者を指している。カインがアベルを殺したとき、それを見ていた者。そこに、その場に、すでにあるもの」

「嘘よ」とわたしは言う。「なぜそんな嘘をつく必要があるの」

「いいから聞け」と市野桐清は言う。「俺を憎むのもいい。嘘つき呼ばわりもかまわない。ただひとつ、この〈話〉の道筋は見失うな。おまえには聞く権利がある」

「聞く権利？」

「正当な物理的暴力行使の独占を要求する共同体」市野桐清はわたしにかまわずに話しつづける。「それは何のことか？　国家のことだ。ドイツの社会学者マックス・ウェーバーの言葉だ」

「意味がわからない」

「簡単な話だよ。武力行使が許されるのは、国の仕事に就いている人間だけなのさ。警察官、機動隊、自衛隊、特殊部隊――」

「アメリカ人は、市民も銃を持っているじゃない」

「その通りだな。身を守る火器を携行している。だが、たとえばその市民たちが何百と集まり、ある重罪の逃亡犯をスーパーマーケットに追いつめ、一斉射撃で処刑しようと考えたらどうだ？もし実行すれば、正義に燃える彼ら自身が、到着したＳＷＡＴに強制排除されてしまうだろう。つまり、そんなことは許されない。同じ理由で、市民が武装して、別の国と戦争をはじめるなんてこともできない」

「……それはわかるけど……」

「大金持ちの不動産王がいたとして、たとえば彼が自分で買った戦車に乗りこみ、気に入らない他国をみずからの決断で砲撃するなんてことは、あってはならない。それはテロリズムと呼ばれる。もしも彼がアメリカ人であり、正当に戦争を開始したいと望むなら、まずは大統領になることだ」

「ねえ、政治家の話をしてるの？」

「いいや。武力行使の話だよ。武力行使とは、その国のなかで最強の制圧力のことを指すんだ。最強とは、最大限の暴力のことで、それが法治国家の姿だ。ようするに、国家とは、力を独り占めする、〈暴力装置〉なのだ」

「……暴力装置……」

「むろん、国家の内部にいる閣僚や官僚は、そうは言わない。〈Ｃａ↓Ａｂ〉が自分たちを〈殺人アカデミー〉と呼ばないようにだ。では、〈暴力装置〉は、みずからを何と呼ぶのか。こう呼ぶ――〈法執行機関〉、と」

　書斎の机をはさんでわたしは話を聞いている。まるで大学の講義を受けるように。でも、この講義には血なまぐさいにおいがする。

「〈法執行機関〉とは何か？　根源を突きつめて言えば、〈殺人〉を制御するはたらきのことだ。その〈殺人〉には、〈戦争〉までがふくまれ、すべては自国の繁栄を最終目標とした〈人口管理〉にまでつながっていく。いいか？　他国に滅ぼされないためには〈戦争〉に勝つしかない。〈戦争〉に勝つには相手を殺さねばならず、勝つためには国民同士で〈殺人〉し合っていてはだめなのだ。この二つを制することが、国家には不可欠だ。〈戦争〉と〈殺人〉をコントロールする〈暴力装置〉の意志がなくては。シンプルに言えば、〈軍事力〉と〈警察力〉によって、自国が存続するための〈法〉を執行するということだ。

　ここに殺人の二重拘束《ダブルバインド》がある。国家の宿命としての、戦争への意欲、人口管理の意欲。『殺せ』と命じることと、『殺すな』と命じることは、根源において、同じ怪物の舌から発せられたものなのだよ。それは、〈暴力装置〉である〈法執行機関〉のはらわたの奥深くに潜むもので、それゆえに超法規的な……」

そして市野桐清はこう言う。正義、と。

「……いかにして人間を殺すか。いかにして人間が殺されるか。『汝《なんじ》、殺すべし』『汝、殺すなかれ』を同時に深く知りつくす。徹底的に。容赦なく。国家というのは、殺人の二重拘束《ダブルバインド》に陥《おちい》った、まさに無限階段なのだよ。そうでなくては国家が成り立たない。そこから誰も抜けられない。少し注意を払うだけで、そこかしこに透けて見えるだろう？　戦争と人口管理への意欲が……」

国家には窓がない。わたしは書斎でつぶやく父の声を思いだす。窓のない、出口のない、はじまりと終わりもない、無限階段——

だけど。

住民票の閲覧を拒まれた窓口の光景が浮かぶ。

殺人一家とともにスタッグナイフを研いで生きる自分。

母親と愛犬がパン切り包丁で殺されるのを見ていた四歳の少女。

だけど。

わたしは言う。「……そんな大きくて複雑な話が、わたしと何の関係があるの？……」

「おまえの目の前にいる男の仕事の話だ」と市野桐清は答える。「ティーンエイジャーの娘を家に抱えて、住宅販売員としてあくせく歩き回る……お父さんの」

31　アボタバード

朝起きて、顔を洗ってトムフォードの眼鏡をかけ直し、熱心に業界紙を読みながら、買い置きしたコンビニのサラダを食べる。朝食が済むと、建築模型や地図を愛車の三菱ミラージュに持ちこんで出勤する。

ふつうの父親。どこにでもいる人間。

むしろ、人よりつつましいくらいだ。お酒も飲まず、ゴルフもやらない。つき合いもなく、愚《ぐ》痴《ち》ひとつこぼさない。

そんな父の生活は。

存在しない兄が殺されてはわめき、存在しない母が失踪しては混乱する、幻の国に住む、運動性充塡《フィリングイン》の娘を育てる日々。辛抱強く、話し相手になる。カメラで監視しながら――

わたしはこの人について何を知っているだろう？　出勤する車の行き先は？　部下は？　本当の名前は？　そして何よりも、血を抜いて殺したあの殺人の記憶は？

「つまり、あなたは」わたしは父に向かって告げる。「こう言いたいわけ？　自分は国の〈殺人アカデミー〉で仕事をしていて、何かの捜査をしている……」

「われわれは」と市野桐清は言う。「いかなる捜査もしない。逮捕も。起訴も。そうではないんだよ。アカデミーは研究機関であって、捜査機関ではない。われわれはすでにあるもの《プラエッセ》、だ。こういう組織の基盤は、歴史上はじめて、法による緻密な統治――すなわち法治――を成し遂げたローマ帝国で生まれ、発展し、西洋社会に受けつがれた。日本は明治期にドイツに倣ったときに、この考え方を国家に組みこんだ。むろん誰も知らないがね。日本人は明治に何が起きたかをほとんど理解していない。昭和についてもだ。太平洋戦争に敗れてアメリカに占領された昭和二十年代に、帝国陸軍の秘密兵器や、国際法に違反する人体実験のデータを引き渡すのを条件に、何人もの軍人が有罪をまぬがれた話を聞いたことはないか？　そういう取引の根底にも、アカデミーの考え方がある。殺人を分析し、追尾し、観察し、調査する。殺人という大いなる謎《アエニグマ》に立ち会うのが職務であって、捜査はしない」

「立ち会う？」わたしは問いかける。「……見るだけ、そこにいるだけってこと？……」

市野桐清は無表情だ。「人はなぜ、人を殺すのか。そしてそれは、どのようなパターンを形成するのか。これこそが問題だ。『汝、殺すなかれ』という法は、なぜ連中の意識に書きこまれなかったのか。法が、逆効果に──つまり、『やってはならないからこそ、やりたい』という願望にはたらきかけた結果なのか。謎《アエニグマ》は多い。殺人を観察してみないことには。それで最初にローマ法を作った連中が思いついた。文字通り、観察することを。星々の四季の運行を観測するように、殺人を見守ることを。それには鮮度が重要だ。逮捕や、投獄や、裁判をやっている時点では、殺人者の鮮度が落ちすぎているのさ」

……鮮度……わたしの舌に、その言葉からにじむ血の味が広がっていく。闇のなかから、さらにどす黒いものが、しだいに浮かび上がってくる。

「生きた殺人のフィールドワーク。それが〈Ｃａ→Ａｂ〉の成立の背景にある意図だ」

……フィールドワーク……

「フィールドワーク、すなわち実地調査は、もはや法ではない。法の前にあるもので、ローマ帝国では、神の視点とかさねられていた。いかにして殺人を観察するか。いかにして鮮度を保ちつつ殺人者の心理を解読するか。そして、殺人者自身が暴力にさらされた場合、どんな反応を示すのか。殺人を制御するには、まず殺人を知らなくてはならない。たんなるサンプルではなく、量、質ともに完全な、圧倒的なデータを積み上げる。とにかく多くを見ることだ」

「……研究のために殺人をただ見ているだけ……」とわたしは言う。「……でたらめよ。そんなこと考えるやつはいない……」

「ディスカバリーチャンネルを見るといい」父は微笑む。「たとえば、サバンナで、ライオンが幼いガゼルを待ちぶせて食い殺すシーンとかをね」

……サバンナ……ライオン……

「カメラは、ガゼルが死に至るまでをとらえている。『狙われているのがわかっていたのに、なぜ助けてやらなかったの』——そんな抗議の電話が制作会社に通用するか？　しない。するはずもない。科学番組とは、フィールドワークとは、元来そういうものだと視聴者もわかっている。自然界で起きることに、人間が介入してはいけない。あれはむしろ、自然を保護しているんだ、と。

だが真理は別のところにある。ガゼルがライオンに食い殺されるところを、ただ映像で見ている——それこそが神の視点なのだよ。見るということも、正当な暴力の行使になりうる。

正当な暴力の行使とは、秩序のことだ。画面上でガゼルが殺されても、誰も騒がない。そこには混乱ではなく、秩序がある。俺は、さっきから、殺人もこれと同じだと言っているんだ。すぐには受け入れがたいだろうがね。

　しかし、われわれ法治国家に生きる国民は、誰もがああいったサバンナの映像を自宅で眺めながら、ローマ帝国から近代国家まで受けつがれる文化を、人類の資産として、日々無意識下に受け入れているのだ。それは今もある。最強の法治国家として君臨する現代のローマ、アメリカ合衆国の、一ドル札に刷られたラテン語とともに」

「……一ドル札に刷られたラテン語？……」

「……NOVUS　ORDO　SECLORUM——新世界秩序《ニューワールドオーダー》……」

「嘘よ」わたしは信じない。「そんなの、どうせ都市伝説みたいなものでしょ」

「二〇一一年五月二日に」と市野桐清は言う。「パキスタン北部の町アボタバードで、九・一一同時多発テロの首謀者ウサマ・ビン・ラディンを、アメリカ海軍特殊部隊が殺害した。オバマ大統領はそのとき何をしていた？　ヒラリー・クリントン国務長官や、政権スタッフは？　彼らはアボタバードでおこなわれる特殊作戦の映像を見ていたのだ。ただ、見ていた。同じようなことが、毎日どこかで起きていると俺は言っているのさ」

「信じられない」わたしは反論する。「おかしいでしょ。そんな公的機関があるとして、殺人現場を見ているのなら、どうして警察は事件を捜査しなきゃならないの？　だって、犯人も、殺害方法も知っているんでしょ。警察に教えればいいじゃない」

「どの国家にも法の外側があり、そこではたらく人間がいる。連邦捜査局の外、国家公安委員会の外。彼らのこなすのは法外な仕事だ。建前上、法治国家に外などない。……そしてカメラはガゼルが骨を砕かれ、腹を裂かれる様子を収める。介入はしない。もっともその直後に、ライオンを捕獲するプランがあるのなら、話はちがってくる」

「……どういうこと？……」

「いかにして見ているのか、だ。まずは」

市野桐清の言葉に、わたしは口を閉ざす。嘘だ。これこそ幻の作り話だ。でも、ほんの少しでも真実があるとしたら。その場合は、いったいどうやって。

「おまえの嫌いな監視カメラが」市野桐清はおだやかな笑みをこぼす。「町中にこれだけ大量に張りめぐらされた社会で、未解決殺人事件が今もなお、なぜ起こり得るのか？」

32

ミーガンズ・ロー

「未解決なのは、われわれがピックアップした事象だからだ」

——ピックアップ——

まるで友だちを車で拾うように、市野桐清はさらりと言ってのける。だけど、その意味するものは。

わたしの頭のなかを、今まで思ってもみなかった言葉が渦巻く——正当な物理的暴力行使の独占——国家——生きた殺人のフィールドワーク——殺人を制御するために、殺人を知りつくす——

「われわれのピックアップ後には殺害現場が残され、被害者が残され、警察が捜査する事件が残される。犯人は煙のように消え失せる。拘留され、何百日も取り調べられて、研究対象としての鮮度が落ちる前にね」

わたしはいくつもの未解決の殺人事件を思い浮かべている。

——あの町で起きた、あの事件？——

——あの事件や、あの事件も？——

けれども、警察を出し抜き、通報よりも早く現場に居合わせて、犯人を連れ去るなんてことは可能なの？ それこそ、どうやって見ていたのかってことだ。

「マジシャンは、超能力で鳩を取りだしはしない」と市野桐清は言う。「われわれも同じだ。未来予知もできなければ、透視能力もない。トリックがある。おまえにわかりやすいように、ある例を挙げよう。

一九九四年にアメリカのニュージャージー州で七歳の少女が殺された。名前はミーガン・カンカ。彼女をレイプして殺害したのは、近所に住むジェシー・ティメンデュカス。過去に小児性犯罪の逮捕歴があった男だ。事件に怒り、悲しむ人々の思いはみな同じだ。わかっていいればそうだろう？ わかっていいいれば、幼いミーガンをティメンデュカスに近づけはしなかったのに。わかっていいれば、町中で監視の目を光らせることができたのに。ミーガンだけではない。襲われる可能性のあったすべての子どもたちにたいして。

そして新たな法が君臨する。性犯罪者の住所が市民に公開され、どこにどういったタイプのライオンが暮らしているのかを、ウェブにアクセスして誰もが知ることができる。連続殺人犯《シリアルキラー》とちがって、性犯罪者《セックスオフェンダー》は生きているうちに刑務所から出てくるからな。これがミーガンズ・ローと呼ばれる情報公開法だ。日本にもいずれ導入されるさ。そして、この透明性を与えられたブラックリストに載った怪物が事件を起こしたとしても、不思議には思われない。なぜなら……」

「わかっているから」とわたしは言葉をつなぐ。「つまり、あなたたちもミーガンズ・ローのように、過去の犯罪歴のデータを把握して、前科者が殺人を起こす傾向を予想しているって言うの？」

「かつては公安や警察から集めたデータをカードにして、ファイリングしていたよ。とてつもない分量だ。それを元に監視対象をしぼる。ベトナム戦争の頃のＣＩＡが作った諜報リストと変わらんよ。定年までカード整理だけやっていた男もいる。現代では犯罪歴とともに、まず必要なのが映像の、一次使用だ」

「映像の一次使用？」

「つまり自治体や商店街の監視カメラのことだ」

「だって、あれは」わたしの声はかすれる。わたしは監視カメラが嫌いだ。それは、わたしも犯罪者だから。わたしの邪魔をする装置だから。でも嫌いな理由は、それだけだろうか。本当は。無意識のうちでは。「……あれは、市民が自分たちの安全を守るためのもので……」

「自治、市民、安全」市野桐清はゆっくりと話す。「そんなものがこの世にあると思うか？　あるのは国家と国民だけだ。自治体が町に配置する星の数ほどの監視カメラ、その映像の一次使用権はわれわれにある。国民が見るのは、二次使用のソフトな映像だよ」

神の視点。フィールドワーク。介入はしない。

これは、市野桐清の語るこの話は、殺人よりもずっと恐ろしいものかもしれない。わたしの理性はやっと自分の直感に追いつきかける。でも、それでも、信じられない。そうだったの、なんて簡単にはうなずけない。

「……それってメタデータの話みたい……」わたしは冷静をよそおって言う。「そんなことしたらいつかばれるし、何より本当だったら、たぶんもうばれてると思うけど。スノーデン事件みたいにね」

「エドワード・スノーデン」市野桐清は皮肉めいた笑みを浮かべる。「……そうだな……おまえの言う通り、あれはメタデータの話だった。アメリカ合衆国の国家安全保障局——NSAが、一般市民を対象に、大規模な諜報活動をおこなっていた事実が明るみに出た。メールの監視、携帯の盗聴。二〇一三年に職員のスノーデンが命がけで告発しなければ、誰も知らなかっただろう。とはいえ彼は、現代の西ローマであるワシントンから、現代の東ローマであるモスクワへ亡命したにすぎないがね。ロシアが同じことをしていないと誰に言い切れる？

われわれにとってみれば、スノーデンの件はじつにお騒がせなものだったが、問題の根はもっと深い。彼の告発で表に出なかった闇など、いくらでもある。たとえば、街中の映像を吸い上げ、分析し、編集して差し戻すような、われわれのことなどは」

わたしの反論はことごとくはね返される。

七月の朝だ。ぐんぐん上がってくる室温に、自動のエアコンがようやく反応しはじめる。ほとんどの子が進路と部活と恋愛の話をしている高二の夏に、わたしは父とメタデータの話をしている。

「首都圏における殺人の可能性、その最新の分析結果が、この新聞だ」市野桐清は机の端の『日本住宅売買新報』を指ではじく。「殺人予報がこれに載るんだよ」

大田区東雪谷。

板橋区四葉。

豊島区西池袋。

たった七十二時間のあいだに殺人が二件。三件目のボウガン所持は、未遂予測ってことなのか。でも殺人予報が、誰でも読める紙媒体に載るなんて。そんなばかなことがあるの?

「どうして新聞に」

「電子メール、SNS。インターネット通信回線は、情報管理システムとしては救いようのないがらくただ。素人でも知っている。ハッカーにいいようにねじ曲げられ、うばわれ、流出させられる。機能としては新聞の方がましだ。何しろ公開されているんだから、ハッキングもできない。イスラエルの諜報機関モサドが、貧民救済のフリーペーパーに求人広告を出したことがあったが、不動産の業界紙に殺人予報が載っているとは、誰であろうと想像すらできないからな」

「そんなのでたらめよ」

「おまえの目が見たはずだ。バイバイには地方版もあるし、各地で刷られ、〈CAプランニング〉の暗号《コード》で毎週情報が流され、担当者が目を通す。この新聞自体は、何も知らない一般購読者のいる媒体だがね。〈Ca→Ab〉と〈CAプランニング〉。難解な暗号《エニグマ》ですらない。だからいい。不動産業者をよそおうのが、日本におけるアカデミーの伝統的なスタイルだ。もっともこの国は、太平洋戦争時から不動産を諜報の隠れみのにしてきた歴史がある。内務省の連中なんかがね。昼間から地図を片手にうろついても、不審に思われない。目当ての物件にも自然に入っていける。誰かに問い詰められたところで、本当にスパイや刑事ではないんだから便利だ」

流れるような市野桐清の話にわたしは圧倒されかける。それでも。「……それでも……誰がどこで人を殺すかなんて、予想はできない……」

「多くの殺人者は犯行現場の下見をする。一戸建て。マンション。小学校の校庭。暗い路地裏。隣り近所。連中には、それぞれ固有の衝動があり、襲う相手は衝動によって決定する。男か。女か。家族か。子供か。無差別か。われわれが事前に蓄積するデータ量は桁ちがいだ。強盗、傷害、性犯罪、あらゆる前科からその人物が殺人に至る可能性を分析できる。スピード違反の状況からも。さらにそこへ映像の一次使用のデータを加味する」

「でも」わたしの声は震える。「まったく前科のない人間もいる」

「そこが重要だな」と市野桐清は言う。「歴史上、長く頭を悩ませてきた点だよ。前科というデータのない相手を、どうやって探るのか？　ひとつ、おまえに質問しよう。殺人という事象において、おまえがいつも思い浮かべているのはどんな人物像だ」

　どんな人物像。それは。

「すなわち連続殺人犯《シリアルキラー》だろう」わたしが答えるより先に、市野桐清は言う。「おまえはつねに連続殺人犯《シリアルキラー》を念頭に置いている。いつかこんなことを言っていたよな。それは『狩りに出る者』と、『なじみの巣で殺す者』に二分される、と。だが殺人者は、むろんその二つのタイプにはとどまらない」

　そして市野桐清は軽やかに説明する。こんなふうに。

「連続殺人犯《シリアルキラー》。長期に及び、冷静な判断を下しつつ、殺しつづけられる者。殺人へのフォーカスと、日常へ戻るクールダウンを使い分けられる。騒動殺人犯《スプリーキラー》。短期間に、おもに屋外で突発的な殺人をおこなう者。ひとたび衝動を爆発させれば、制圧されるまでクールダウンができない。
大量殺人犯《マスマーダー》。入念な準備計画を立て、同じ場所で確実に三人以上殺す者。テロリストに近似するが組織性はない。犯行直後に自殺するケースが多くみられる。

騒動殺人犯《スプリーキラー》と大量殺人犯《マスマーダー》の境界は、必ずしも明確ではないが、最終的なロケーションで大人数を殺害し、さらに武器のスペアを十分に用意していた場合は、結果として大量殺人犯《マスマーダー》に類別される。

たとえば現代アメリカ社会を震え上がらせているのが、大量殺人犯《マスマーダー》だ。連中は前科のない者がほとんどだ。それでいて、ハンドガンやライフルの弾倉にたっぷり弾を装塡し、大学構内や映画館やショッピングモールで無差別に乱射する。二〇〇七年、おまえはまだ小学生の頃だが、憶えているか？　ヴァージニア工科大学で三十二人が銃殺されている。二〇一二年、『ダークナイト・ライジング』を上映していたコロラドの映画館では十二人が。どちらも犯人に前科はなく、過激思想も、テログループとの関わりもない。

そこで法執行機関は、連中をそれぞれ〈一匹狼《ローンウルフ》〉として類別した。ＦＢＩは、二〇〇九年に二十五名ほどの特別チームを組んで、〈一匹狼《ローンウルフ》〉のプロファイリングを進めている。われわれよりも、たっぷり十年遅れてようやくだ。こういうことだ。法が新たな事態に対処するには、法の外で日夜研究している者がいなくてはならない。軍事や医学なら人体実験。殺人なら〈Ｃａ↓Ａｂ〉のアプローチが、つねに先行する。

われわれが〈一匹狼《ローンウルフ》〉にたいして出している答えは、言わずもがなだ。町中の監視カメラ映像の一次使用がそれに当たる。姿勢、視線、立ち止まる場所、信号待ちでの態度、異性や幼児への興味、それらのデータを脳科学、神経科学、心理学、あらゆる手段を通じて分析し、殺意をあぶりだしていく。ときには群衆をいらつかせて個別反応を見るために、わざと交通渋滞を作ることもある。

ここで問題になるのが、機密費だ。人員は必要だが、それ以上に、膨大なカメラの網を自治体任せで張りめぐらせることの方が重要だよ。われわれはもっと多くのレンズを必要としている。ようするに費用と機材、これを同時に解決しなくてはならない。困ったものだ。おまえならどうする?」

わたしは考える。そして答えはすぐに浮かぶ。恐ろしい答えが。機密という話には矛盾する。でも、これしか浮かばない。

民間協力。

33　利益還元

「その通りだ」と市野桐清は言う。「民営企業の力を借りる。もはや企業《コーポレーション》の協力《コーポレイト》なしには、宇宙開発にも戦争にも殺人にも取りくめない時代の幕開けだ。リベラリズムが国家《リヴァイアサン》を担うようになったのさ。二〇〇〇年代からアメリカとオランダに追随して、日本もその形を取っている」市野桐清はニュース解説のようにあっさりと話す。「そして民間協力を得るということは、技術だけでなく資金も得るということを意味する。つまりアカデミーは民間の投資を受けるようになる」

「おかしいでしょ、それ」わたしは咬みつく。「公安も警察も知らないような組織に、どうして民間人が力を貸せるっていうの？」

「本当におかしいか？　たとえば裁判員制度で選ばれた民間人が法廷で見ている被害者の遺体や犯罪現場は、法執行機関の人間なら誰でも見たものなのか？　そうではない。事件に関わるごく一部の者しか目にしない資料のはずだ。むろんメディアが見ることはない。もちろん、それは、よい例だ。

犯罪にまつわる人類学的な試みについて、投資という観点から、もうひとつよい例を話そう。トレーシー・パランジアンという女性が設立した犯罪防止プログラムへの投資のことだ。

彼女の作った〈ソーシャルインパクト債〉は、今や世界各国で認知されている。これは寄付やボランティアではない。れっきとした経済活動であり、ソーシャルファイナンスだ。投資家は、受刑者の再犯防止プログラムに資金を投じる。その結果、全体としての犯罪率が七・五パーセント減じれば、新たな犯罪の防止のために支出されるはずだった予算が浮く。浮いた金が利益とみなされて、投資家に還元される。オバマ大統領も〈ソーシャルインパクト債〉に一億ドル拠出を表明していたよ」

「でも」とわたしは言う。「それとあなたの話は、わけがちがう」

「当然だ。これはよい例だからな」

アカデミー――〈Ｃａ↓Ａｂ〉にたいする民間投資があるとしたら、それは悪魔的なものだ。人殺しそのものと比べても、まったく見劣りしないほどの。

「嘘にきまってるけど」とわたしはつぶやく。「どんな立派な人たちがあなたたちにお金を出すの」

「だから、投資家たちだ」

「その人たちは、犯罪を未然に防ごうって思わないの？」わたしは何を言っているのだろう。わたしも犯罪者なのに。

「犯罪件数と景気には関係がある。たとえば、増えれば日経平均株価が下がり、減れば上がる。つまり犯罪件数で経済はいくらかは動かせるのさ。そのなかで利益を得る人間もいる」

「それだけ？」おかしい。それだけが取り分なら、関わること自体にそれこそリスクが大きすぎる。

「いい質問だな」と市野桐清はうなずく。

そうだ。

それだけ、のはずがない。

「殺人の研究において」と市野桐清は言う。「その利益は、つねに人類学的なレベルになくてはならない。『なぜ？』という問いへの答えは、究極的にはそこにしかないからだ。そして現代という時代において、殺人の研究の最先端に位置するのは、心理学でも精神分析でもなく、脳科学だ。その起源はわれわれの活動にある。アカデミーのたどりついた成果は、密室に封印されているわけではない。少しずつ、少しずつ、社会へと流用されている。戦争のために開発された軍事技術が、十年たってITと呼ばれ、市場へ手渡されるようにだ。われわれが社会へ手渡した手法やデータは、世間では生物犯罪学《バイオクリミノロジー》と呼ばれている」

「……生物犯罪学《バイオクリミノロジー》？……」

「殺人者の脳というブラックボックスをこじ開ける。その成果は、まさに人類学的な資産だ。つまり、殺人を犯した直後の人間を捕まえて、脳を調べるんだよ。弁護士もなく、人権もない、法外な空間で。たとえば以下のことは、われわれの活動なくしては、人類は知ることがなかった事実だ」

市野桐清は慣れた口調で並べ立てる。

たとえば。殺人犯の脳においては、セロトニンという神経伝達物質の分泌が異常に少ない――

たとえば。殺人犯の脳においては、脳の原始層に当たる〈大脳辺縁系〉の暴走を調整して、攻撃性を制御する〈前頭前皮質〉の機能が低下している――

ただし、それは、連続殺人犯《シリアルキラー》には当てはまらない。彼らの〈前頭前皮質〉は正常者と変わりなく活性化しており、それでいて、道徳や倫理を処理する部位だけが不活性なため、いわばブレーキのないレーシングカーのようになった彼らの脳の処理能力は、正常者をはるかに上回る。

残忍で明晰な知性。

羊に化けた狼たち。

犯行直後の連続殺人犯《シリアルキラー》を捕獲して、ポジトロン断層法を用いた脳スキャンをおこなってはじめてわかること。

わたしには、技術的なことはわからない。

殺害予報のことも信じられない。

それでも、市野桐清の話が現実だとしたら。

人を殺してまもない犯人を捕まえて、パトカーに乗せるのではなく、解剖的磁気共鳴画像《aMRI》の装置に無理矢理突っこんで脳を調べる。

その言葉自体が矛盾しているような、生きた殺人の実地調査。そこに投資家までが加わって。

けれど、やっぱり何かおかしい。わたしは投資なんて考えたこともない。それなのに引っかかる。

つまり、利益だ。さっきの疑問にわたしは戻る。犯罪が増えれば、景気は下がる。逆に保険や警備の会社が魅力的に映ってくるかもしれない。何となく、そこまではわかる。でも、それなら、ただ待てばいい。誰かが、誰かを殺すのを。わざわざ殺人の研究にまでお金を出す意味がない。

逆のパターンはどうだろう。安全を夢見てお金を出し、犯罪率が下がって国のお金が浮いたぶん、それが投資家に還元される。その話もわかる。

でもこの話の場合、殺人は防がれていない。

わたしは訊く。「脳スキャンの結果が利益なの?」

「科学的な成果はつねに長期的なもので、すぐには利益と結びつかない」と市野桐清は言う。

「もし配当まで十年かかるとして、にもかかわらず、殺人の研究に投資する人たちがいるとしたら、それはやっぱりよい人たちだな」

「よい人たち」言いながら、わたしは気づく。そうか。そういうことなのか。

「しかし現実はずいぶんちがっている。金をいくら積んでも見られないもの——」と市野桐清は言う。「——それこそが、投資家たちへの配当だよ。殺人人類学講義を受けられる。わたしもその講師の一人だ。だがみんな居眠りして、話を聞く者などいないさ。投資家の目当ては別にある。資料映像だ。もっとも、リアルタイムで見せはしない。われわれがさまざまな手段でカメラに収めたものを、場所も日時も伝えずに、あとになって彼らに見せる。講義の一環としてね。情報こそ伏せられているが、『あの事件だ』とひと目でわかる映像もある。モザイクはない。未編集だ。犠牲者の住居を先に推定してカメラをしかけた画《え》もあれば、児童が襲われたグラウンドでの誰も知らない画もある。そのうち要望に応じて、リアルタイムで見せる日も来るだろう」

「それって、ようするに」

「そうだな。猟奇《スナッフ》フィルムだよ」市野桐清は鼻から眼鏡を浮かせて、目元をもみほぐす。「国家が民間投資家に還元する利益だ」

34 カイン

猟奇フィルム。くだらない、それ自体は。

趣味の世界には何でもありだから。

ただし、この話は、真偽の怪しげな裏DVDとか、投稿動画のことじゃない。じっさいに起きた殺人事件を公的機関が撮影し、それを猟奇フィルムのように眺める一般人の投資家が存在する、ということだ。

殺人が起こると知りながら、通報もせず、逮捕もせず、ただただ録画した資料を。国家の殺人研究に惜しみなくお金を提供する、よい人たち。

カメラ。ダイニングテーブルの真上の。映像は記録され、画面は隠しモニタで確認ができた。

父は――市野桐清は、何を撮ろうとしていたのか。わたしも猟奇フィルムに加わる予定だったのか。

それは殺人の闇の背後に渦まく、さらに、さらにどす黒い闇だ。

……アカデミー……？

わたしは、自分でも気づかないうちに、そうつぶやいている。

……殺人のフィールドワーク……？

はじめて聞くその言葉が、わたしの心をひどくかき乱す。爪を立て、がりがりと音を鳴らして、その傷痕に浮かび上がる、血が。

……殺人者の脳……？

窓の外で物音がする。雨なの？　そうだ。雨だ。風が木をゆさぶっている。暗い空がうなりを上げている。

……嵐……？

風鈴　お母さん　生まれたときからいっしょだったお兄ちゃんのジョブレス　あれは　飛び散った血は　地下にいるあの人は　わたしは

……わたしは……どんな光景を……？

もういい　やめて　これ以上知りたくない　だって全部夢だから　母親も　兄も　そしてすべてを与えつづけてきた父親も　そうだ　母も兄もたいした幻じゃない　究極の幻影は　今　目の前にいる父なんだ　わたしから現実をうばった　だから　憎い　やっぱり殺してやりたい　だから　殺す

……光景を……

わたしは叫び声を上げ、机に置いてあったスタッグナイフをつかむ。そして机に乗り上げ、ひざをついて市野桐清ににじり寄り、喉元に刃を突きつける。カップが倒れ、コーヒーの染みが広がる。それはまるで、ねばつく血の染みだ。

「わたしだけじゃない。あなたも十三年前、あの家にいた」

スタッグナイフの切っ先が震える。確実な距離だ。それなのにわたしは刺さない。どうして。

――いとやまきりあき――

市野桐清は、その名前をはじめて口にする。

「糸山霧彰。一九六三年十二月六日生まれ。神奈川県相模原市出身。十三年前の事象監視当時は四十歳。家族構成は妻と娘。身長一七八センチ、体重七十四キロ、体脂肪率九パーセント。左肩と左肘に、十七歳のときのバイク事故で負った傷痕あり。大学では法学専攻。ヨット部の副主将」

ふいにわたしの視界が赤く染まる。わたしはナイフをにぎり直す。でも刃が動かない。腕が前に出ない。どうして。

「これが記憶の抑圧のなかで押しつぶされ、削り取られた、バイオロジカル・ファーザー、おまえの生物学上の父親の姿だ。どのくらい思いだせる？　アカデミーの特級監視対象になった男のことを」

まるで、わたしがもう一度刃を突きつけるのを待っていたかのように、父が、父の思い出について話しだす。

父の声を通して、わたしは父の姿を見る。同じ十二月生まれだけれど、クリスマスが誕生日じゃない、もう一人の。

お父さん。高校生のとき。バイク禁止の校則に逆らって、免許を取って。友だちのバイクを借りて。糸山霧彰。国道22号線で対向車線をはみだしてきた乗用車に接触して。骨折で一ヵ月の入院。二週間の停学処分。お父さん。停学中に受けた知能テストの「ＩＱ一六〇」という数値が、教員のあいだですごく話題になって。

事故後にバイクには乗らなくなって。趣味はサーフィンと。ドイツ戦闘機のプラモデル作りと。ギリシャ語にラテン語の勉強で。糸山霧彰。好きな食べ物は、うなぎのかば焼きに。ローストビーフに。シーザーサラダ。コーンフレーク。それにピザ。お父さん。卒業が近づくと、教員たちは理数系や医学部への受験を持ちかけて。でも本人は中堅クラスの大学を選んで。法学部へ。ヨット部へ。糸山霧彰。バイクで接触事故を起こした相手の。乗用車を運転していた主婦は。自宅で首を吊って。彼が大学に入った春に。自宅で。事件性はなし。糸山霧彰。

「それが、おまえの父親の最初の殺人だ」と市野桐清は言う。「われわれはそう見ている。もっとも、ずっとあとになってわかったことだがね」

糸山霧彰は大学を卒業すると、横浜市の家電量販店に就職する。デスクワークではなく、〈時計売場〉の販売員を志願した。やわらかな物腰の応対と商品の知識で、客の評判も上々だった。ロレックスをひんぱんに買い替えるような富裕層の常連もつく。

大卒の新入社員に制服はなく、首に下げるＩＤをのぞけば、スーツやシャツは自前で用意するのがその企業の慣例だ。糸山霧彰の服はいつもノーブランドで、ただしネクタイだけは質のいいものを身につけた。アンジェロ・フスコ。イタリアの整形外科医が設立したブランド。

二人殺す。

月末になると、わずかに香水をつけてくる。手首の内側に。同僚に尋ねられて、糸山霧彰は更衣室のロッカーでガラス瓶を見せる。「クロノスといって、ギリシャの時の神さまの名に由来する香水だよ。時計を売るおまじないにぴったりだろう」

同僚はそのおまじないをおもしろがって、自分にもつけてくれと言う。糸山霧彰は彼の首筋に軽く吹きつけてやる。

四人殺す。

一九八九年。二十六歳になった糸山霧彰は、〈時計売場〉最年少の主任に昇進する。祝賀会がステーキハウスで開かれ、新卒の女性社員に「自分の誕生日はR・Sが生まれた日と同じ」と自慢した。女性社員にはR・Sが誰かわからない。おそらく芸能人だろうと彼女は今でも思っている。この夜、糸山霧彰は「切れ味が悪い」と店の人間を呼び、ステーキナイフを二度交換させている。

三人。

R・S――リチャード・スペックは、糸山霧彰が生まれる二十二年前の十二月六日、この世に生を受けた。彼が事件を起こすのは、一九六六年の七月だ。イリノイ州シカゴの看護師寮に現われ、寮に住む女性たちを脅して一室に閉じこめる。それからリチャード・スペックは一人を連れだし、殺し、バスルームで手を洗い、また一人を呼び――

こうして看護師は一人ずつ、殺されていった。

パメラ。

スーザン。

メアリー。

ニーナ。

メルリタ。

ヴァレンティナ。

パトリシア。

八人目のグロリアが最後の一人となって、レイプされているとき、コラソンはそのベッドの下に隠れていた。リチャード・スペックは看護師を八人閉じこめたと思っていたが、じつは九人いたのだ。連れだしたグロリアを殺してスペックは立ち去り、生き残ったコラソンは助けを呼ぶ。

逮捕後のスペックは、懲役一二〇〇年を言い渡された。じつに十二世紀以上にも及ぶ禁固刑の、その二十五年目に心臓麻痺《まひ》で獄中死する。彼のＩＱは、小学生並みの数値しかなかった。

五人。

路上で。公園で。犠牲者宅で。

「……狡猾《こうかつ》な知性で痕跡をくらましながら、糸山霧彰は殺人をかさねていく。〈時計売場〉の顧客には手をつけない。平凡な家庭に育ち、これといったコンプレックスも見受けられない少年が、どのようにして連続殺人犯《シリアルキラー》になっていったのか、今となっては謎のままだ。

けっして狡猾とは言えないリチャード・スペックを敬愛する彼は、みずからの偶像の殺害した人数である〈八名〉を二十七歳のときに上回った。その一九九〇年に、糸山霧彰は二つのスタイルを確立する。

ひとつめは、スキナーカーブナイフ。殺しに使う狩猟用の刃物。

二つめは、ブ、レ、イ、ン、・、ピ、ザ、。

女を好んで殺すが、男も殺す。最初のブレイン・ピザの犠牲となったのは男だった。コンピュータソフト会社を経営する山田修司《やまだしゅうじ》が、港区青山《みなとくあおやま》の自宅マンションで殺される。

その夜、ピザの宅配人が山田修司の部屋にピザを届けている。死亡推定時刻から見て、頼んだ者も、半開きのドアから受け取った者も、糸山霧彰にちがいない。
殺害後の現場でピザの宅配を呼ぶ。その残虐さは当時、大きなニュースとして扱われた。
猟奇性はそれだけではない。山田修司の頭部はスキナーカーブナイフで裂かれ、骨が砕かれて、脳の一部が露出していた。部屋には一ピースだけ食べたピザのホールが残してあった。証拠を欠くとして報じられなかったが、糸山霧彰は、殺した人間の脳《ブレイン》を生地に塗りたくって食べている。

同様の殺人事件が二件つづいて、以降しばらくは『ピザの宅配員はドアを全開させて客の顔を確認すること』という非公式の通達が宅配各社に出回った。

スキナーカーブナイフとブレイン・ピザという大きな特徴を得て、一九九一年初頭からアカデミーは、分析から割りだした糸山霧彰の監視を正式に開始する。凶行とクールダウンをくり返す連続殺人犯《シリアルキラー》として特定はしたが、犯行映像を収めるまでには至らない。

一九九三年。三十歳の糸山霧彰は、遅い夏期休暇を九月に取り、大磯《おおいそ》の海にサーフィンに出かけ、そこで五人の若者と口論になる。伊藤直《いとうなお》。葉山安臣《はやまやすおみ》。木村猛《きむらたけし》。矢野公一《やのこういち》。村沢信二郎《むらさわしんじろう》。

詳細はわかっていない。若者たちは暴言を吐き、糸山霧彰の車にゴミを投げつけるなどしている。糸山霧彰は一度車で立ち去ったものの、数分後に引き返し、五人全員を殺害する。
伊藤、葉山、木村は車で轢《ひ》かれ即死、矢野と村沢は車内に常備していたスパナで殴打されて死亡した。

この事件をもって、アカデミーは、連続殺人犯《シリアルキラー》としての糸山霧彰の監視の再考をせまられることになる。

殺人研究において、連続殺人犯《シリアルキラー》のおこなう犯罪は通常、〈先攻的殺人〉と呼ばれ、大脳の〈前頭前皮質〉が活発なために、反応《カウンター》ではない先攻《アタック》の殺人が可能になっているとされる。綿密な計画や状況判断にもとづく、すなわち狩りだ。

これにたいして、〈前頭前皮質〉が不活発な殺人犯は、その場の情動に突き動かされる〈反応的殺人〉のみが可能で、口論や目が合うなどといった状況から、あきらかに計画性を欠く殺害をおこなう。

大磯で糸山霧彰の起こした殺人は、〈反応的殺人〉かつ騒動《スプリーキラー》殺人犯の犯行であり、そして騒動殺人犯《スプリーキラー》は、連続殺人犯《シリアルキラー》ではない。狼と野良犬がちがうように、まるで別種の生物だ。

スキナーカーブナイフとブレイン・ピザの犯人はじつは別で、糸山霧彰とはまったく異なる人間の手によっているのではないか？　アカデミーでは日夜問わず議論がおこなわれ、多重人格の線もひそかに調べられたが、その傾向は見いだせなかった。それでも犯行はつづく。

三十三歳になった糸山霧彰は、新たにひとつの事件を引き起こし、ふたたびアカデミー内部において大きな議論を呼ぶ。

一九九六年六月。横浜市が観光促進のため、ロンドン市から二台の辻馬車を購入し、明治時代風に改装後、市内をデモンストレーション走行させている。屋根と窓つきの馬車でゆられたのは、抽選で選ばれた一般市民、それに副市長と市議会議員たちだ。

合わせて四頭の馬が引く馬車が横浜駅西口に差しかかったとき、先頭の馬車に発炎筒と催涙弾が投げこまれ、熱とガス、割れたガラスで四人が負傷、停止した後続の馬車には火炎瓶が投げつけられ、二人が死亡する。さらに、音に驚き暴れた馬に頭部を蹴られた見物客一人が死んだ。

先頭馬車に乗った副市長と議員の命に別状はない。しかし彼らの降り立った地点にプレッシャークッカーボムの入ったバッグが置かれていた事実がのちに判明する。プレッシャークッカーボム——圧力鍋を加工した爆弾で、高い殺傷能力があり、『ボストンマラソン爆弾テロ事件』でも使われたものだ。横浜のケースでは、起動装置がはたらかなかった。タイマー起爆していれば通行人を巻きこみ、死者はさらに増えている。

『横浜観光馬車爆破事件』のニュースは社会を騒然とさせ、神奈川県警および警視庁と公安は、内外のテロ組織を視野に捜査に取りかかる。だが事件後に相次いだ虚偽の犯行声明に振り回され、有力な手がかりがつかめずにいた。

その時点でアカデミーは、糸山霧彰の単独犯行と認識していた。しかし糸山霧彰に政治的、宗教的な信条がない以上、これは『入念な準備計画を立て、同じ場所で確実に三人以上殺す者』、つまり大量殺人犯《マスマーダー》の定義に当てはまる。

そして騒動殺人犯《スプリーキラー》は、連続殺人犯《シリアルキラー》ではないように、大量殺人犯《マスマーダー》もまたそうではない。自身の欲望よりも社会への復讐、破壊的なメッセージ性の強い殺人だ。暗闇で獲物の息の根を止める快感は得られない。ペニスの代理であるスキナーカーブナイフも使えなければ、カニバリズムで征服欲を満たすブレイン・ピザも味わえない。ようするに連続殺人犯《シリアルキラー》として知られる殺人鬼には、得るところのない犯罪なのだ。

激しい議論が交わされた。糸山霧彰ははたして連続殺人犯《シリアルキラー》なのか？　騒動殺人犯《スプリーキラー》なのか？　大量殺人犯《マスマーダー》なのか？

世界でも類を見ない事象に、アメリカやオランダからも研究者がやってきたほどだった。

結論として、彼はそのすべてであり、しかも多重人格ではない。ゆえにアカデミーは、彼をこう称した。

境界殺人犯《バウンダリーキラー》――と。

よく用いられる「境界《ボーダー》」という単語を使わずに「境界《バウンダリー》」という語が選ばれたのは、境界例や、境界性人格障害としてすでに知られる精神医学用語と区別するためだ。

境界殺人犯《バウンダリーキラー》の脳こそ、長く夢見られてきた至宝かもしれなかった。なぜなら、そこにしるしがあるかもしれないからだ。はじまりはすべてをふくむ。進化論から見ても、精神分析から見ても、原初のできごとに、のちのあらゆる可能性がふくまれている。人殺しの起源、最初の殺人者、カインの脳に。

カインの脳にあらゆる殺人の可能性がふくまれるならば、あらゆる殺人の可能性を持つ男の脳はつまり――わかるだろう？　あとは説明するまでもない。

この九六年、糸山霧彰はもうひとつの事件を起こす。

結婚がそれだ。

声をかけたのは糸山霧彰の方だった。大磯の砂浜を、愛犬のドーベルマンを連れて散歩していた、糸山久美果となる女性――おまえの母親に」

35　七月の思い出

お母さん、なぜ殺されたの。

お父さん、なぜ殺したの。

りん。

目を閉じると風鈴の音が聞こえる。

憶えている。

だってわたしは、そこにいて見ていたから。

母はわたしには気づかない。でも、別の、もっと大事なことに気づいている。不思議だ。証拠も、証言もないのに。浮気なんかよりはるかに巧妙に、深く、暗い場所へ隠されているのに。

――お父さんは人殺し。

――お父さんは人殺し。

――お父さんは人殺し。

きっと何人も。

そして今夜も。

母は眠っていない。眠れない。アンティークショップの取引先に電話で謝ってばかりだ。料理のときに皿を割ってばかりだ。目玉焼きやお魚を焦がしてばかりだ。

母はおかしくなる。誰にも打ち明けられずに、一人でふさぎこむ。ジョブレスに冷たくなる。

そのうち、わたしにも冷たくなるのだろうか？

夏が来ると、母はいつも髪を切る。短い方が涼しいから。海辺を歩くのが好きだから。それで、わたしにもこう言う。

「夏になったから、髪を切りましょうね」

わたしは言われるままに、母にはさみを入れてもらう。でもつぎの日、また母が言う。「夏なので髪を切りましょうね」

きのう切ったよ、わたしはその言葉を呑みこむ。お母さんが辛そうだ。ひどく哀しそうだ。それで、おとなしくはさみを入れてもらう。

つぎの日も。

つぎの日も。

暑さを呼ぶようにセミが鳴く。空には入道雲が。わたしの髪は、どんどん短くなる。


「……アカデミーは、公安部が横浜馬車爆破事件の容疑者として、遅まきながら糸山霧彰をリストに加えた事実を確認した。逮捕の可能性もあった。方向性は真逆だが、向こうも国家機関だ。無意味な根回しや小競り合いで、われわれは時間を浪費したくはなかった。われわれは糸山霧彰の緊急確保を決定した。だが、できるならば新鮮な事象、つまり殺人行為の直後が望ましかった……」


——夜が来る。

風が強くなって、わたしはテレビのニュースを見る。台風と熱帯性低気圧のちがいがよくわからない。けれども、ひと晩中風が強いとアナウンサーが言っている。

ジョブレスを庭の犬小屋から、家のなかに入れてあげよう。わたしは母に言う。わたしの生まれたときからの遊び相手。お兄ちゃんのように大好きなドーベルマン。

母は首を振る。すぐ家に入れると弱くなるから。それが母の答えだ。でもそんなのはでためだ。最近、母はジョブレスに冷たい。いらいらしている。それは。お父さんが。父が。

――父が帰ってくる。真夜中――

もうずっと風は強い。りんりんりんりん。軒下で風鈴が激しく鳴っている。

ベッドに母はいない。わたしは起き上がる。坊主頭のようになってしまった髪をなでながら、廊下の陰からのぞく。光の射さない、暗いキッチンを。

テーブルに座って、母と父が何かを話している。ほとんど母の声だ。父はだまって聞いている。その顔は暗くて全然見えない。体のシルエットは父なのに、何だか父じゃないみたいだ。

外は嵐。

母は話しつづける。暗くて不確かな影がテーブルに二つ。

「……人間の、指を……食べさせたでしょ……あの犬《こ》に……」

「……あれは……指の……骨よ……」

「……まちがい……じゃなく……人の……」

長い、長い沈黙のあとで、ようやく父が言葉を返す。「……ニワトリの骨の見まちがいではないのかね」

「……ちがうわ……」

「どうして、そう言える?」

暗すぎて様子がわからない。でも父の顔は。父は。

「何を言っているんだい、きみは」笑っている。「そんなことより、こんなに風の強い夜だ。彼を家に入れてやったらいいじゃないか」楽しそうに微笑んでいる。

——人の指。父はそれをどこから——お父さんは人殺し。お父さんは人殺し。きっと何人も。

そして今夜も——

「……知ってるのよ」

「何を」

「……警察に行って……」

「僕が？　行って何をするんだ」

「……自首して……」

「何もしていないのに？」

「そんなに……嫌？」母は立ち上がる。「……どうしても……自首するのが嫌なの？」立ち上がった母の手に、パン切り包丁が、にぎられている。

影は黙っている。まるでお父さんじゃないみたい——そうだ。これはお父さんじゃない。こんな人は全然知らない。見たこともない真っ黒な影だ。それが、お母さんの前にいる。

「……あなたを殺してわたしも死にます……」

「何の冗談だ？　しかし興味深いね。なぜ、そう確信的なんだ？」

笑っている。笑っている。笑っている。真っ黒な影が、楽しそうに。

お母さん、逃げて。

母の手のパン切り包丁を、影は見つめている。事情を理解できなかったわたしは、やがて聞こえてくる言葉で、母の正しさを知る。影は、こう言う。

そんなもので俺を殺せると思うのか——立ち上がった影は母を殴り　のけぞりかけた母の頭をつかんで　テーブルに叩きつける——母の体から力が抜けて　床に座りこむ——うなだれて　死んでしまった　ように見える——影が落ちたパン切り包丁を拾い　波打つ刃に指を沿わせてたしかめている——わたしはうごけなくて——影が母に近づいてかがみこむ——外でジョブレスが激しく吠えて——怒り狂っているかのように——嵐を切り裂いて吠え声が響く——かがみこんだ影は立ち上がり　玄関から外へ出ていく——ジョブレスがあんまりうるさいから——わたしは急いで窓の方へ行き　庭の様子をたしかめる——犬小屋のリードにつながれたジョブレスが　影を襲おうとしている——後ろ脚で立って咬みつこうとする　影が殴りつけている——お願いジョブレス　お母さんを助けて　お兄ちゃん——首輪をつかんだ影は　パン切り包丁でジョブレスの舌をほとんど切断する——ちぎれかけた舌が垂れて——それから首を——げふあっ——最後の叫びがわたしの耳に残る——雨が降って木の葉が舞って——影はリードをほどいてジョブレスの首に巻きつけて　庭の物干し竿に宙吊りにする——ぶら下がったジョブレスの黒い体　ほっそりした脚——影が戻ってくる——

玄関から。

わたしは夢を見ているようだ。実感がない。見ているのがわたし一人なら。それならきっと、血で濡れたパン切り包丁をぶら下げて、家のなかに入ってくる影も夢なのかもしれない。

母はうめいている。まだ息がある。そして影は父じゃない。お父さんは、どこ？　わたしは心のなかで泣きわめく。お父さん、助けにきて。でも返事はない。そして影がパン切り包丁を使いつづけたのは。使い慣れたスキナーカーブナイフを出さなかったのは。嫌だ。信じたくない。そんな言葉さえ。けれども。どう考えても。それは影なりの、母への愛なんだ。そんな愛がこの世にあるだろうか？　それは、ある。けっしてあってはならないものとして。

影。パン切り包丁。母。頭。外の風鈴。りんりんりんりんりりりりりりりりりりり

――そのときだ。恐ろしい光景に気づくのは。

見ているのは、わたし一人じゃない。

リビングのカーテンの隙間から男の人の顔がのぞいている。スーツを着て、ネクタイを締めて。その後ろにも人がいて。黒ずくめで、目出し帽で顔を覆って。その後ろにも。じっと見つめている。母が、殺されるのを。

わたしは廊下の暗がりから飛びだす。リビングの窓をがんがん叩く。その人たちに向かって叫ぶ。声のかぎり。助けて。お母さんを。助けてよ。

スーツを着た男の人が窓ごしにわたしを見つめる。それは、父の顔だ。

ぎいこ。ぎいこ。母の頭を。影がパン切り包丁で。

わたしは必死に耳をふさぐ。それでも聞こえるので、外の風鈴だけを聞こうとする。ぎいこ。りりりりり。

ふいに影が振り返る。そしてゆっくりと、わたしの方へ近づいてくる。同時に玄関からいくつもの足音とまばゆいライトの光がなだれこんできて、その瞬間に、わたしの新しい人生がはじまる。

だって、お父さんが助けにきてくれたんだ。

助けにきてくれたのなら、それは、お父さんなんだ。

「……午前三時すぎになって、アカデミーの要員を現場に介入させた。予定通り、チームの指揮をとるのは俺だった。最優先は脳の鮮度の保持と、対象の自殺の阻止および制圧だ。糸山霧彰はすさまじい抵抗を見せたよ。使い慣れたスキナーカーブナイフを持たない点が殺傷能力を低くしたが、仮に持ったとしても、そのさいは銃撃を受けて止まっただろうがね。こちらの要員には相手がどれほど暴れても、頭部は攻撃するな、と釘を刺してあった。貴重な脳だからな。それでも、糸山霧彰の目を攻撃した奴がいる。狡猾な殺人犯相手の実戦だ。アクシデントは起こりうるとしても、当の部下は厳罰に処した。とにかくわれわれは、確保した対象をトラックに移し、拠点のひとつへ移動しながら、車内の機材で可能な測定にすばやく取りかかった。脳の前頭前皮質。海馬。側頭葉。境界殺人犯《バウンダリーキラー》としての重要な脳波のデータを得るために……」

車は二台用意されている。トラックに糸山霧彰が、ワゴンに四歳の娘が乗せられる。車は夜明けの近づく町を、アカデミーの拠点のひとつへと走り抜ける。そこにもっと多くの測定機材がある。

彼らは目的地に午前四時すぎに到着する。西東京市、東伏見の、ごくありきたりな一戸建て――この家に。

36　エンブレム

すでにあるもの《プラエッセ》。

「ただ見ていたのね」机に乗り上げているわたしは、スタッグナイフを突きつけた市野桐清に言う。「犬が殺されて……わたしの母が殺されて……ただ、じっと見ていたのね」

市野桐清は答えない。答える必要がないからだ。

「どうしてわたしを助けたの」――どうせなら一人よりも二人殺した糸山霧彰の方が都合よかったはずなのに。

「助けたつもりはない」

「どうしてわたしを生かしたの」――アカデミーの機密のためには、目撃者であるわたしを殺すべきなのに。

市野桐清は答えない。

止める力がありながら、殺人を止めない。救う命がありながら、誰も救ったことがない。それでいて、この男どもは殺人犯ですらない。税金をもらって、国のためだと言ってはたらいている。それがわたしを育てた父だ。その目に、その鏡に、わたしが映っている。わたしが閉じこめられている。理想の父親の像に。

やっぱり。

この男は殺すべきだ。それなのに。ナイフが。動かないのはどうして。どうして。どうして。

「——どうして、わたしを生かしておいたのよ」わたしは叫ぶ。

突然、書斎のドアが開く。振り向いたわたしは凍りつく。

そこに立っているのは。

その顔は。

「とんだ期待はずれよね、いったい誰が責任を取るの」と彼女は言う。「これだけ待っても、誰も殺さないだなんて」

何を言っているの。誰に言っているの。

ネイビージャケット。白のインナー。黒のパンツ。ブラッシングの行き届いた黒髪。

鳩ポン——

「これ見てよ」鳩ポンは足元を指す。彼女もまた、靴を履いたままだ。いつものがっくりするようなベージュ色のローヒールが、冷凍食肉を包むような透明なビニールで、ぐるぐる巻きにされている。「血の海を踏むと思って準備してきたのに、水の泡ね」

血の海。誰の。この状況で当てはまるのはひとつしかない。わたしが、市野桐清を刺して流される血——だ。それをどうして「踏むと思って準備」できたのか。まさか。

「何で」わたしはゆっくりと、スタッグナイフを彼女に向ける。「何でここにいるの」

むせ返るような血のにおいがする。誰かがここで死ぬ。危険なのは——この女？　それとも市野桐清？

「何でって」鳩ポンは灰色のハンドバッグを探っている。「ここは父親の家だから」

父親。誰の。やめて。聞きたくない。わたしはまだ充塡《フィリングイン》のなかにいるのだろうか。幻のなかに。だって。それならすべては最初から。こっちが見ていたと思っていたものに、ずっと見られていたことになるから。

わたしが凍りついたすきに、市野桐清が背広の内側に手を入れる。わたしはすばやく振り向く。「動くな」と告げる。鼻先にスタッグナイフを突きつけて、「何もつかまずにポケットから手を出して」と指示する。

市野桐清は静かに手を出す。わたしは鳩ポンも見張りながら、慎重に背広の内側を探る。ナイフか、かみそりか。自分の指を切らないように、そっと。武器じゃない。手帳？

パスポート。

それに輪ゴムで留められた紙幣。クレジットカード。

一万円札は何十枚もある。わたしは輪ゴムを外し、パスポートを開く。そこに今のわたしの写真が貼ってある。そして名前は。

KIZUNA　ITOYAMA——糸山希砂。

いとやま・きずな。これが、わたしの本当の。母親と愛犬を父親に殺された娘の。被害者特定事項で隠された、四歳の女の子の。

——名前——でも、これはおかしい。

「それでおまえは新しい人生を歩むことができる」と市野桐清は言う。「必要なのはＩＤと、少しのお金だけ……と言っても笑わないか。十七なら当然だ。いつか『ライムライト』を観る機会もあるさ」

考えている。考えて――

何がおかしいのか。そう、名前だ。わたしが目の前で起きた殺人に衝撃を受けて、世界を作り直したのなら。それも無意識が納得するように、わずかにずれて再構成したのなら。なぜこの名前だけ、まったくちがうのか。

〈じょぶれす《ジョブレス》〉が〈じょうぶ《浄武》〉に。〈くみか《久美果》〉が〈きゆか《杞夕花》〉に。〈きりあき《霧彰》〉が〈きりきよ《桐清》〉に。

そのずれはわかる。でも〈きずな《希砂》〉と〈ありあ《亜李亜》〉は？　そうだ。変なのはそれだけじゃない。そもそも〈いちの《市野》〉という名字はいったいどこから来たの？　そしてトランプのカードがＱＪＫ、ＫＪＱじゃなく、ＱＪＫＪＱだった理由は？　なぜＫはひとつなのか――

わたしは二人の顔を見る。またこの質問。また同じ地獄の扉。「あなたたちは、誰？」

「わたしは法的にも、正式に市野という姓の人間だが」市野桐清は言う。「おまえも気づいているように、桐清という名前ではない。それはおまえが作ったものだからな」

「もうわかるでしょ」鳩ポンは言う。「自分の立派な名前がわかったんだから、あたしに返してもらわないとね」

「返す？」

「だから、あたしが本物の市野亜李亜なの」

嘘だ――

声が出ない。

でも。はじめて間近で話したとき、この女の顔に、父のかけるトムフォードの眼鏡がよく似合うと思った。あれは、眼鏡が似合うんじゃなくて、顔が似ていたの?

それでも信じられない。

「これは証拠になるかしら」鳩ポンは鍵をゆらしている。革のキーホルダーのついた車の鍵。

昨日だ。わたしは鳩ポンの運転するフィアット500で東名高速を走っている。鳩ポンはアクセルを踏み、何台も追い越す。そしてこう言う。「飛ばすんだったら、ちがう車に乗ってくればよかったな」

それが、あの車だと言うの。わたしは鳩ポンのゆらす鍵のキーホルダーを見つめている。そこに描かれたマーク。わたしは知っている、その紋章を。赤い十字架と緑のヘビを組み合わせた、アルファロメオのエンブレムを。

「あれ、あたしのなの。父に頼んでずっと置いてもらってるのよ。あれに乗ると飛ばしすぎちゃって」

埃をかぶって遺跡のように眠るアルファロメオ・スパイダー、エンジンがかかるのを見たことがないあの車が、この女の所有物。そして市野亜李亜の名前も、この女の。

外は嵐だ。夜明けなどおとずれていない。セミも鳴いていない。ごみ収集車も走っていない。血のにおい。出口のない迷路。市野亜李亜が現われ、わたしは消える。生きてきた痕跡を残らず奪いさられる。ダムナティオ・メモリアエで。

「近寄らないで」わたしは、スタッグナイフを市野亜李亜に向ける。

市野亜李亜はあきれたように顔をゆがめている。「あんたのナイフなんか安全ピンより安全だわ。本当に期待はずれよ」

「期待って、何の」

「あんたが保護された理由はね」と市野亜李亜は言う。「境界殺人犯《バウンダリーキラー》の遺伝子があるからなのよ。あるはずと言った方がいいかしら、ねえ、お父さん？」

37　バケツ

境界殺人犯《バウンダリーキラー》。

その言葉が、この女の口から出てきた時点で、わたしには問いただす必要がなくなってしまう。

この女、市野亜李亜も殺人のフィールドワークに関わる人間なのか。日本のアカデミーは伝統的に不動産業のカモフラージュをしている、と市野桐清は言った。それならこの女は。

その部屋で殺人事件がなかったかを調べるホテル鑑定士。よく考えてみれば、そんな仕事あるわけがない。

いくら調べても出てこなかったパン切り包丁の殺人事件について、この女が情報を持ってきたのも、特殊なホテル鑑定士だったからじゃない。殺人を知りつくすアカデミーの人間だったから、そう考えれば――

「あなたも」わたしは訊く。「十三年前、相模原の家にいたの？」

「よしてよ」と市野亜李亜は言う。「あのときあたしは、まだ二十三よ。真っ白な心で、カリフォルニアで犯罪学の博士号を取ろうとしていたんだからね。カレッジの友だちとビーチを歩いて、犬も飼って、社会正義を夢見て。それが父親に『人手不足だから』って、こんなものすごい世界の裏側に引っぱりこまれちゃってさ」

これは現実なのか。

「で、質問は何だったっけ?」

わたしは人殺しの兄が殺される幻をくぐり、人殺しの母を失踪させて幻を終わらせた。犬の鳴き声はもう聞こえない。

「ああ、『相模原の家にいた?』って質問だったわね。いなかったわ。もっとも、映像はあとで、何度も見たけれど」

——これは現実だ。

「さっきも言ったけれど、あの夜、あなたが保護されたのは、きわめて特殊な殺人傾向を持つ境界殺人犯《バウンダリーキラー》の一人娘だからよ。殺人大国アメリカにも糸山霧彰のような対象はいないわ。わたしたちは世界中で探しているのよ、キラージーンを。殺人遺伝子のことなんだけど」

……殺人遺伝子……

「遺伝子が存在すれば、出生の時点で排除できる」と市野亜李亜は言う。「遺伝情報レベルの解読までは無理でも、特定の脳の波長や機能で分別できれば、新生児の段階で処分できる。つまり殺人者を地球上から一掃《いっそう》できるのよね。だから殺人者の脳はユートピアの鍵なの」

わたしが生かされたのは、糸山霧彰の娘だから。

わたしは実験用のモルモットだ。

本当のわたしを知る誰もが、物陰からひそかにこう願っていたのだ。
殺せ。
殺せ。
殺せ。
殺人遺伝子を。
カインのしるしを、証明しろ。

「われわれが突入して糸山霧彰を確保した時点で」と市野桐清は言う。「強度のショック状態にあるおまえは、俺のことを父親だと思っていた。それが、すべてのはじまりだ。この娘は監視対象として生かす価値がある、俺はそう判断した。すぐ部下に命じて、おまえの服を脱がせ、裸の写真を撮らせて、父親が児童ポルノに執着があったように見せかけるデータを現場に残した。そうすれば、おまえの名前は被害者特定事項でメディアから消える。ただの〈四歳の長女〉になる。

アカデミーの二台の車は、西東京市へ移動し、朝日が昇るまで、この家で糸山霧彰のさまざまな測定を試みた。簡単なインタビューまでもやったよ。ほとんど会話にならなかったがね。糸山霧彰は、わざと怯えている自分を演じているように見えた。冷静さや不敵をよそおう殺人犯はいるが、逆のパターンはあまりない。弱って不安に見せかけるのは、兵士の取る方法のひとつだ。油断させて逃げるのをあきらめていない人間のな。

やがて朝が来た。強かった風は収まり、空は青く晴れ上がった。のちにおまえに、人殺しの

〈専用部屋〉と呼ばれる三階の一室に、糸山霧彰は監禁されていた。忙しく機材を操作した要員たちを、俺は一台のトラックに乗りこませて残らず退去させた。

——全員退去で、本当によろしいですか？

指示を受けたときの、部下たちのいぶかしむ顔を、今でもよく憶えているよ。無理もない。俺以外誰も残らないなど、通常はありえないからだ。

だが、家の前のもう一台の車を、別の場所にいる部下がやってきて、おまえとともに回収する手はずになっていたし、それで連中は懸念を感じつつも、結局俺の命令にしたがったよ。

おまえは一階のソファで毛布をかけられて、ぐっすり眠っていたよ。誰かが小さなスニーカーをおまえに履かせていた。裸足だと何かと目立つと思ったのだろう。そのスニーカーの黄色い靴ひもがほどけかけていた。結び直してやる余裕は誰にもなかった。

要員を去らせた俺は三階へ戻り、目隠しをして椅子にしばりつけた糸山霧彰の採血をはじめた。一度目の採血はすでに済ませていたが、新たな血を別のラボに送るためだ。

注射針を腕に刺して、容器に血を吸引する。ひとつが満たされるとつぎの容器に。またつぎの容器。

しかし途中で俺は考えこんでしまった。目の前の、自由を奪われた境界殺人犯《バウンダリーキラー》をじっと見つめた。そしてある手段を思いついた。

俺は拷問をはじめた。糸山霧彰が示している恐怖が、本物かどうかを判断するためにな。狡猾な殺人犯はあらゆる局面で、心理的に優位に立とうとする傾向がある。

もっとも、あれをやる必要があったのかどうか。俺の思考は、すでに困惑でかき乱されていた。予期しない状況に誰よりも動揺していた。もっとも、監禁された当の本人をのぞけばだが。

俺が試したのは、〈抜　血《ドレインブラッド》〉という拷問だ。血管に挿《さ》したチューブからバケツに血を移していく。仲間内ではたんに〈バケツ〉と呼ばれている。このバケツは、時間と組み合わせると効果が上がる。たとえば、砂時計のこぼれる音を、相手の耳元で聞かせたりするのがそうだ。もともとは、帝国陸軍の秘密部隊がやっていた方法で、そういったさまざまな拷問が、われわれに受けつがれている。

採血をしている途中だったので、道具はそろっていた。俺は書斎から砂時計を、トイレからバケツを持ってきて、ハンディカムで撮影しながら、拷問の内容を糸山霧彰に伝え、耳にガムテープで砂時計を固定して、さっそく血を抜きはじめた。糸山霧彰はうめき声を上げてもがいたよ。四歳の娘がいつの間にか階段を上がってきて、ドアの陰からその様子を見ていたことに、俺はまったく気づかなかった。明らかに動揺していたせいだ。

要員を全部退去させたのも、おまえを一人にしたのも、家をはなれたのも、すべて俺の判断ミスだ。脳波測定の結果のせいで、平常時の判断をすっかりなくしていたのさ……」

十三年前のこの家。

父に血を抜かれる犠牲者。

そのとき、ドアチャイムが鳴る。

38　ドアチャイム

ドアチャイムが鳴ったので、市野桐清は眉をひそめる。まだ午前六時すぎだ。窓の外を見下ろす。電力会社のトラックが停まっている。作業員が玄関のボタンを押している。家の前にはアカデミーの黒いワゴンがまだ一台残してある。

作業員はその車を移動させたがっている。緊急の工事だ。昨晩の熱帯性低気圧の強風で送電線が外れて、彼らは通報を受けて早朝から動いている。ワゴンがどかないと、そこからクレーンを上へ伸ばせない。

市野桐清は舌打ちして考える。応対に出て、うちの車だと答えれば、移動させなくてはならない。それもはなれた場所へ。少し前進させたところで、また動かしてくれと言われるのはわかりきっている。

ガレージに入れるのがいちばん手っ取り早い。だがそこにはすでに、三菱ミラージュと、アルファロメオ・スパイダーが停まっている。満車だ。

第三の方法は居留守だった。だがその道を選択すれば、電力会社はおそらくレッカー移動を決断する。ぶら下がった送電線は放っておけないからだ。

レッカー移動された場合、ナンバーと車種が記録され、あとでめんどうな事態になる。何らかの根回しをするにも時間が足りない。

結果として、選んだのは最初の選択肢だ。市野桐清本人がドアを開け、電力会社の作業員と話し、近くのコインパーキングまでワゴンを動かす。

そこに空白が生まれた。時間にしておよそ十分の。

誰も見ていない。三階の一室に、三脚で固定されたハンディカム以外には。

レンズは映している。

市野桐清がいなくなった部屋に、四歳の女の子が入ってくる。ほどけたスニーカーの黄色い靴ひもがドアの角に引っかかる。それで女の子はスニーカーを脱ぐ。そして部屋を見回す。何もない部屋だ。椅子があり、目隠しをされた男がしばりつけられ、抜かれる血がバケツに溜まっている。

女の子にはわけがわからない。

そして目の前にいるのが、父親だということさえも。たしかにどこかで見た憶えはある。でも、知らない人だ。そして、ひどく苦しんでいる。

ふと、男が頭を持ち上げる。ほとんど聞き取れない声で言う。「誰かいるのか」

女の子は答えない。ゆっくりとその男に近づいていく。少し怯えている。男はもがいている。

一分がすぎ、また一分がすぎ、また一分がすぎる。

やがて男がぐったりとして、弱々しく告げる。喉が渇いている、と。

声はあまりにもかすれていて、女の子には何を言ったのかわからない。女の子はぼんやりしている。夢遊病者のように歩く。彼女はきっと、こんなふうに思っている。

この男が苦しがっているのは、血を抜かれているから。

だったら血を止めてあげなくては。

外に出た血を戻してあげなくては。

女の子の取った行動はこうだ。

腕の血管に挿さったチューブの端をバケツから持ち上げて、男の口に入れる。けれども血は逆流して、うまく口に流れていかない。しかも男は抵抗する。

女の子はバケツを持ち上げる。底に溜まった血を、男の口から戻してあげようとする。男は懸命にもがく。生温かな自分の血が、口から、鼻から、絶え間なく流れこんでくる。

女の子は本当に相手が父親だとわかっていないのか。

心から助けてあげようとしているのか。

男のくちびるが、あごが、衣服が真っ赤に染まっていく。せきこむ。うめく。あえぐ。

市野桐清は、わたしに向かってこう話す。「俺が部屋に戻ってきたときには、その事故はすでに起こっていた。凝固する自分の血を気管に詰まらせた窒息《ちっそく》――それが、糸山霧彰におとずれた運命だ」

ワゴンを移動させて部屋に帰った市野桐清は、血の海に立っている女の子を見る。彼女の顔がとたんに明るくなる。

「遅かったね、お父さん」


あれは……ダムナティィオ・メモリアエは、父がやったものだと信じ切っていた。少なくともそれが真実だった、わたしの生きる世界では。だけどあれは、わたしがやったことなの？ この手でバケツを傾けて、本当の父親を助けようとして殺した……

「何もかも台なしだ。いや、台なしと言うなら、はじめからそうだった。俺はとにかく、糸山霧彰の死を回避しようと、できるかぎり手をつくした。娘の目につかないように、地下の物置に移した。俺にはわけがわからなかった。すべてがむちゃくちゃになってあとに残されたのは、記憶をなくした殺人犯の娘だけだ。とてつもない失態を挽回するためには、娘の観察をつづけるしかなかった。この拠点でいっしょに暮らしたよ。親権を譲り受けた実の娘としてね」

「だからって、本当の娘の名前をあげるなんて」市野亜李亜がわたしに言う。「愛情のかけらもない父親でしょ」

思い浮かべる。地下にいるミイラを。家族の象徴、記念碑を。あれが、糸山霧彰。わたしの母と犬を殺した、父。

「四歳の娘は、自分が誰かもわからなくなっていた。人間が社会で生きるには、いくつもの錯視の壁が不可欠だ。たとえ幻想であろうと、それは真理だとみんながきめた確実な壁に支えられて、はじめて生きていける。与えられる名もそのひとつだ」

「おかげであたしは、偽名で暮らすはめになったのよ」

「市野亜李亜。実在する娘の名前を与えられて、おまえは新しい世界を築きつつあった。そしてあのファミレス、〈アイダホ〉に食事に連れていったとき、メニューの州章を見て、おまえの世界は一瞬で生まれたんだよ。ビッグバンのようにだ。それは俺にとっても、とても興味深い瞬間だった。脳がどのようにしてアイデンティティを守るはたらきをみせるのか、あるいは人の狂気がどのようにして整理され、秩序立てられて、偶然からいかに現実へとすべりこんでいくのか。間近にそれを目撃したのだから。新生児がすさまじい速度で未知の世界を取りこむ、あの姿だ」

あの絵。

アイダホ州の州章。

ESTO PERPETUA――汝、永遠なれ《エストー・ペルペトゥア》。

角の生えた雄鹿の首。

杖と天秤を持った女神。

つるはしとシャベルを持った鉱夫。

「おまえは殺される家族の側から、殺す家族の側へと移り変わった。強力な支えとなったのは、地下の父親だ。現実に存在する父親を抑圧するおかげで、理想の父である俺は人殺しになり、理理想のなかで凶暴化した母親と、擬人化した兄であるドーベルマンも、歳月とともに事実と虚構の入り混ざったさまざまなのりづけ《コラージュ》をくわえられて、いかにも恐ろしげな殺人一家ができ上がった」

たとえば。

ドーベルマンの黒いつやつやした毛並みは革ジャンに。

首輪とリードは、首にぶらさげた鋲つきのベルトに。

牙の代わりにマウスピースが与えられ、凶器のつるはしとシャベルが、偶然見かけた州章から切り貼りされる。

父が死んだ三階の一室は殺人の〈専用部屋〉に。

四歳のときにドアに引っかかったスニーカーの黄色いひもが、ドアノブにかけられる使用中の合図に。

　こうやって、わたしの悪夢はすべてひもといていける。わたしは、生きたままばらばらに分解されるんだ。

「この人だって、理想の娘をあんたに投影したのよ」と市野亜李亜が言う。

「投影？」とわたしは言う。

「あたしは失敗作なのよ。この人は、あんたみたいな娘が欲しかったわけ。でなきゃ、あたしの名前をあなたにつける意味がないでしょ」

「その女は」市野桐清は冷たく言い放つ。「殺人研究者でも何でもない。金を払えば万能だと信じているあの投資家どもと同じだ」

「言ってくれるわね」市野亜李亜は首をすくめる。

「そいつはたんなる窃視症者《スコーポフィリア》だ。リアルタイムの殺人を見て快感を覚えるタイプの、恐怖心の欠如した分解愛好者なのさ」

「かわいそうなお父さん。〈Ca→Ab〉の存在意義ってまさにそういうことじゃないの？　わたしたちはただ、見ているのよ。そしてこれからも、ずっと見つづけるの」

「詭弁《きべん》だな」

「自分の手は血に染まっていないと言いたいの？　今まで何百人見殺しにしたのよ。この子の母親だってそうだよ。それでも平気なのは楽しいからでしょ。わたしも楽しいの」

「だから亜李亜、おまえは失敗作なのさ」

「自分でアカデミーの仕事に引っぱりこんでおいて、よく言うわね」

「大学院で犯罪学を教えていたとしても、おまえのような奴は遅かれ早かれ、殺しに手を染めるだろうな」

これは何？　二人のやり取りを前に、わたしは呆然としている。これって親子喧嘩？　わたしの頭はおかしくなりそうだ。もう、おかしいんだ。わたしを苦しめる最後の謎はひとつだけ。それだけ。

名前は借り物。それでいい。母と兄が幻。それもいい。本当の父がとてつもない殺人者だったこと。それも。

最後の謎。わたしは。この胸の痛みは。

「わたしは、父のほかに誰かを殺したの？」わたしは叫ぶ。答えて。お願いだから、答えてよ。

39　未来

叫び声に、親子は一瞬、口を閉ざす。

無言で顔を見合わせる。

やがて娘が答える。「さっきから、とんだ期待はずれって言ってるだろうが」

口調が変わっている。顔つきもゆがんで、目つきも変だ。もう鳩ポンじゃない。どす黒い何かを抱えて、それが表情にあふれだしてくる。これが本当の市野亜李亜の顔なんだ。

「あんたは、親の殺人遺伝子を受け継ぐかどうか、その研究材料だからこそ予算を与えられて生きていたんだよ。いい？　境界殺人犯《バウンダリーキラー》という特異性を発露するか、しないかってこと。でも、あんたは妄想のなかに暮らして、まったく活動しなかった。さんざん待って、市野桐清を狩るチャンスまであげたのに、あんたはまるで殺さない」

　まるで殺さない。その意味は。

「殺さない材料は用済み。管理者が処分するのが機関の規定なの。だって予算の無駄でしょ。それなのにそこのパパは、ロリコン趣味だか何だか知らないけど、あんたに情が移って、記憶が現実に触れだしたあんたがどういう行動に移るかを見て決定する、なんて提案をして。それであんたはまず命拾いしてるわけ。そしてあたしが記憶を取り戻す協力者として、あんたに接触したんだよ。あんたの気を引くように、公園で鳩を殺したりしてね。あんたがどういう人間に興味を持つのか、データはうんざりするほどそろってるから。家出したら頼れるのは『鳩ポン』のような人間だけなの」

　見ているわたしが、見られていた。それも、ずっと……

「相模原の事件の抑圧が解けて、すっかり思いだして、現実を知ったとき、あんたはどんな反応をするか？　あたしとしては、激怒して、狂乱状態になって、父親をめった刺しにしてくれると淡い期待を抱いたんだけど。それもしなかった。あきれるわよね。それでも糸山霧彰の娘なの？」

　灰色のハンドバッグから何かをつかみだした市野亜李亜が、こっちに近づいてくる。瞳孔が大きくなり、目がおかしな光に輝いている。

「事象の監視時において、対象が当方の要員を知り得た場合には」市野亜李亜が、言いながら近づいてくる。「対象の生命活動停止によってのみ機密を保持すると定め、恐喝ないし口止め料等の取引による二次行為の一切を禁じ、いかなる例外もこれを認めない」――この女が手に持っているものは。

「明確な殺人倫理規定に当てはまるよね。そうでしょ、市野桐清さん？　あたしたち、この子を監視していたんだもの。この子は、当方の要員を知り得たんだもの。だからわれわれが『殺せ』ってことでしょ、ねえ？」

くすんだ特殊ステンレス鋼の光。やわらかく波打つ刃。そんな。……市野亜李亜がにぎっているのは……パン切り包丁……

目がぎらついている。表情筋がみにくく吊り上がっている。くちびるは濡れて。舌がいやらしく動いて。

「ねえ、糸山希砂ちゃん。国家と猟奇殺人犯の親に振り回された人生には同情するわ。でもね、あんたの方もみんなの期待を裏切って、お金だけもらって飲み食いしていたの。最後くらいは協力してよ」

机から飛び降りたわたしめがけて、市野亜李亜はパン切り包丁を横に振る。

「あたしが鳩を殺してるって言ったときの、あんたの顔が忘れられない。当然だよ。あんたは自分が人殺しだと信じていたんだから、鳩殺しなんて苦笑いだよね。でもさ、あんたが妄想のなかにいたとしても、あたしにはよくわかるの。それは真実なんだって。人殺しに比べれば、鳩殺しなんて。そうだよ。鳩で満足できるわけがない、ない、ない、ない」

壁にぶつかる。スタッグナイフが手から落ちる。パン切り包丁を振りかざす市野亜李亜から、わたしは逃げ回っている。ほかに凶器がいくらでもあるのに、この女がその刃物を選んだ理由は。自分のなかの怖いという感情と、市野亜李亜の喜びに満ちた顔で、わたしは理解する。この女は、わたしが恐怖に顔をひきつらせて死ぬのを見たがっている。母と犬が殺された凶器と同じパン切り包丁で、体を切り裂かれて、絶望に目を見開いて。

舌なめずり。

紅潮した頬。

胸の高鳴り。

ただ殺すだけじゃなくて、楽しみたいんだ。

「ほら、逃げずに協力してよ。あたし、三十六にもなってヴァージンなのよ。ああ……かんちがいしないでね。人を殺したことがないって意味の純潔《じゅんけつ》よ」

刃と柄が特殊ステンレス鋼で一体化したパン切り包丁が、わたしの耳をかすめる。背後のカーテンが触れただけで切れて垂れ下がる。丸みのある波状の刃からは、想像もつかない切れ味だ。考えてみれば当たり前だ。あの固いブレッドを押しつぶさずに切る刃物だ。その切れ味といったら。

机に向かって座る市野桐清を、わたしは振り返る。無表情で座っている。助けるそぶりはまったくない。そうだ。それがこの男の仕事だ。わたしが娘に切り裂かれて、血と内臓を床にばらまかれるのを、ただじっと見ているつもりなんだ。

逃げなくては。

わたしは書斎のドアに体当たりして、廊下へ飛びだす。とたんにジャケットをつかまれて、あの部屋へ引きずられていく。家族の〈専用部屋〉へ。

わたしと市野亜李亜を追って、市野桐清がゆっくりと廊下に出てくる。ただ、見つめながら。〈専用部屋〉……か。黒革のソファがひとつ。高さ一・五メートルの鏡台。閉じられたカーテン。あとは何もない。

ソファは昔からずっとそこにあった。これが糸山霧彰が座らされていた椅子だろうか。縦長の鏡台は、中学生のときに母の部屋から運びこんだ。あんまりにも、がらんとしていたから。鏡台を部屋から持ち去られて、母が文句を言ってこなかったのも、今ではうなずける。はじめから母なんていなかったんだから。

でも、どうして鏡なんて持ってきたのだろう。知らないうちに、無意識では、自分が鏡の世界に生きているとわかっていたのか。

逃げ回る。カーテンが裂かれる。

パン切り包丁が振り下ろされ、わたしは市野亜李亜の手首をつかんで防ぐ。こんなふうにジョブレスも殺されたのだろうか。母も。

もう限界だ。

わたしはじゅうぶんに地獄をさまよった。

何もかもどうでもよくなった。これ以上、作りものの世界につき合う義務はない。誰だってそう思うはず。十三年前の夏に、父に殺されて死んだはずの人間なんだ、わたしは。

誰がわたしを助けてくれるって言うの？　家庭内暴力相談所？　それとも警察？

わたしは未来を思い描いていただけなのかもしれない。いずれこの部屋で、母と犬のように殺される、自分の運命を。

市野亜李亜が黒い髪を振り乱して踊っている。パン切り包丁が激しくゆれている。彼女の顔はどす黒く、それでいて紅潮し、目は輝き、血走り、くちびるはなまめかしく濡れている。

殺人。

きっと、そうなのだろう。殺人は、楽しい。わたしがそう夢見ていたように。わたしの父がそうだったように。

怯える相手を追いつめ、意のままに操り、命ごいをさせ、やわらかな肉に刃を突き刺し、極度の緊張にこわばった腱や、骨の固い感触を味わい、内臓を引きずりだし、目をえぐり、消えていく命の火を眺めながら、できたばかりの血溜まりを、ビチャビチャと音をさせて歩くのは。

なぜ殺人は楽しいのか。

どうして人間の興味を引いて止まないのか。

パン切り包丁を持つ手を押さえながら、そんなことを考えている。今さら、そんなことを。動物を殺すだけでは飽き足りないその理由を。

殺人を徹底的に知りつくしたい。

そういう望みを持つ人々がこの世界にいるのは、ありえることだ。犯された殺人事件を集め、整理し、類別して、鮮やかに標本にピン留めする人々が。〈誰が誰を殺したのか〉じゃなく、〈殺人とは何か〉という謎を突きつめたい。それは終わらないから。無限だから。

そうだ。アカデミーはありえる。カインのしるしの探索は、ずっと昔からあるのだろう。そこに関わる人が、殺人そのものに取りつかれることも。市野亜李亜のように。ありえる。わたしが研究材料にされ、ひそかに監視され、あげくの果てに殺されて、無惨に切り刻まれることも。

何かが聞こえる。わたしは耳を澄ます。

足音だ。廊下を歩いてくる。ひどくぎこちなく。まるでミイラが起き上がり、ぼろぼろの服の残骸《ざんがい》を引きずって、よたよたとやってくるような。

40　儀礼、恐怖という名の

廊下を誰かが歩いてくる。

市野桐清とはちがう。父の足音なら聞き慣れている。

誰？　この殺人の家《キルハウス》に、まだほかに誰かいるの？

床をこする音。奇妙なリズムで踏み鳴らす音。幻覚なのか。錯視なのか。わたしは自分の感覚をどこまで信じられるのか。

それは地獄の足音だ。

永遠の暗闇に沈んだはずの、地獄そのものだ。

男が一人、鏡に映っている。

やせて――いるどころじゃない。頬がこけて。げっそりして。絶食の果てに息絶えようとしている餓死者の顔だ。腕はほとんど枯れ枝だ。それでも、生きている。

白いワイシャツ。黒く乾いた血に染まっている。

濡れて見える黒のスラックス。おそらく血で汚れている。

前髪が垂れて、目鼻を隠している。袖からのぞく腕に、灰色の血管がむごたらしく浮いている。死への予兆だ。

男が右肩を下げて、足を引きずっているのは、右足がちぎれかかって、横倒しになっているからだ。骨まで切断されて、皮とわずかな筋繊維だけでくっつき、傾いた姿勢で男が歩くたびに、その右足は、なついた子犬のように床をすべってついてくる。

首に赤いネクタイがぶら下がっている。菱形の模様のラインがきらめいている。死の気配にくすんだ男と真逆の、あまりにも鮮やかな色合いが。

きっと高いネクタイだ。お洒落な一流品の。ネクタイ。まさか。イタリア製の。まさか。整形外科医が設立したアンジェロ・フスコ。ネクタイ。ブランドの。ネクタイだけは。

トランプのカードがＱＪＫＫＪＱじゃなく、ＱＪＫＪＱだった理由。なぜＫはひとつなのか。

それは。

これは幻？　充塡《フィリングイン》？　わたしはそのなかで死ぬの？　けれども、その可能性はすぐに打ち消される。迫ってくる異様な足音に、市野亜李亜も気づく。馬乗りになってわたしを押さえつけたまま、ドアの方を振り返る。

「まさか」市野亜李亜が、わたしの心に浮かんだ声とまったく同じ言葉を発する。「冗談でしょ」

Ｋのカードが一枚なのは――糸山霧彰が――
――生きているから。

地下の物置で、乾いたミイラになっているはずの男が、よろめいて歩く。

その手ににぎった短い鎌のように湾曲した刃——あれはスキナーカーブナイフだ。父の愛用した道具だ。皮はぎ用《スキナー》の鋭い刃物が、ゆったりと持ち上げられる。くぼんだ暗い目が、こっちを見ている。

どうして。何がどうなっているの。これがわたしの幻覚でないとしたら。わたしは市野亜李亜に目を向ける。この女の目も、驚愕《きょうがく》に見開かれている。パン切り包丁がわたしの首から遠ざかっていく。

「ありえない」市野亜李亜は、立ち上がって身構える。

糸山霧彰の斜めになった肩ごしに、市野桐清の顔がのぞいている。「お嬢さんたち、驚かせて悪いが……境界殺人犯《バウンダリーキラー》のご帰還だ」

すぐに市野亜李亜は声を荒げる。「糸山霧彰は死んでいるはず。娘に血を飲まされて窒息死したんだよ」

スキナーカーブナイフがゆらめく。刃の表面に少しだけ錆が浮いている。錆。時の流れ。現実。

「たしかに窒息した」市野桐清はうなずく。「だが窒息死したと俺がひと言でも口にしたか？死んだとひと言でも口にしたか？『おとずれた運命』と言っただけだ。死体を運んだと言ったか？『地下に移した』と言っただけだ」

「……嘘……」市野亜李亜の頬がひきつる。「……でたらめ……」

その顔から紅潮が消えていく。殺す快楽の狂乱から、未知の恐怖へ。そしてわたしは、ついこの瞬間まで自分を殺そうとした女と、同じ気持ちを抱いている。

これは嘘なのだ。でたらめだ。

地下で寄り添ったあれは、あきらかに死んでいた。

命のない物体だった。

こんなふうに動くことなんて、絶対に想像できない。恐怖にとらわれる市野亜李亜は、地下のあれを見たことがあるのだろうか？　あれば、どんなことがあっても信じないはずだ。

「おまえは〈Ｃａ→Ａｂ〉について何も知らない」市野桐清は、開いたドアに寄りかかって言う。「われわれが糸山霧彰ほどの研究材料を死なせると思うのか？　事故であっけなく手放すとでも？　おまえはわれわれの本質を知らないし、父親の本質も知らない。まったくの失敗作だ。つまらない女だよ。彼を生かしておいたことにも気づかないとは。血を抜きつづけ、栄養を与え、そしてさらに血を抜きつづけ、ぎりぎりのところで今日まで生かしてきたことに」

それなら地下のミイラは。

あれは、別人なの？

「……嘘……」

「なあ、亜李亜」と市野桐清が言う。「おまえに欠けているのは、恐怖心なのだよ。われわれに群がる投資家と同じさ。恐怖を感じない人生は、貧しいものだ。そして恐怖なしに、殺人を研究する資格はない。たとえ全員を、見殺しにするとしても。誰一人として、助けないとしても」

「……何が……言いたいの？」

「俺にはおまえを教育する義務がある。亜李亜、これはアカデミーとしての課題だ。殺し殺されることを知りつくしたければ、恐怖を学べ。それが〈法〉の外にいる人間の〈儀礼〉だ。それにしてもなあ」市野桐清は微笑む。「超希少種の境界殺人犯《バウンダリーキラー》に襲われるとは、名誉なことだな」

市野亜李亜は何かを言いかけて、でも声が出ずに凍りついている。この女が何を言いたいのか、わたしには痛いほどわかる。現実が崩れるとき。立場が逆転するとき。目にしているのはいったい何なのか。

この部屋は地獄だ。鏡の地獄なんだ。

二組のあまりに深くもつれ合った親子。父と娘と父と娘。

灰色の血管を浮き立たせた異形《いぎょう》の怪物が、スキナーカーブナイフを振るって、市野亜李亜に襲いかかる。わたしの父親がわたしと同じ名前でしかもわたしの父親だったはずの人間の実の娘を殺そうとしている。わけがわからなくなって今にもわたしの頭は割れそうだ。

糸山霧彰をパン切り包丁が切りつける。やせすぎた体に血の痕は浮いてこない。よろめきながら、着実に進む。

二本の刃物が宙ですれちがう。

市野亜李亜は何度も相手を切りつけ、彼女の顔はねじ曲がり、混乱に突き落とされ、わたしのことをすっかり忘れている。

糸山霧彰の耳が血の鎖でかろうじてぶら下がっている。削《そ》げ落ちた頬から骨が見える。振り回されるパン切り包丁をよけることもなく、とうとう糸山霧彰は壁ぎわに市野亜李亜を追いつめ、錆びたスキナーカーブナイフの先で、彼女の胸をえぐる。心臓が、気管が、肺が、グリグリと切り裂かれていく。開いたくちびるから嘔吐のように血があふれ、床にこぼれだし、彼女の膝から力が抜けて、それでもナイフはさらに突き立てられる。何度も、胸に。腹に。

おびただしい血に染まった服のあいだから、くだかれた肋骨が飛びだす。

市野亜李亜は目を見開いたままだ。突き刺さる刃物の衝撃を受け止めて、電気ショックの蘇生処置を受けるようにゆれている。

絶命した体が、温かい血しぶきとともに、いつまでも踊っている。

41　一〇×二二

空間も、時間も、感じない。

わたしはただ、目を見開いているだけだ。死んでいる市野亜李亜も目を開けて、生きているわたしもそうしている。

においたつような返り血を浴びて、糸山霧彰が立ち上がり、ぎこちなく振り返る。つぎはわたしだ。でも、手に武器は何もない。

近づいてくる。

足を引きずって。

目の前に。

そして。

糸山霧彰は——わたしが見えていないかのように——市野桐清に向かって話しかける。かすれた声。「……これで……いいだろ……」

その声。これは、父じゃない。たとえミイラのように骨ばっていても、大人の声よりずっと若い。少年？――

「ああ」市野桐清はうなずく。「よくやった。向こうの部屋へ行け。左足のワイヤーをはずしてやろう」

左足のワイヤー？　何のことだ。わたしは少年の左足を見る。スラックスから伸びているのは、素足だ。足首にたしかにワイヤーのようなものが巻かれている。点眼器に似た金属製の容器がひとつ取りつけてある。

異様にやせこけた、わたしが見たこともない少年は、スキナーカーブナイフをあっさり投げ捨て、わたしの脇を通りすぎ、ちぎれかけた右足をひきずって廊下に出ていく。

ドアに寄りかかる市野桐清の前を通る。

わたしは眉をひそめる。いったい何をやっているの？

市野桐清が、自分の前を歩き去る少年の後頭部に、黒いスマホを突きつけている。それも不恰好な筒状のアンテナつきの。

何を――

つぎの瞬間、少年の頭が。

破裂して。

血が。

火薬のにおい。

脳が吹き飛び、空洞のできた後頭部を、ちぎれた髪と肉でぐちゃぐちゃにした少年は、祈りをささげるようにゆったりと廊下へ倒れ、額を床に打ちつけてにぶい音を立てる。血溜まりに沈んで、二度と動かない。

銃。市野亜李亜をめった刺しにした見知らぬ少年が、今、目の前で撃たれて死んだ。

市野桐清はため息をつき、小さな銃の先についた黒い筒をくるくると回しだす。わたしの目に不恰好なアンテナに見えた、おそらくは消音装置を。実銃も、消音装置も、わたしは映画でしか知らない。西東京市の住宅街にいれば目にする機会なんてない。

この家に暮らす父の凶器は銃。スタッグナイフだ、スキナーカーブナイフだ、特殊ステンレス鋼のパン切り包丁だ、そう騒ぐ異常者どもを相手にしているのだから、それはごく当然の選択なのかもしれないけれど——黒い筒を取りはずすと、市野桐清は軽く銃を持ち上げて、疲れた目でわたしを振り返る。「……グロック27、一〇×二二ミリ弾の接射だと頭があんなに吹き飛ぶ……」

わたしは何も答えない。

答える言葉がない。

「……下で……コーヒーでも飲むとしよう……」と市野桐清は死体をまたぐ。「……腹は空いてないか」

廊下の壁に穴が空いている。ちょうど少年の目の高さだ。頭を貫通した弾がめりこんでいるの？

廊下で祈るように伏せている少年。目を開けて倒れている市野亜李亜。

わたしは二人を残して下へ降りていく。

ソーサーが二枚。

来客用のカップが二つ。

いれ立てのコーヒーの香りが、血と火薬を嗅いだ鼻に入ってくる。

逃げもせずに、ついさっき人を撃ち殺した男とテーブルを囲むのは、まるでわからないからだ。市野桐清はいったい誰を殺したのか？

それにわたしを殺す気なら、娘に切らせても、少年に刺させてもよかった。何より自分で撃てばいい。今頃わたしは三階に転がっていたはずだ。

椅子に市野桐清は深々と座り、わたしはその向かいにいる。父と娘だったときと同じ席。わたしたちの距離は、物理的には何も変わっていない。いつもの朝の眺めだ。

「信じたか」市野桐清はカップに口をつける。引き金を引いたその指が白い把手《とって》にかかっている。

十三年前に死んだ殺人鬼の父親が、ミイラ状態からよみがえって人を襲う。その悪夢にわたしは、一瞬は呑みこまれそうになった。でもそんなことはありえない。脳の作る夢でもないかぎりは。わたしは首を振る。「あれは、誰」

市野桐清は微笑む。「まあいい。おまえには見抜かれても、俺の娘にだけ、あれが糸山霧彰に映ったのなら、それでいい」

「何を言いたいの」

「ありえない。考えられない。理屈に合わない。それが自分の身に襲いかかってくる。恐怖……その情動のなかで、彼女は死んでいったことになる。怯え、抵抗し、逃れようとして、ダンスを踊る。くだらない殺人嗜好者《しこう》へと堕《お》ちた娘への、父親からの最後の贈り物だ。ずっと昔から、みずからは法の外にいると信じこんでいる者には、ああいう儀礼を与えるしかない。奇術、トリック、魔術、錯視……呼び方は無数にあるが、それらはもともと儀礼のために生みだされたものだ。自分だけは法の外にいて、誰にも邪魔されず、自由を謳歌していると信じる人間のための。すなわち恐怖を与える側だった殺人者が、恐怖を抱くための。想像を絶する経験のなかで、裏切られ、苦痛のなかで最悪の死を迎えるための」

「処刑ってこと」

「教育と言った方がいいな」

「教育？」

「恐怖という名のダンスを踊り、憶えること。それが死者たちへの儀礼だ。この儀礼の教育なくしては、この世は無だ。虚無だよ。あの世にではなく、この世に地獄がある。それが人間の文明だ。儀礼が失われれば、地獄の扉が完全に開くだろう」

現実の世界に地獄をもたらした者にもまた、恐怖という名のダンスを踊らせなくてはならない。死者になり代わって。誰かが。恐怖を感じない人間に、恐怖を感じさせなくては。

もしかして、とわたしは思う。わたしもその一人だったのか。父によって恐怖という名のダンスを踊らされたのは？

「新聞を読んだだろう」市野桐清はカップを置いて、眼鏡を外す。「大田区東雪谷の物件」

その町名。不動産情報の殺人予報。マンションで祖母と母親と娘が殺された事件。犯人は行方不明。

この話を今わたしにする理由は――闇――この家を取り巻く闇の、あまりの深さにわたしは息を呑む。父も母も兄もいない。それでもやっぱりここは、殺人の家《キルハウス》だ。

糸山霧彰に見せかけた、あの少年。

頭を撃ち抜かれた彼こそが、大田区東雪谷の家族殺害の犯人なんだ。アカデミーは、はじめから犯人を知っている。知ったうえで殺人を実行させ、研究のために観察する。連れ去ることもできる。わたしの父、糸山霧彰がそうされたように。

「十九歳の大学生だよ。名前は……いや、おまえが知る必要はないな」市野桐清は眼鏡をかけ直してコーヒーを飲む。「確保して脳をスキャンしたあと、この家へ連れてきて、感情の反応を見るために拷問を加えた。三階の、おまえが夫婦の寝室と呼んでいた部屋で」

父の書斎と〈専用部屋〉のあいだにあるあの部屋。鍵がかかっていたあの場所に、彼は。

「古い狩猟用トラップにちなんで、トラバサミと帝国陸軍が呼んでいた道具を使ったよ。強化繊維のワイヤーと、フッ化水素酸入りの容器が一体化した拷問器具だ。腕や足に巻かれると、一定周期で薬品がワイヤーに染み渡り、時間の経過とともに骨まで切断される」

少年のぎこちない足音がよみがえる。ちぎれかけた右足は、そういうことだったのか。そして市野桐清が「左足のワイヤーを外してやる」と言った意味は。つまり少年は、左足も、じきに。

淡々と説明されるトラバサミの機能。一度巻かれると、両手が自由でもはずせない。唯一はずす方法は、みずから足を切り落とすことだ。むごくて皮肉な拷問器具。脱出できた場合と、できなかった場合の結果が変わらない。

「トラバサミで落ちた右足に、おまえの父親と同じバケツの処理を加えた。死なない程度に血を抜いて、徹底的に屈服させる。気を失ったところで、衣装替えだ。彼の着ていたのは殺した家族の母親が持っていたカレッジトレーナーだった。それを脱がせて、ワイシャツを着させた。ジーンズはスラックスに。ネクタイはもちろん、かのブランド品だ。一本数万円もする」

　少年の体。土色をした皮膚と、浮きだした灰色の血管。極限まで血を抜かれていたから、異様に細かったのだ。そして、あのあざやかなネクタイ。

「拷問というのは技術が必要だ。たんに殺すのとはわけがちがう。俺は彼をバケツとトラバサミで、発狂寸前まで計算ずくで追いつめた。残る左足にもワイヤーが巻かれ、フッ化水素酸がじわじわと肉を溶かしていく。そこで条件を提示してやるのさ。『隣の部屋にいるＯＬの恰好をして、パン切り包丁を持って暴れている女を殺せ。それで左足のワイヤーをはずしてやる』、と」

　――ドアは開いている。少年には男が何者なのか、何を考えているのかわからない。それでも恐ろしい人間だとはわかる。そして自分の身はかわいいものだ。助かりたい。足を守りたい。大田区で殺人を犯したばかりの十九歳の少年は、力を振り絞って左足で立ち上がり、廊下に出る。錆びたスキナーカーブナイフがそこに落ちている。怯え切って混乱した頭でもわかる。これでやれ、という意味だ。

「本物を使った。細部に凝らなくてはね。あれはおまえの父親が現実の殺人に用いた凶器だよ」

市野桐清は、そう言うと満足そうにコーヒーを飲む。

　東雪谷の殺人事件が起きたのは、日曜日の朝だ。ということはわたしが家を出た最初の日、横浜のネットカフェで殺人事件を知ったときには、少年はすでにここへ連れてこられていた。そして拷問を受ける。市野桐清が口にした、黄金と恐怖の七十二時間。その本当の意味がわかる。今なら。

あのタイムリミットは、わたしが公園で鳩ポンに声をかけて、さも自力でたどりついたように過去を手にするまでにかかる時間のことだと、すべてを知る市野桐清がそう予想したのだと、さっきまでは考えていた。わたしが感情を整理し、十三年前の事件を調べ、相模原にたどりつくまで。

でも、そうじゃない。

一人の殺人犯をあらかじめ監禁する。拷問する。逆らえないところまで屈服させ、糸山霧彰を思わせるような服装をさせる。

わたしが十七年の人生の真相を聞かされて、殺す側から殺される側へと反転する。殺人の夢に浸っている日々から、よみがえった父の記憶で恐怖へと突き落とされる。そこに市野亜李亜本人が現われ、わたしを殺そうとして、殺人の快感に浸りかけた絶頂から、彼女もまた、よみがえった境界殺人犯《バウンダリーキラー》の手で恐怖へと突き落とされる。

この七十二時間のあいだに起きたどれもが、追突事故のようなできごとに見える。けれども、ひとつでもタイミングに狂いが生じれば、こんなことにはならない。

わたしはパン切り包丁で切り裂かれているだろう。今ここに座って、湯気の立つコーヒーを目にしてはいない。

そうだ。この家で流れた大量の血の背後には、緻密に組み立てた通し番号《シリアルナンバー》がある。連続殺人犯《シリアルキラー》が犠牲者を数えるような。ワイヤーに染みる薬品が、皮膚と筋肉と骨を順番に、少しずつ確実に溶かしていくような。

「七十二時間って」とわたしは言う。「あの少年のことだったの?」

「統計的に見て、対象が拷問に耐えられる時間だ。死んでしまえば元も子もない」

はじめからみんな計算して。

こうなるように。

すべては父の計画通りに進んだ。予期しない事故も起きず、無駄に現れた人間もいない。市野桐清は二人の娘の行動パターンを完全に見抜いて、そろって儀礼を与えた。

殺人に取りつかれた二人の娘に交互に踊らせる、恐怖という名のダンスを。

42　正常対照群

どちらも口を閉ざしている。

庭の見える窓から、光が射してくる。予報では雨だ。とても降りだすとは思えない明るさで、庭は満ちている。セミの鳴き声。廃品回収車の呼びかけ。

わたしたちは現実の夏に囲まれて、黙ってダイニングテーブルで向き合っている。嵐が吹き荒れ、濁流がすべてを押し流した。幻想の家族は消え、嘘の友人は恐怖とともに死に、殺人を犯して安心を手に入れた錯覚に陥った少年も、また。

わたしは家のなかで、荒涼とした廃墟を眺めている。ティーカップ、テーブル、天井、壁、コーヒーの香り、父と娘、すべてが過去の遺跡だ。何もかもが狂おしく、呪われた輝きを放っていたあの日々、ザ・ゴールデン・エイジ・オブ・グロテスクの。

でも、これでおしまいなのだろうか。恐怖という名のダンスは、すっかり踊り終えられたの？

わたしはこの家で二件の殺人を目撃しただけでなく、アカデミーを知ってしまっている。そして市野桐清は――この人は、組織の職員である娘を処刑しただけではなく、研究対象の命も独断でうばっている。公的な、〈法〉の外での、国家への奉仕とは関係なく。

つまり、それは、この人が身を捧げる職務、アカデミー、国家的殺人研究の〈Ｃａ↓Ａｂ〉そのものを、全否定したことになりはしないだろうか。もしかして。わたしはティーカップをにぎった手を止める。何もかも信じられなくなったのは、わたしだけじゃないのか。

「心配するな」と市野桐清は言う。「このまま何ごともなかったように生きていくわけではない。親子として、おまえとこの町でやり直そうなんて、それこそ幻想だ。おまえには糸山希砂の正式なＩＤがある。現金もある。生きる知恵もある」

「これできれいに解決した、とでも……」

「解決など」市野桐清は首を振る。「何ひとつ、解決などしていない。そんなことはできない。ただ、おまえは解除されたんだよ。殺人という幻想からな。われわれの関与から起きた事象は、今日をもって解除された。糸山希砂に関しては」

わたしが、解除された。これは、自由なのか。「これって」とわたしは言う。「わたしの助けになるの？　あなたの言ってるのは、『初期化して放りだす』って意味にしか聞こえないけど」

そうだ。わたしには何もない。家族も、友だちも、いっしょに生きてきた名前さえなくなってしまう。

「言いえて妙だな」市野桐清はコーヒーを飲んで肩をわずかにゆらす。「だから、おまえにどれだけ責められようと、俺は解決だの、救済だのと言うつもりはない。あくまで解除だ。契約解除のようなものだ。ここには裁きすらない。われわれがおまえにもたらしたものはけっして〈法〉では裁かれない」

「これもあなたの仕事なの？　わたしを解除したり、市野亜李亜を殺害させたことが？」

「俺にはもう、仕事に戻る熱意はない」

「……それは、殺人研究がまちがっていたってこと？」

やっぱり。そうなんだ。わたしだけじゃない。何もかも信じられなくなったのは。

「残虐、冷酷無比、悪魔的、どう呼ばれようが、われわれの研究が無価値だったとは言えない。それよりも、俺にはわけがわからなくなったのさ……しかし、考えてみれば……気づきそうなことだったが」

「何が」

「おまえの父親、境界殺人犯《バウンダリーキラー》のことだよ。われわれが殺人者の超希少種として、まるで〈王〉のようにもてはやした人間だ。連続殺人、騒動殺人、大量殺人を行き来する。分類を越境する。ときに、きわめてプライベートな冷静沈着な行為。ときに、無計画で幼稚ですらある衝動的な行為。ときに、広く社会に向けられた行為。計算しつくされた面があり、ずさんな面があり、不特定多数の社会と関わる。これが何を意味するか、考えてみろ……」

わたしは考える。

プライベートで冷静。

無計画で幼稚。

広く社会的。

その三つを併せ持つ——それは——言いたくない。口にするのをためらうのは、あっけないほど単純で、恐ろしい答えだからだ。そんな答えに行き着くために、父の人生が、アカデミーがあったとしたら。

「標準的な人間ってことだ」市野桐清が、とうとう答えを口にしてしまう。「当たり前の話だ。冷静で、慎重で、いい加減で、プライベートも秘密があり、ときには社会に関わって何かを発信する。それが人間だよ。ごくふつうの標準的な人物だ。われわれが一方的に殺人を細かく類別しすぎたおかげで、ふつうの人間が境界殺人犯《バウンダリーキラー》に見えたのさ。それでも……」市野桐清は苦しげに顔をゆがめる。「……もっとも稀少なサンプルとして採り上げた、あの男が……毎朝駅のエスカレーターを乗り降りして、電車にゆられて出勤している連中と……何ら変わらないとは」

「本当にそうなの?」

「正常対照群《ノーマルコントロールグループ》」と市野桐清はささやくように答える。「脳スキャン画像を取得した結果、糸山霧彰の脳は、殺人犯に見られる器質的な異常をいっさい示さなかった。俺には信じられなかった。まだ何かあるはずだとむきになったよ。こんなことに行きつくために、こんな答えのために、俺は奴の殺人を眺めつづけてきたのではない。だが脳にも遺伝子にも、何ら異常は見られずじまいだ。それで、結局はおまえにすがった。殺人遺伝子を調査するというよりも、願望を抱いた。おまえがいつか父の後を継ぐ日を待った。だが、その日はついに来なかった」

　来なかった。わたしはあらためて絶句する。息さえも止めて。そして思いだす。市野亜李亜がわたしを「とんだ期待はずれ」と呼んだことを。市野桐清が、糸山霧彰への拷問について「あれをやる必要があったのかどうか」と打ち明けたことを。「思考はすでに困惑でかき乱され、予期しない状況に誰よりも動揺していた」と、この人は話していたのだ。

「数えきれないほど殺人を見てきた」と市野桐清は言う。「だから直感的にわかる。おまえは殺さない。それがわかっていながら俺は……許してくれなどとは言わない。そして現実のこの世界は、おまえにとってやさしくもなく、温かくもない。それでもせめて、おまえには殺人鬼ではない現実を生きてほしい。いつの頃からか、俺はそう願うようになった。そして記憶を取り戻しはじめたおまえを見て、それは俺の生きる意味のすべてになった。殺人の……殺意の解除。本来、アカデミーは、殺人の類別でなく、その方向へ向かうべきだったのだ。亜李亜が嫉妬《しっと》するのも無理はない。彼女が言うように、俺はおまえに別の未来を託しはじめていたのだからな。実の娘に託すように。思えば、最初からそうだったのかもしれないな」

殺人を見て楽しむようになった実の娘の名前を、わたしに与える幻想の父。わたしたちは、どちらもたがいの姿に夢を、望みを映す鏡をかさねていたの？

涙も出ない。声も出ない。感じるのはただ、砂漠の風のようにざらついた灰色の景色だけだ。

市野桐清はカップをソーサーにそっと戻す。紙袋をテーブルに載せる。市野亜李亜の、鳩ポンのハンドバッグに入っていた紙袋だ。

なかに手を入れて、がさごそとかき回しながら、市野桐清はポップコーンを頬張りだす。

そのポップコーンとは、何だったか。

どんな意味があったか。

「おまえの解除は、俺自身への儀礼もふくむ」市野桐清の目は、わたしでなく宙を向いている。この人もまた、踊るというの？　恐怖というダンスを。「この世は錯視で閉ざされている。まるで謎だ。俺はとうとう、その謎の外へ一歩もでなかった。エッシャーの階段を、ただぐるぐると歩きつづけていたのさ。だが、すべて錯覚だからこそ、外への窓も同時にそこにある。見えるものにだまされるな。はじめからあるものなど、どこにもない。すべてはそのように見えるだけなんだ」

市野桐清はポップコーンを食べつづける。上映中のスクリーンに心を奪われている観客のように、一点を見つめて。

そして、消音装置つきの銃よりも小さな、湿ってくぐもった音が、市野桐清の喉のなかではじける。くちびるから血があふれだしそうになるのを手で押さえつけて、無理に飲みこんでいる。それでも鼻から血が垂れる。

市野桐清は、火薬の破裂した喉を通して、自分の血を飲みつづける。わたしが父にしてあげたように。父が死んだときのように。固まった血が、気管をすっかり塞いでしまうまで。

わたしは市野桐清の最後を見届けずに、椅子から立ち上がる。

43　記憶の宮殿

地下の物置に下りる。

ぼろぼろの服をまとって、壁に寄りかかっているミイラの隣りから、わたしはリュックを拾い上げる。それから、もう一度ミイラに触れてみる。冷たい。乾いた板のように硬い。

糸山霧彰は死んでいる。よみがえりなどしない。リュックを振って頭にぶつけてみる。埃が舞い、乾燥した毛髪がちぎれたかと思うと、つぎの瞬間にはコンクリートの床をゴロンと転がっていく。腐《くさ》ったヤシの実のようだ。

首に垂れ下がっている朽ちたネクタイを、わたしはじっと見つめる。魔術も、錯視も、ここにはない。死体が死んでいる。それだけ。

家を出ていく。これからどうするかなんて考えられない。けれども、行きたいところがひとつある。行かなくてはならない場所が。

頭上の空はまだ晴れていて、遠く南の方からしだいに雲が近づいているのが見える。やっぱり、雨になるんだ。わたしはスニーカーについた血をふいて、通りを歩く。タクシーもバスも使わずに。ひさしぶりに、記憶の宮殿をたどる。〈シモニデスの記憶法〉。今となっては、現実である保証はどこにもなくなってしまった、わたしの思い出の道のりを、自分の足で歩いていく。

十七歳になって、はじめて人を殺した場所へ――

東伏見の町から北へ向かい、やがてその土地へ足を踏み入れる。前に来たとき、町の名前なんて気にも留めなかった。〈栗原《くりはら》〉という地名を、道路標識ではじめて知る。

住宅地と自動車工場を通りすぎる。あとは畑と草むらが延々とつづく。西へ進むと林がある。そこがハウスダスト調査員を殺した場所だ。彼のポルシェ・カイエンに乗って、手頃な遊び相手のふりをして。

わたしの脳は、自分がどんなふうに道を記憶したのか、はっきりと思い描く。

三叉路は、「真ん中にピエロが立って手を振っている」と想像して憶えたから、真ん中の道が正解だ。

右に折れて林へ入るせまい別れ道は、「農作業のおばあちゃんが捨てられたタイヤに腰かけていて、ピエロにもらった大きなボールを持ち、ボールには右と書いてある」と憶えたから、本物の古タイヤを見つけると、農作業のおばあちゃんはいなくても、頭のなかにその老婆——そしてボール——右という字——が連続してたやすく浮かんでくる。

道順は完全に記憶に当てはまり、わたしはちょっと驚く。何もかも幻の状態で夢を見ていたんじゃなかった。もしかして、わたしは正気なのか？　それともわたしは幻想と現実の境界を、注意深く行き来して生きていたのか？　自分自身にさえ境界を踏み越える足音が聞こえないようにして。

もう少し先。

そう。もう少し先だ。

枝葉で日がさえぎられるところに、ポルシェ・カイエンが捨ててあるはず。わたしがスタッグナイフで刺したハウスダスト調査員の死体があるはず。

踏みだすごとに、落ち葉がやわらかい土に沈む。

予感がする。本当に死体があるという、たしかな予感がつのってくる。わたしは本当に、ここで人を殺したんだ。そんな気がする。「死体があってほしい」と願う自分がいる。なぜなら、そっちの方が、住み慣れた世界だからだ。わたしにとって、より親しみやすい地獄だからだ。

林のなかを進み、とうとう車が現れる。本当にそこにある。

ただし、フロントガラスが血にまみれたポルシェ・カイエンではなく、打ち捨てられた、がらくたの軽トラックが――

停まっているのは、二人乗りの、荷台つきの白い軽トラック。フロントガラスは割れ、タイヤはパンクし、車体は激しく錆びついて変色している。地面を這い進んだ植物が、そこかしこに巻きついている。一ヵ月や二ヵ月で伸びる長さじゃない。何年もかけてからみつき、はるか上の太陽を目指しながら、人間に置き去りにされた鉄の塊を包んでいった緑。

割れたフロントガラスからなかをのぞく。二人分の座席と、埃の積もったハンドル。こぢんまりした廃墟に、死体など存在しない。

ポルシェ・カイエンもない。

死体もない。

わたしは長いため息をつく。父の言ったことは正しい。わたしは殺さない。鳩ポンの言葉にまちがいはない。とんだ期待はずれ。脳が築き上げた、とてつもない充塡《フィリングイン》の力に連れられて、たった一人でここへやってきて、殺人を夢見たんだ。母のように。兄のように。そして、父のように。

倒木に腰を下ろして、軽トラックの残骸を眺める。小さな雨粒が、少しずつ大きくなって、空が暗くなり、ついに激しく降りだす。枝葉で多少はさえぎられても、雨宿りにはならない。リュックが雨に濡れる。わたしはリュックを開き、パスポートとクレジットカードと現金を取りだす。わたしの本名。失われた名前。名乗った記憶がないほど長いあいだ打ち捨てられ、錆びついて、人知れずつたに巻きつかれたような廃墟。父が用意してくれた、わたしが新しい人生を送るための贈りもの。

――糸山季砂。

リュックサックを頭に乗せて雨を防ぎながら、わたしは考える。

新しいID。本当の名前。そして、殺人鬼の娘。

これでわたしは解除されたのだろうか。新しいIDを使って、どこかの町で、過去を葬り去って、新しい人生を生きていくのだろうか。

でも、これは糸山姓だ。糸山家のものだ。十三年前に行方不明になった女の子の名前だ。糸山霧彰にも両親はいるだろう。兄弟、親戚、血のつながった人々がいる。いつか、その誰かがわたしの存在に気づき、騒ぎだすのでは？　彼らや彼女たちは、あの日に起きた殺人の犯人を知らない。糸山霧彰がやったとは。彼らや彼女たちにとってわたしは、愛する父と母と飼い犬を同時に失った悲劇的な子供なのだ。誰かが〈家族〉として、わたしを迎え入れようとするだろう。そしてわたしは、実の父親が犯人だという事実を隠して、新しい〈家族〉に溶けこんでいく

――

それだったら、今までと同じじゃない？　作りもの、幻想、脳の錯視のなかに生きている〈家族〉と、いったいどこがちがうの？　たとえ父の親族に見つからなくても、母の旧姓をたどってその名を名乗っても、何をどうやっても同じだ。

嫌だ。わたしはもう、家族なんて望まない。だいいち、そんなことくらいで、〈Ca→Ab〉はわたしの監視を中止するの？　町じゅうにあふれる監視カメラに、わたしの姿が映らなくなる

とでも？　殺害予報新聞。誰も捕まえられなかった糸山霧彰の拉致。拷問。大田区東雪谷殺人事件の少年の確保。張りめぐらされた、国家の殺人研究への意志を、わたしがどうやってかいくぐれるというのか。

市野桐清は、この方法が最善だと心から信じたのだろうか。むしろ、あの人にもどうするべきかは、わからなかったと考えるべきじゃないのか。

それなら――どうする？――わたしは雨のなかに立ちつくす。新しいＩＤを使って、亡命する人のように、遠い外国で生きていく。それこそ、頭のおかしな世間知らずの少女の夢だ。この世界はやさしくも温かくもない。市野桐清だって、そう言っていたじゃない？

問題は明らかだ。新しいＩＤを使って生きる以上、わたしは死ぬまで逃げつづけなくてはならない。実の遺族から。そして国家の殺人研究から。殺される、かもしれない。殺されない、かもしれない。そんな不安をくり返す生涯だ。

そんなことは望みじゃない。わたしが望むのは、わたしなりの解除だ。この現実の世界で、わたしが生きていく方法だ。父がひそかに育んできた愛に甘える、かわいそうな娘としてではなく。

家族はもういらない。

新たな過去もほしくない。

それなら。

わたしは――ＩＤとお金を、林の土のなかに埋める。

来た道を戻る。

強くなる雨風に傘をゆさぶられ、栗原から東伏見まで歩いていく。記憶の宮殿はもういらない。

夕方だ。やっと家に着く。ガレージには三菱ミラージュとアルファロメオ・スパイダーが停まっている。いつもの眺めだ。

ドアの鍵を開けて、リビングに足を踏み入れる。椅子にのけぞって、市野桐清が動かなくなっている。

階段を上って三階へ。

鳩ポンの刺殺体と、十九歳の少年の銃殺体。二つの死体をたしかめてから、二階の浴室で雨に濡れた服を脱ぎ、シャワーを浴びて、髪を乾かして服を着替える。

ダイニングテーブルでパンと冷凍ラザニアの食事を済ませる。とびきり濃いコーヒーも飲む。

食器を洗い、歯磨きをしてから、スマホで110番に通報する。

数分のうちに、駅前の交番から二人の警官がやってくる。どちらも若い警官だ。彼らの顔は一階のリビングをのぞいただけで、いっきに凍りつく。

彼らの視線がわたしを突き刺す。

「わたしがやりました」二人の警官に向かって、わたしは落ち着いて話す。「わたしは――市野亜李亜です」

エピローグ

未成年者を収容する少年鑑別所で、わたしは毎日話している。自分がどうやってここまで来たのかについて。午後になると紙コップで希望者に出してもらえる、味の薄いコーヒーを飲みながら。

接見してくれる弁護士さん。

何度か移送された医療少年院で会ったお医者さんたち。

彼らにとって、目新しい内容はいくつかしかない。わたしがここへやってきたときに、わたし自身の口からほとんど聞いたはず。真実を――いくつかの点をのぞいては。

わたしは自分が糸山希砂であることを、明かさない。

林に埋めたパスポートのことも。

つまり、糸山霧彰とのつながりについては何も話さず、国家の殺人研究という、恐ろしい職務に就く父親の元に生まれた娘として、真実を語る。

捜査が進めば、自分の犯行だと語ったこのわたしが、じっさいには手を下していないとわかる。

それならなぜ、犯人と名乗りでたのか？　この娘は嘘をついていないと言って、やっぱり嘘をついていたではないか。わたしを問いただす質問がいくつも頭に浮かぶ。厳しく責められる。はじめて会う大人たちも、つぎつぎと押し寄せてくるだろう。

でも、それでいいの。

異常か正常かを判断するのは、まわりの人々だから。わたしにはもう興味がない。わたしにはこうするしかない。

「この子は異常なのでは？」

大人たちの目にそんな疑いの色が見えると、わたしはほっとする。

「この子は正常で、嘘をついているのでは？」

そう思ってもらえると、少しだけうれしい。

どちらの答えも、自分では決めかねたから。ただし、はっきり言えることがある。

わたしだけの真実《ディレクターズ・カット》は存在しても、この話にほかのヴァージョンはない、ということだ。ようするに、話すたびにディテールがころころ変わるような、幻や嘘を並べ立てているつもりは、わたしにはまったくない。

だから、わたしは話している。職員のお姉さんが持ってきてくれる鉛筆で、ときおりノートにメモを記しながら。わたしはいつも同じ話をしている、と知ってもらうために。

話せば話すほど、わたしの存在は消えていく。自分が亡霊や空気でないと証明するためにやっていることが、逆にわたしをみんなから見えなくしてしまう。これはまるで、ダムナティオ・メモリアエみたいだ。記録されることそのものが、結局は、まるごと自分自身の抹消へとつながっていく。

わたしの話は、あまりにも常軌を逸していて「信じられない」のだそうだ。けれども西東京市東伏見の家に、三つの新しい死体があったのは動かしがたい事実で、だからこそ、わたしはここにいる。

『未決勾留』の初日から、わたしはアカデミーのことも包み隠さず話す。それが国際的には〈Ca↓Ab〉と呼ばれていることも。〈父〉の仕事について。

弁護士さんは、落ち着いた声で、わたしに語りかける。公的な殺人研究団体や、住宅販売業者であるお父さんがそれに関わっていた事実など、その痕跡すら見つけられない、と。三階で死んでいた女性は、離婚歴のあるお父さんのおそらく〈愛人〉で、いっしょに死んだ少年とは〈三角関係のもつれ〉にあった、刑事たちはそう話している、と。

愛人？　三角関係？

弁護士さんはつづける。『日本住宅売買新報』という業界紙は実在せず、〈CAプランニング〉という不動産屋は、リーマンショックの頃にすでに倒産している、と。

力強く、動かしがたい、わたしの話への反論。

わたしの弁護士さんは女性だ。彼女の口ぶりからは、犯罪に巻きこまれた十七歳の少女を不用意に傷つけないように、という細かな気づかいが感じられる。

なるべくなら告げたくない話だろう。それでも、裁判があるかもしれないから、現実を教えないわけにはいかない。

「地下室にはたしかに死体がありました」と弁護士さんは言う。「死後十数年経過していて、身元はまったく不明だそうです。以上の事柄をふまえて、これから起こることは」

わたしは彼女の目をまっすぐに見つめる。

「十九歳の少年にたいする、被疑者死亡のままの殺人罪での起訴。ならびに市野桐清——あなたのお父さんへの、被疑者死亡のままの殺人罪、銃器不法所持、死体遺棄罪での起訴」

わたしは黙っている。

「あなたに関しては、事件のショックによる虚言が認められるとはいえ、精神鑑定にも、器質的な測定にも、問題や反社会的な傾向は見受けられません。それで、ひとつ訊きたいんだけど、あなたは前のレポートにこう書きましたよね。殺人研究の……〈Ca→Ab〉についてだったかしら？」彼女は文章を読み上げる。「……国家が人口の繁栄を目的とする以上、殺人は制御されなくてはならず、そのためには『起きた殺人』を最大限に利用して、社会的に〈抑圧〉をかけていくことが望ましい。が、〈抑圧〉は同時に〈誘発〉にもなりうる……これって」

「はい」

「あなたが考えて書いたの？　それとも」

「父が言ったことです」

「そう」彼女は困ったような表情を見せる。「それなら……今はそれでいいです。ところで市野さん。あなたは先日、医療少年院で知能テストを受けられましたね。結果は誰かに聞いた？」

「いいえ。誰も教えてくれません」

「……あなたは、ＩＱが二〇〇を超えていたのよ」

「……そうですか……」

「いい？」と弁護士さんはわたしを勇気づける。「たとえお父さんがどんな人であっても、あなたはあなたの人生を、しっかり生きていきなさい」

身分証明書《ID》については、何も訊かれない。凍結されているとも、他人から移されたものだとも、問題になるような話題はまるで上らない。つまり問題がなかったということだ。わたしは弁護士さんにうなずいて、目を閉じる。

これで。

わたしの望んだ通りになった――きっと。誰にも理解されなくていい。わたしだけが知っていれば。

弁護士さんがどれだけ反証を並べ立てようとも、市野桐清は嘘をついていない。アカデミーはこの社会に実在する。わたしが本名を使って逃げず、しかも犯人を名乗って警察に捕まり、すべてを話したからこそ、何もかも先回りして手配されたのだ。

痕跡をいっさい残さないように。

論理が矛盾なくぴったりと収まるように。

わたしが手に入れたものは、これまでいっしょに生きてきた名前だ。そしてわたしの身の安全だ。少なくともわたしの身に何かあれば、わたしの話を聞いた誰かが、「窓のない国家の闇」に思いがけず気づいてしまうだろうから。

だからこそ、わたしは法のなかへ飛びこんだのだ。

わたしは本物の市野亜李亜になった。

この手段を選んだのは、助かりたかったからでも、今までの生活にしがみつきたかったからでもない。

わたしの歩いてきた世界では、糸山季砂という名前の女の子は、きっと何も学んでいない、わたしにはそう思える。正確に言えば、何も伝えられていない。彼女の心は真っ白で、それでいて哀しみと、復讐への思いでいっぱいだ。それゆえに彼女は、いつか人を殺すかもしれない。なぜなら、彼女は親から与えられた儀礼が、何もないのだから。

殺人の抑止。恐怖という名のダンス。この儀礼を父から与えられたのが、市野亜李亜という名前の人間だ。それも、最後には父の死を通じて。

二人の市野亜李亜がいて、一人が死んで、もう一人が残る。けれども二人は、もともと一人ではないのだろうか？　殺人の夢に取りつかれた者同士として。

だったら、残った人間が、別の名前になるわけにはいかないじゃない？　だからわたしは、この名前を生きるの。

少年鑑別所で眠っていて、真夜中に夢見るのは母の姿だ。西アジア地方のアンティークをたくさん集めた自分のお店で、いつも忙しそうにしている。ランプにカーペット、十九世紀の隊商《キャラバン》が喉をうるおした水筒、ラクダたちにつける飾り。

よみがえってくる記憶の懐かしさに、お香のにおいが入り混じって、わたしの胸をいっぱいにする。商品を買いつけにいったエジプト旅行で撮ったピラミッドの写真を、母は何枚も見せてくれる。

「三角形で、富士山みたい」とわたしは言う。「ママは三角形が好きなの？」

「たしかにそう思われちゃうわね」母は笑顔でうなずく。「正しく言うと、これは三角形じゃないの。四角錐って形よ」

夜になると、母はエジプトの神話を話してくれる。

わたしは、アヌビスという神さまの話が大好きだった。頭はジャッカルで、胴体は人間の姿をしている。その姿を庭で飼っているドーベルマンとかさねるのが楽しかった。

アヌビスは死後の世界にいる。死んだ人がやってくると、心臓を取りだして、秤に載せて、その重さで生きていた頃の罪を計量する。天国に行く人と、地獄に落とされる人が、それできまる。

死者を裁く神さま。何度も聞いて眠りに落ちるうちに、アヌビスのジャッカル頭は、家の庭で寝そべっているドーベルマンと完全にかさなって、とうとうひとつになる。あれはアヌビスの顔なんだ、とわたしは思う。みんなが死んだあとに出会う神さまは、彼だ。「ジョブレスの名前をアヌビスに変えようよ」わたしは母に、そうおねだりする。

「あら偶然ね」母は目を丸くする。「あの犬《こ》をもらってきたときは、そう考えたりしたのよ。でも、おっちょこちょいだし、そんなに立派な感じじゃないもの。ジョブレスでちょうどいいわ。それに神さまの名前は、めったに使っていいものじゃないの」

夢のなかで母は髪を切る。はさみを器用に使って。

秋から春にかけて長く伸ばした髪を、夏になるとばっさり切るのが母の習慣だ。それもびっくりするほど短く。母はわたしにも同じことをさせる。ゆったりした風に熱が満ちてきて、なかなか沈まない夕日が、いくつもの色合いで西の空を染める頃、大好きなアレサ・フランクリンのCDをかけながら、母はわたしを呼ぶ。

夏が来るから、髪を切りますよ。

【分類：Ｃａ→Ａｂ資料／映像】
観測カメラＦ-21
２０[redacted]年[redacted]月[redacted]日

父親は、幼い娘を夕食に連れていく。パーキングチケットを取って車を停め、自分で降りる娘に、ドアを閉めるとき指をはさまないように、と言い聞かせている。

ウェイトレスがにこやかに二人を案内する。

暖かな光の照明がテーブルに降り注いで、客のおしゃべりとナイフやフォークの鳴る音は店全体に広がり、騒音を天井扇風機《オーバーヘッドファン》がゆったりとかき混ぜている。夜のレストラン。

幼い娘は、父親と外出できたのがうれしくてしかたがない。向かい合ったソファではしゃいで、態度をたしなめられる。

二人はメニューを開く。

きまったか。

うん。

注文を取りにウェイトレスがやってくる頃、父親はすでにメニューを閉じている。父親はローストビーフのセットを頼む。

パンとライスとどちらになさいますか、ウェイトレスが訊く。

パンを。

あたしはこれ。幼い娘はチョコレートパフェを指差す。

おいおい。父親は眉をひそめてメニューを押さえる。それはデザートだぞ。食べるなら、まず食事をしてからだ。

おなか空いてないの。幼い娘は首を振る。でもこれ食べたい。

父親は娘の顔をじっと見つめる。二人をウェイトレスが苦笑しながら見守っている。けれども、そのテーブルを囲んでいる三人には、結果がどうなるかはわかっている。折れるのは父親だ。


運ばれてきた鉄板の上で、父親は二三〇グラムのローストビーフを美しい手さばきで切り分ける。店の人間は誰も気づかないが、父親はテーブルに用意されたステーキナイフを使わない。オークウッドのグリップと刃の曲線が美しい私物のジャックナイフを使っている。幼い娘は、重ね着のドレスのような甘みをまとったパフェに、ゆっくりとスプーンをすべりこませる。

あとでお腹が空いても知らないぞ。父親はサラダを食べる。スープを飲む。

空かないよ。娘は答える。

父親は切り分けたローストビーフを、ようやく口に運ぶ。ハンバーグやステーキといった肉料理とちがって、血の赤が表面にしっかりと残されている。父親は口を閉じて咬む。ナプキンで口元をぬぐう。また咬む。食べているあいだは、ひと言も発しない。

幼い娘は、チョコレートパフェをかき混ぜはじめる。天井扇風機の回転に合わせているかのように。彼女は食べるのに飽きる。自分で言った通り、空腹ではない。

それおいしい？　娘は父親に訊く。

父親は答えない。ふたたび私物のナイフをにぎり、肉の外側の脂身を削《そ》いで、残した赤身をフォークで刺して口へ運ぶ。

グラスに水を注いだウェイトレスが去ると、父親はふいにフォークを置き、ナイフを置く。

これが何だかわかるか。父親は鉄板の肉を指す。

お肉。娘は答える。

何の肉だ。

ビーフ。お牛さん？

そうだな。父親は口元をぬぐいながらうなずく。天火《てんぴ》で焼かれたローストビーフだ。かわいそうだと思うか。

お牛さん？

そうだ。

娘は首をかしげて答える。もう死んじゃったし。それにパパのご飯になってくれたし。

パパのご飯になれば、この牛は殺されてもよかったのか。

うん。

今度は父親が考えこむ。グラスの水を飲み、鉄板の上を眺める。そしてこう言う。これが人間のお肉だったら？

娘はこのやり取りをゲームだと思いこむ。父親の真剣さには気づかないでいる。それでこう答える。人間のお肉だったら、ビーフじゃないよ。

父親は幼い娘の顔をまじまじと見つめる。しばらくしてどこか哀しそうに笑う。そうだな。かしこいな、おまえは。

父親はワイシャツの袖をまくる。あらわになった自分の腕に、突然咬みつく。手首に、歯で。あごに力がこめられ、こめかみに血管が浮き、歯が皮膚を圧迫して、ついにめりこむ。父親のくちびるに血が浮いてくる。娘は黙ってその様子を見ている。身じろぎもしない。

父親はすばやくあごをはなす。歯並びの形に血の跡がくっきりと並んでいる。娘はじっとその腕を見ている。

肉を咬み切り、と父親は言う。血を流す体を持つかぎり、人間は、何かを殺すことから逃げられない。いいか、けっして逃げられないんだよ。

娘は父親の声をしっかり聞いている。だが、何を言っているのかがわからない。それもそのはずだ。父親はいつのまにか、得意のラテン語で話しているからだ。ずっと昔の、西の方の、中世の言葉で。四歳の彼女が理解できる世界を超えてしまった何かが、目の前で起きている。

ローストビーフは、父親はなおもラテン語で言う。この世の真理のひとつだ。しかし、ちがう真理もある。

父親は、別の皿に手を伸ばす。セットでついてきたメニューのパン。つかんだそのライ麦パンを幼い娘に差しだす。そして、これを指で引き裂くように、と相変わらずラテン語で言う。幼い娘は、恐るおそるパンに触れる。父親に咬みつかれやしないか、と怯えながら。やがて小さな指はパンを受け取って、父親の意味不明の言葉と、身振りにうながされ、こねた粘土をちぎるようにして、パンを二つに裂く。

わからなくてもいい、と父親は言う。聞きなさい。パパは神さまを信じていないが、おもしろいお話を知っている。キリスト教という宗教のお話だ。それも、ずっと昔の、ものすごく古い時代のキリスト教のことだよ。そこではお祈りのときに、パン裂きの儀式が必ずおこなわれていた。イエスの肉であるパンを、信徒がみんなで裂いて食べる。これは、ローストされた人肉と何がちがうのか？　やっていることは同じだ。そうだ。同じだから、よい。だからこそ、もうひとつの真理なのだ。人は誰かの肉を裂き、血を飲まずにはいられない。そこから逃げられない。けっして。その現実ゆえに、集まってパンを引き裂くのさ。そして分け合って食べるのさ。

幼い娘が引き裂いたライ麦パンの半分を、父親は神妙な顔つきで取り戻す。父親がその半分を口にすると、娘も何となく真似をして、同じように食べる。まるで、一度も味わったことのない、未知の食べ物を味わうようにして。

父親は静かに口を動かしている。やがて、ネクタイに落ちてきたパンくずをゆっくりと払う。

俺は、パン裂きのようには、生きてこなかった。俺はいつでもローストビーフの側にいた。それでもこうやって、おまえとパンを分け合うことはできる。いいか、よく聞きなさい。血と肉に飢えるときがあったら、今のように、パンを引き裂け。人の体を切り刻む前に、パンを引き裂くのだ。たとえ分かち合う相手がいなくとも、おまえがパンを引き裂けば、そこに誰かが現れるだろう。そのパンを受け取る誰かが。誰かの存在を消すために引き裂くのではなく、誰かを呼びだすために引き裂くのだ。

父親は血のにじむ腕をハンカチでぬぐい、ワイシャツの袖を元通りに戻す。それからグラスの水を飲む。幼い娘は何かに取りつかれたようにまだパンを咬んでいる。父親は笑って伝票を手にする。

それでよろしい。父親は芝居がかったラテン語で言う。パンを引き裂け。夜の月を裂くように。わが娘よ。

Mater certissima, Pater semper incertus.

「母親は絶対に確かだが、父親はつねに不確かだ」——

参考文献

『定本 夜戦と永遠 フーコー・ラカン・ルジャンドル 上』佐々木中著／河出文庫
『定本 夜戦と永遠 フーコー・ラカン・ルジャンドル 下』佐々木中著／河出文庫
『カルメル修道会に入ろうとしたある少女の夢』マックス・エルンスト著 巌谷國士訳／河出文庫
『知の教科書 フロイト＝ラカン』新宮一成 立木康介編／講談社選書メチエ
『第Ⅱ講 真理の帝国　産業的ドグマ空間入門』ピエール・ルジャンドル著 西谷修 橋本一径訳／人文書院
『暴力の解剖学 神経犯罪学への招待』エイドリアン・レイン著　高橋洋訳／紀伊國屋書店
『ナチスと精神分析官』ジャック・エル＝ハイ著 高里ひろ 桑名真弓訳／KADOKAWA
『下山事件 最後の証言 完全版』柴田哲孝著／祥伝社文庫
『地獄の季節』ランボオ作　小林秀雄訳／岩波文庫

●江戸川乱歩賞の沿革

江戸川乱歩賞は、一九五四年、故江戸川乱歩が還暦記念として日本探偵作家クラブ（一般社団法人日本推理作家協会の前身）に寄付した百万円を基金として創設された。

第一回が中島河太郎「探偵小説辞典」、第二回が早川書房「ハヤカワ・ポケット・ミステリ」の出版に贈られたのち、第三回からは、書下ろしの長篇小説を募集して、その最高作品に贈るという現在の方向に定められた。

以後の受賞者と作品名は別表の通りだが、これら受賞者諸氏の活躍により、江戸川乱歩賞は次第に認められ、今や賞の権威は完全に確立したと言ってよいであろう。

この賞の選考は、二段階にわけて行われる。すなわち、日本推理作家協会が委嘱した予選委員七名が、全応募作品の中より、候補作数篇を選出する予選委員会、さらにその候補作から授賞作を決定する本選である。

●選考経過

本年度江戸川乱歩賞は、一月末日の締切りまでに応募総数三百三十八篇が集まり、予選委員（石井千湖、円堂都司昭、川出正樹、末國善己、羽住典子、三橋曉、吉野仁の七氏）により最終的に左記の候補作四篇が選出された。

家原　英生「（仮）ヴィラ・アーク　□設計趣旨　VILLA ARC（tentative）」
犬胤　究　「ＱＪＫＪＱ」
光月　涼那「ラリックの天球儀」
吉里　侑　「キャパの遺言」

この四篇を五月十六日（月）、帝国ホテルにおいて、選考委員、有栖川有栖・池井戸潤・今野敏・辻村深月・湊かなえの五氏の出席のもとに、慎重なる審議の結果、佐藤究（犬胤究から改名）「ＱＪＫＪＱ」を授賞作に決定。授賞式は九月に帝国ホテルにて行われる。

一般社団法人　日本推理作家協会

●選評（五十音順）

選評　有栖川有栖

全候補作を読み終えた時点で、『ＱＪＫＪＱ』を受賞作にしたい、と強く思った。「したい」というのは妙に響くかもしれない。破天荒な受賞作に反対する委員が出るかもしれない、という一抹《いちまつ》の危惧《きぐ》を覚えたのだ。

結果として、しかるべき討議を経た上でめでたく授賞が決まり、私としては欣快《きんかい》の至りである。

一家全員が猟奇的なシリアルキラーという設定を読んだ段階では、それはもう嫌な予感がしたものだ。極端を売りにした、けばけばしくも退屈な人殺し小説を読まされるのはつらい。ところが、これが絶妙の浮遊感をもって非常に読ませる。

主人公が「あるもの」を発見したところから物語はどんどん転がり始め、ファンタジーかと思うような広がりを見せて、ナンセンスな法螺《ほら》話になる寸前で身を翻《ひるがえ》し、主人公のアイデンティティを攪乱《かくらん》させたかと思うと、人類の原罪を剔抉《てっけつ》せんとしてミステリ的に意外な真実へ収斂《しゅうれん》するという具合で、読む者を引き回す。

乱歩賞に投じられる作品としては新しいが、小説として最先端かどうかに疑問を呈する委員もいたが、私は「新しい」という判定を下した。たとえて言うならば、これは平成の『ドグラ・マグラ』である。文字の連なりとしては意味深で無機質、声に出して読めばひたすら異様で意味不明なタイトルもそれらしい。

作者の佐藤究さん、おめでとうございます。

夢野久作ファンであることは授賞後に知り、「やっぱり！」と思いました。今後のご活躍に大いに期待し、注目しています。

他の候補作について、受付順に。

『ラリックの天球儀』は、真犯人の心理に納得がいかない。成功している上々の人生を、そんなことで自ら破壊するだろうか？　他のキャラクターについても行動原理が説得的に描かれておらず、ミステリとしての捻《ひね》りが弱い。犯人の正体に気づいた主人公が行なう反撃にリアリティがない（枚数がなくて急いだか？）のもまずかった。

『キャパの遺言』は、現代史の虚と実が分かれすぎているため、作者が狙った効果が出ていない。アレが事実だったとしても暴露されたぐらいで政権が倒れるだろうか？　また、作中の編集部は原稿のチェックが甘すぎる。せめてキャパが遺した言葉の謎が史実であればまだしも、それがフィクションでは美しい空中楼閣《ろうかく》が建たない。

見取り図が見事な館もの『（仮）ヴィラ・アーク□設計趣旨　VILLA ARC（tentative）』は、結末部分が第一章の終りにきて、そこから連続殺人が始まっていたらさぞ面白かったのではないか（このままのプロットではできないが）。館の秘密を知る主は冒頭で退場すべき。作者が真摯に訴えたかったことは伝わったが、それをこんな形の薄い本格ミステリに仕立てたのは設計ミスだろう。

選評　池井戸潤

小説の書き方は様々だ。そして読み手もまた様々である。ある人物が全く評価しない作品を、別の人物が絶賛することもある。選考会の場でも同様だ。どちらが正しいというものでもなかろう。

『キャパの遺言』

黒幕の人物造形が乏《とぼ》しく、小説としての奥行き、魅力を欠いた。出自に関する動機も脆弱《ぜいじゃく》だ。

戦中戦後の暗黒史を写真家キャパの遺したフィルムから繙《ひもと》くのはいいとして、実在の政治家を容易に推測できる形で登場させてしまったのは配慮を欠いている。ここに作者の重点があるのなら正々堂々とノンフィクションで勝負すべきではないか。主人公の言動も一貫せず、書き切れていなかった感がある。昭和史は脇に置き、メディア潰しのコンゲームとして成立させることもできただろう。

『ラリックの天球儀』

なぜ主人公はかくもヤクザの遠藤に目を掛けられ、様々な恩寵《おんちょう》を受けたのか。その肝心な関係が欠落しているから、主人公の言動に釈然としないものを抱いたまま読了することになった。終盤における主人公の反撃は本来見せ場になるところだが、いかにもご都合主義で、かつ現実離れしている。犯人の動機もいまひとつだ。人物の描写や設定の間違い、嚙《か》み合わない会話のロジックなど、粗さも目立った。

『（仮）ヴィラ・アーク　□設計趣旨　VILLA ARC（tentative）』

文章はきちんとしていて、好感を持って読んだ。

いわゆる「館もの」の道具立てだが、残念なのは、この館に「招く側」と「招かれる側」の因果関係が設定されていないことだろう。本作で問題提起されるのは、犯人探しやその動機ではなく、この館の構造そのものだ。おもしろい着想だが、それならば館の設計者である主人を登場させてしまったのは失敗だろう。これで、主人に尋ねればどんな問題も一気に解決してしまう（のに尋ねない）という構造上の矛盾を抱えてしまった。人物造形に関する描写などは悪くないだけに、この問題が解決できていたらと惜しまれる。

『ＱＪＫＪＱ』

　現実と幻想が交錯するストーリーで、その境界線が曖昧《あいまい》なことが読み味なのかも知れない。小説は自由なのだから主人公を含め家族全員が殺人鬼という設定があってもいいし、殺人鬼が犯人を追って密室殺人に挑むというのなら、それはそれでおもしろい。だが、その謎解きは肩すかしだ。その後の展開も、この小説世界を支える枠組みやルールを後出ししている印象を受け、果たしてこれが周到に準備された小説といえるか、という疑問を最後まで拭《ぬぐ》えなかった。

　だが、これはあくまで私一己《いっこ》の読み方である。選考委員のうちふたりがこの小説に最高点を与えて評価するというのであれば、それを拒むものではない。受賞者の今後の活躍を大いに期待したい。

選評　今野　敏

選考委員たるもの、冷静に作品の質や作者の資質というものを見極めているつもりだ。しかし、選考会では時に自信を失いがちになる。特に世代の差はいかんともしがたいという思いがある。

　若い選考委員たちが推す作品にまったく魅力を感じない場合もあるし、自分が強く推そうと思った作品を、若い世代がまったく評価しなかったような場合には困惑してしまう。

　もう自分の読み方は古いのではないか。つまりは、作家として自分は古いのだと、その世代の作家たちに言われているような気がしてくる。

　しかし、世の中の読者は若い世代だけではない。私は私の信じる候補作を推すしかないと自分に言い聞かせた。結果、私が強く推した作品が受賞作となったのだが、選考会を終えたとき、何とも言えない後味の悪さを感じたのだった。

『ラリックの天球儀』は、前半は面白く読めた。文章も達者だし雰囲気もあると思う。だが、終盤に急速に興味が失われていく。完全に尻つぼみだ。

ラリックのイカロス像という素材は面白いが、それが活かされているとは言えない。主人公の若い頃のエピソードはなかなか読ませるが、犯罪の動機など登場人物たちの行動の理由が納得できず、物語全体として心を動かされることはなかった。

『キャパの遺言』は、なかなか苦労をして書かれたという印象があった。ただ、全体として冗長。実在、あるいは実在した人物をモデルとした登場人物に、もう少し何とかならないかという感がある。

フィクションは、素材や思想を嚙み砕き、普遍化することが肝腎《かんじん》だ。事実に即した物語を書きたいのならノンフィクションを書くべきだし、政治的な思想を述べたいのなら論文を書くべきだ。読み終えても納得できない部分が多いのは、理由づけに無理があり、言い訳じみて感じるからだろう。読者に言い訳をしなければならない設定は、最初から間違っているのだ。

『(仮)ヴィラ・アーク　□設計趣旨　VILLA ARC (tentative)』は結局、災害に対してどういう家を建てたらいいのかという論文に過ぎないような気がする。「館もの」として興味を引かれるという選考委員の声もあったが、残念ながら、これが小説として面白いとはとても思えなかった。小説は、事実以上に動機や原因に説得力がなければならない。

『QJKJQ』には興奮した。嫌ミスではないかとおそるおそる読みはじめた。たちまち引き込まれた。叙述トリックも効果的だ。

登場人物が類型的かもしれないが、その類型がうまくはまっていると思う。あり得ない設定だが、それを力尽くで読ませる筆力がある。終盤の主人公の少女と実父とのエピソードには思わず落涙しそうになった。殺人そのものを突き詰めることで、人間を見つめている。脱帽だ。

選評　辻村深月

選考結果には納得している。

しかし、受賞作『QJKJQ』の作風を「新しい」という観点で迎えることについては不満が残る。主人公の生きていた世界が綻《ほころ》びを見せ、まったく違う虚構と現実の景色が開かれていくこの作品のような〝新しさ〟はすでに既存の小説の世界で名作がいくつもあり、そのパラダイムシフトはノベルスやライトノベルの現場で十年以上前にすでに起きていたという印象である。なので、受賞作のよさはそうした点にはないと私は考えたい。

　この作品を〝新しい〟ものではなく、すでにあるジャンルに連なる読み物として考えた時、非常に真面目な作品であると感じた。ただし、真面目すぎて、ものすごく律儀に物語が閉じてしまっている。まず、これまでずっと何年も自分の世界を生きてきた主人公の現実が何のスイッチによって壊れ始めたのかの説得力が乏しい。彼女はずっとその世界を生きてきたのだ。生半可なことではあらゆることが自分の思い込みに目隠しされていて当然だろうに、物語のスタートが脆弱であるがゆえに、作品の土台が厚みを失ってしまっている。本来なら魅力的であるはずの〝彼女の現実〟が、著者にのみ都合のいい単なる舞台装置に読めてしまう。

　鳩ポンが殺人者になる理由も、主人公を見守ってきた〝父〟がなぜ死を選ぶのかといった点にも疑問が残る。そうした部分を説明しつくさないところも作品の味なのだろうとわかったうえで、ならば、逆に、「アイダホ州章」ののりづけに代表される他の細かい点については説明しすぎではないか、と感じる。混沌《こんとん》を混沌のまま残すに足る小説にするならば、そうした疑問を読者が差し挟む余地がないほどの、こちらの予想を遥かに裏切り、読者の目線を凌駕《りょうが》する何かをもうひと押し見せてほしかった。その〝何か〟は、圧倒的な真相でも、読者を煙に巻くようなさらなる混乱でも破綻でも、なんでもいい。こちらが作品世界の前で呆気《あっけ》に取られて棒立ちになるような瞬間を待ち続けたが、すべてが丁寧にまとまりすぎ、それが果たされないまま終わってしまった。好みの作品であり、かける期待が大きかった分、残念だ。

　しかし、既存の小説の世界ではどうかわからないが、江戸川乱歩賞受賞作としての本作が〝新しい〟のは疑いようのないことであり、今後の乱歩賞に新しい地平が開かれたことは、心から喜びたい。

『ＱＪＫＪＱ』は、文章が巧《うま》い。

　主人公の倫理観が信じられ、その彼女が変容していく自分の世界に翻弄《ほんろう》されながらも食らいつく様子にも好感が持てる。

　私はこの作品を新しいとは思わないが、それでも、著者がまったくオリジナルの場所から他の何とも似ていない作品として本作を描いたことは伝わる。その意味では、今後が非常に楽しみな作家だ。二作目、三作目の予想がつかず、その中には今はまだ誰も見たことがない新しさが潜んでいるのかもしれない。受賞作でそれが見抜けなかった自分の不明を恥じる日が来ることを、楽しみに待ちたい。

選評

湊かなえ

選考会の日、私は選考される側でもありました。自分の書きたかったことが選考委員に伝わるだろうか、その思いをもって、候補作を読ませていただきました。

『ラリックの天球儀』

ほぼ一気に読みました。主人公を含めて仲間六人の描き方が浅いため、真犯人がわかっても「それで？」と拍子抜けするような気分でした。動機も、ＩＴで金儲けに成功した犯人が、人と接するという、自分とは対極にある仕事をしている主人公にコンプレックスを抱いているところから発していますが、その仕事の一つがデートビジネスでは、対極とは思えず、納得しがたいところがありました。もったいぶった書き方の多用は、後出しじゃんけんのようになるので、それほど重要でない箇所は時系列に沿って書いたほうが、物語にメリハリを持たせることができるのではないかと思います。

『ＱＪＫＪＱ』

一番高い評価を付けました。文章が上手《うま》く、たくさん張られた伏線もすべて回収されていて見事だと思います。しかし、こういう作品があまり好きではないのです。ネタバレに気をつけなければなりませんが、結局、主人公が人殺しでない世界で行ったのは、同級生をこらしめたのと、事件を解くために家の半径数キロ内をうろうろしただけなのかな、と。同級生のことも人殺しの世界内かもしれませんが、描写の仕方が同じなので区別することができませんでした。どちらかに匂いがあったり、一人称などで区別されていると、伝わりやすいと思いますが、このもやもやした感じが魅力なのかもしれません。こういった作品が大好きな人はたくさんいるはずです。佐藤さんにしか作れない世界を極めてほしいと思います。おめでとうございます。

『キャパの遺言』

物語の構成も文章も上手いと思いました。しかし、実名や実際にあった事件が多出する中、批判対象になる人物や組織に対してだけ名前を変えているのは、いかがなものかと思います。物語を書きたいのではなく、世の中を批判したいだけではないか、と。この作品はノンフィクションとフィクションが混ざっていますが、おもしろいのはノンフィクションの部分でした。有名な人物を取り上げるほど、それに飲み込まれない魅力的な大嘘が必要なのだと思います。

『(仮) ヴィラ・アーク　□設計趣旨　VILLA ARC (tentative)』

館の設計図にワクワクしました。しかし、その館になかなか到着せず。事件も起きず。八川建築設計事務所シリーズを想定して書いたのかもしれませんが、新聞記者や留守番の事務所員は今作には必要なかったのではないでしょうか。葬儀場の見学も。一番気になったのは、防災のために建てた家で、窒息死や転落死といった事故死が起きることです。悪人を作りたくなかったのかもしれませんが、災害を利用しているように感じました。痴情《ちじょう》のもつれが原因なら、殺人事件であった方がミステリ小説として楽しむことができたように思います。回文は半分くらいでよかったのではないでしょうか。

＊選考会の意見を踏まえ、刊行にあたり、応募作を加筆・修正いたしました。

江戸川乱歩賞受賞リスト（第3回より書下ろし作品を募集）

第1回（昭和30年）「探偵小説辞典」　中島河太郎
第2回（昭和31年）「ハヤカワ・ポケット・ミステリ」の出版
　　　　　　　　　早川書房
第3回（昭和32年）「猫は知っていた」　仁木悦子
第4回（昭和33年）「濡れた心」　多岐川恭
第5回（昭和34年）「危険な関係」　新章文子
第6回（昭和35年）受賞作品なし
第7回（昭和36年）「枯草の根」　陳舜臣
第8回（昭和37年）「大いなる幻影」　戸川昌子
　　　　　　　　　「華やかな死体」　佐賀潜
第9回（昭和38年）「孤独なアスファルト」　藤村正太
第10回（昭和39年）「蟻の木の下で」　西東登
第11回（昭和40年）「天使の傷痕」　西村京太郎
第12回（昭和41年）「殺人の棋譜」　斎藤栄
第13回（昭和42年）「伯林―一八八八年」　海渡英祐
第14回（昭和43年）受賞作品なし
第15回（昭和44年）「高層の死角」　森村誠一
第16回（昭和45年）「殺意の演奏」　大谷羊太郎
第17回（昭和46年）受賞作品なし
第18回（昭和47年）「仮面法廷」　和久峻三
第19回（昭和48年）「アルキメデスは手を汚さない」
　　　　　　　　　小峰元
第20回（昭和49年）「暗黒告知」　小林久三
第21回（昭和50年）「蝶たちは今……」　日下圭介
第22回（昭和51年）「五十万年の死角」　伴野朗
第23回（昭和52年）「透明な季節」　梶龍雄
　　　　　　　　　「時をきざむ潮」　藤本泉
第24回（昭和53年）「ぼくらの時代」　栗本薫
第25回（昭和54年）「プラハからの道化たち」　高柳芳夫
第26回（昭和55年）「猿丸幻視行」　井沢元彦
第27回（昭和56年）「原子炉の蟹」　長井彬
第28回（昭和57年）「黄金流砂」　中津文彦
　　　　　　　　　「焦茶色のパステル」　岡嶋二人
第29回（昭和58年）「写楽殺人事件」　高橋克彦
第30回（昭和59年）「天女の末裔」　鳥井加南子
第31回（昭和60年）「モーツァルトは子守唄を歌わない」
　　　　　　　　　森雅裕
　　　　　　　　　「放課後」　東野圭吾
第32回（昭和61年）「花園の迷宮」　山崎洋子

第33回（昭和62年）「風のターン・ロード」石井敏弘
第34回（昭和63年）「白色の残像」坂本光一
第35回（平成元年）「浅草エノケン一座の嵐」長坂秀佳
第36回（平成2年）「剣の道殺人事件」鳥羽亮
「フェニックスの弔鐘」阿部陽一
第37回（平成3年）「連鎖」真保裕一
「ナイト・ダンサー」鳴海章
第38回（平成4年）「白く長い廊下」川田弥一郎
第39回（平成5年）「顔に降りかかる雨」桐野夏生
第40回（平成6年）「検察捜査」中嶋博行
第41回（平成7年）「テロリストのパラソル」藤原伊織
第42回（平成8年）「左手に告げるなかれ」渡辺容子
第43回（平成9年）「破線のマリス」野沢尚
第44回（平成10年）「Twelve Y.O.」福井晴敏
「果つる底なき」池井戸潤
第45回（平成11年）「八月のマルクス」新野剛志
第46回（平成12年）「脳男」首藤瓜於
第47回（平成13年）「13階段」高野和明
第48回（平成14年）「滅びのモノクローム」三浦明博
第49回（平成15年）「マッチメイク」不知火京介
「翳りゆく夏」赤井三尋
第50回（平成16年）「カタコンベ」神山裕右
第51回（平成17年）「天使のナイフ」薬丸岳
第52回（平成18年）「東京ダモイ」鏑木蓮
「三年坂 火の夢」早瀬乱
第53回（平成19年）「沈底魚」曽根圭介
第54回（平成20年）「誘拐児」翔田寛
「訣別の森」末浦広海
第55回（平成21年）「プリズン・トリック」遠藤武文
第56回（平成22年）「再会」横関大
第57回（平成23年）「よろずのことに気をつけよ」川瀬七緒
「完盗オンサイト」玖村まゆみ
第58回（平成24年）「カラマーゾフの妹」高野史緒
第59回（平成25年）「襲名犯」竹吉優輔
第60回（平成26年）「闇に香る嘘」下村敦史
第61回（平成27年）「道徳の時間」呉勝浩

第63回
江戸川乱歩賞応募規定

●選考委員●（五十音順）

有栖川有栖／池井戸潤／今野敏／辻村深月／湊かなえ

＊種類と枚数／広い意味の推理小説で、自作未発表のもの。縦書き、一段組とし、四百字詰め原稿用紙で三百五十〜五百五十枚（コピー不可）。ワープロ原稿の場合は必ず一行三十字×四十行で作成し、百十五〜百八十五枚。A４判のマス目のない紙に印字してください（いずれも超過、不足した場合は失格）。

＊原稿の綴じ方／必ず通し番号を入れて、右肩を綴じる。一枚目にタイトル明記のこと。

＊梗概／四百字詰め原稿用紙換算で三〜五枚の梗概を添付する。一枚目にタイトル明記のこと。

＊氏名等の明記／別紙に住所、氏名（筆名）、生年月日、学歴、職業、電話番号及びタイトル、四百字詰め原稿用紙での換算枚数を明記し、原稿の一番上に添付のこと。

＊原稿の締切／二〇一七年一月末日（当日消印有効）

＊原稿の送り先／〒一一二-八〇〇一　東京都文京区音羽二-十二-二十一　講談社　文芸第二出版部「江戸川乱歩賞係」宛て。

＊入選発表／二〇一七年五月号の「小説現代」誌上で第三次予選選考経過を寸評つきで掲載、七月号で受賞者を発表。

＊賞／正賞として江戸川乱歩像。副賞として賞金一千万円（複数受賞の場合は分割）ならびに講談社が出版する当該作の印税全額。

＊諸権利

（出版権）受賞作の出版権は、三年間講談社に帰属する。その際、規定の著作権使用料が著作権者に別途支払われる。また、文庫化の優先権は講談社が有する。

（映像化権）テレビ・映画・ビデオ（ＤＶＤ等を含む）などにおける映像化権は、フジテレビが独占利用権を有する。その期間は入選決定の日に始まり、契約の日から三年を経過した日に終わるものとする。但し映像化権料は受賞賞金に含まれる（作品の内容により映像化が困難な場合も賞金は規定通り支払われる）。

＊応募原稿／応募原稿は一切返却しませんので控えのコピーをお取りのうえご応募ください。二重投稿はご遠慮ください（失格条件となりうる）。なお、応募原稿に関する問い合わせには応じられません。

主催／一般社団法人　日本推理作家協会

後援／講談社・フジテレビ

佐藤　究（さとう・きわむ）

1977年福岡県生まれ。2004年に佐藤憲胤《のりかず》名義で書いた『サージウスの死神』が第47回群像新人文学賞優秀作となりデビュー。本作は2度目の江戸川乱歩賞への挑戦で、受賞となる。

QJKJQ《キュージェイケイジェイキュー》

第一刷発行　二〇一六年八月八日

著者　佐藤《さとう》　究《きわむ》

発行者　鈴木　哲

発行所　株式会社講談社

東京都文京区音羽二・十二・二十一

郵便番号　一一二・八〇〇一

電話　出版　〇三・五三九五・三五〇五

販売　〇三・五三九五・五八一七

業務　〇三・五三九五・三六一五

印刷所　豊国印刷株式会社

製本所　黒柳製本株式会社

定価はカバーに表示してあります。

落丁本・乱丁本は購入書店名を明記のうえ、小社業務宛にお送りください。送料小社負担にてお取り替えいたします。なお、この本についてのお問い合わせは、文芸第二出版部宛にお願いいたします。本書のコピー、スキャン、デジタル化等の無断複製は著作権法上での例外を除き禁じられています。本書を代行業者等の第三者に依頼してスキャンやデジタル化することは、たとえ個人や家庭内の利用でも著作権法違反です。

ISBN978-4-06-220219-0

N. D. C. 913　310p　20cm